Ingeborg Jansen

Wir sehen uns in Cádiz ...

Turbulenzen an der Costa de la Luz

Rediroma-Verlag

Bibliografische Information der Deutschen Nationalbibliothek:
Die Deutsche Nationalbibliothek verzeichnet diese Publikation in der Deutschen Nationalbibliografie; detaillierte bibliografische Daten sind im Internet über http://portal.dnb.de abrufbar.

ISBN 978-3-98527-160-3

www.rediroma-verlag.de
10,95 Euro (D)

Ingeborg Jansen

Wir sehen uns in Cádiz ...
Turbulenzen an der Costa de la Luz

Prolog

Agustins Entlassung lag einige Wochen zurück, als ihn der Brief aus Deutschland erreichte. Mary, die gute Köchin mit dem Herz am rechten Fleck, hatte das Empfehlungsschreiben von John O'Connor an ihn weitergeleitet.

Er stand am Steg von Gibraltar, der böige Atlantikwind kämpfte mit seinen zittrigen Fingern um das Blatt Papier. Agustin bemerkte die Schweißperlen auf seiner Stirn. O'Connor hatte mit seiner dynamischen Handschrift ein Schreiben unterzeichnet, das Agustin eine Tür öffnen konnte, um hier auf dem Stützpunkt eine neue Anstellung zu bekommen. Seine Ehefrau Maureen hatte sich für ihn stark gemacht. Marys wenige Zeilen an ihn, auf die Rückseite einer Visitenkarte gekritzelt, deuteten so etwas an. Wer weiß, was Maureens gehörnter Ehemann dafür verlangt hatte.

Schuldgefühle plagten Agustin schon seit Wochen. O'Connors finstere Mine verfolgte ihn Tag und Nacht, die knappen, harten Worte, fast in seine Richtung ausgespuckt, trafen ihn mit aller Wucht. »Entlassen. Fristlos. Sofort Sachen packen. Den Stützpunkt binnen weniger Stunden verlassen. Abtreten.«

Seine Schultern sackten erleichtert nach unten, als er die schmeichelnden Zeilen las, die vor der

Wahrheit zurücktraten. Nichts stand da von unehrenhaftem Verhalten, von Ehebruch, von mangelndem Vertrauen in seine Fähigkeiten als Wachmann, als Fahrer des Militärkommandanten des britischen Stützpunkts Brüggen.

Ganz in der Nähe und einen Steinwurf von der niederländischen Grenze entfernt befand sich der Flughafen Wildenrath, explizit von den NATO-Verbündeten als Drehkreuz für militärische Übungen, als letzte Bastion gegen die Streitkräfte des Warschauer Pakts genutzt. Die Flugzeugträger waren mit nuklearen Sprengköpfen versehen, stets einsatzbereit, um den Gegner durch die Präsenz in Schach zu halten. Mitte der 1980er Jahre war der Höhepunkt des Kalten Krieges erreicht und damit ein enormer Aufwand für die militärische Stärke des Westens nötig. Agustin war durch einen Freund der O'Connors nach Brüggen gelangt. Er ging zuvor einem Job in der Offiziersmesse des HQ Rheindahlen nach. Er war beliebt, zeigte tadellose Manieren, bewegte sich diskret und den Gästen gegenüber sehr zuvorkommend. O'Connor bestellte ihn ein und als er bei der Durchsicht seines Lebenslaufs auf eine besondere Auszeichnung stieß, bot er ihm kurzerhand eine besser bezahlte Stelle, mehr Verantwortung und mehr Befugnisse als Wachmann an.

Agustin konnte mit einem Orden aufwarten, der ihm nach einem erfolgreichen Abschluss eines Spezialauftrags auf Gibraltar verliehen worden war. Während des Falkland-Kriegs erfuhr Agustin fast zufällig, dass ein Schlauchboot vor La Línea unweit des Rock von Gibraltar mit Tauchern gesichtet worden sei. Unter dem Namen ›Operation Algeciras‹ sollte eine Fregatte der Royal Navy versenkt werden. Die Minen waren ursprünglich in Italien produziert, per Schiff nach Argentinien und schließlich nach Spanien zurückgebracht worden. Agustin gab den Behörden den entscheidenden Hinweis und so wurde großes Unheil, das die Limpetminen wahrscheinlich verursacht hätten, vereitelt. Der Kommandant hatte ihn gefragt, warum er nicht in Gibraltar geblieben war. Warum Deutschland? Weil die Arbeit ihn lockte. Ewig auf dem Felsen zu verbringen, war damals keine Option für ihn. In Andalusien, seiner Heimat, war es sehr schwierig, einen Job zu bekommen. Also folgte er dem Ruf aus Deutschland, wo Arbeitsplätze im Übermaß vorhanden schienen. Bereut hatte er das nie, aber die Affäre mit Maureen hat ihn nun wieder nach Gibraltar geführt.

Er nahm sein Taschentuch und wischte sich den Schweiß der Mittagssonne aus Gesicht und Nacken. Agustin dachte darüber nach, wann genau er Maureen das erste Mal begegnet war. Flüchtig hatte sie ihn passiert, um in das Büro ihres Mannes zu gehen. Er glaubte, sich an den blumigen Duft ihrer Haare erinnern zu können, und diese Erinnerung zauberte ein Lächeln auf seine sonnengegerbte Haut.

Maureen

Schon als Kind war sie ein bezauberndes Wesen. Sie wuchs mitten im pulsierenden London auf. Mit siebzehn reifte sie zu einer attraktiven jungen Frau heran, die auf den Tanzveranstaltungen der ansässigen Militärakademie eine begehrte Tanzpartnerin war. Sie träumte von einer Karriere in der Modewelt, wollte Designerin in Paris werden und schrieb sich auf dem College für Mode und Design in London ein. Nun trug sie ihr Haar schulterlang und dezentes Make-up, das ihren ortsunüblichen Teint wunderbar zur Geltung brachte. Ihre Augen versprühten Glanz und Glamour und so verfiel ihr der zehn Jahre ältere John, der seine militärische Ausbildung an der Akademie in Windeseile durchlaufen hatte, bereits hochdekoriert war und auf die Ernennung zum Kommandanten einer Basis in Deutschland wartete, mit Haut und Haaren. John verehrte sie und machte ihr den Hof. Sehr bald führte er Maureen in die Kreise der Offiziere und deren Gattinnen ein. Sie bekam nun regelmäßig Einladungen zu Tea und Bridge-Nachmittagen. Einige Damen hatten bereits auf verschiedenen Militärstützpunkten der Royal Air Force gelebt, als ihre Männer dort stationiert waren. Dadurch erfuhr Maureen viel von dem Leben auf einer Basis. Als John O'Connor die Kommandantenstelle in Brüggen bekam, hielt er um ihre Hand an. Sie heiratete ihn, feierte eine romantische Hochzeit und hieß jetzt Mrs. O'Connor.

Das gemeinsame Haus auf dem weitläufigen Gelände des Stützpunktes wurde von Personal gepflegt und in der Küche gab es die gute Seele Mary, die schon seit Jahren die jeweiligen Militärkommandanten und deren Familien bekochte. Für Maureen gab es nichts zu tun, außer Partys für die Offiziere und deren Damen zu organisieren. Das machte sie so gut, dass sich auch die Offiziere und deren Gattinnen aus dem nur ein paar Kilometer entfernten britischen Hauptquartier um eine Einladung bemühten. Scott McCloudt, einer der besten Tornadopiloten, den John O'Connor seit ihrer gemeinsamen Zeit auf der Militärakademie kannte, kam regelmäßig mit seiner Frau Sue zu Maureens Party, wenn er in Deutschland war. Die beiden hatten ein Haus im HQ gemietet, wo Sue eine Teilzeitstelle als Lehrerin an der Grundschule hatte. Wenn John zum Verteidigungsministerium nach London und Scott zu einem Fliegereinsatz unterwegs waren, verabredeten sich ihre Frauen zu einem Shoppingbummel im nahen Düsseldorf. Maureens anfängliche Begeisterung für die ›Kö‹ flaute jedoch schnell ab, sie langweilte sich und fühlte sich mehr und mehr einsam. Sue McCloudt schlug Maureen vor, sich ebenfalls im Golfclub Brüggen anzumelden. Und offensichtlich war sie talentiert. Nach wenigen, jedoch intensiven Monaten lag ihr Handicap bei 14. Naturgemäß landeten unzählige Bälle nicht auf dem Grün, sondern flogen über den Zaun hinweg ins Unterholz des angrenzenden Waldes. Einer der Wachleute, die mit ihren Hunden das Gelände hinter dem Zaun sicherten, brachte sie regelmäßig in das Clubhaus zurück.

Maureen freute sich tatsächlich immer mehr auf den Moment, wenn der Mann mit seinem warmen Lächeln mit den Bällen erschien und ihr die Beute mit amüsanten Worten zurückgab. Sie mochte seine Art, den südländischen Akzent, die Narbe auf der rechten Wange und das elektrisierende Gefühl, wenn er sie flüchtig berührte. Die häufige Abwesenheit des Kommandanten tat ihr Übriges und so wurde schließlich aus einem anfänglich harmlosen Flirt eine handfeste Affäre. Sein Charme war so ganz anders als Johns kühle britische Mentalität. Sie lud Agustin immer häufiger zu ihren Partys ein, die sie organisierte, auch wenn ihr Ehemann nicht auf dem Stützpunkt weilte. Agustin hinterließ in seiner gut sitzenden Uniform, an deren linker Brusttasche ein Verdienstorden des britischen Empires geheftet war, bei den Gästen einen bleibenden Eindruck. Sie lobten Maureens Umsicht, zu ihrer Sicherheit extra einen Security-Fachmann zu beschäftigen. Nach ein paar Wochen gehörte er einfach dazu.

1. Verträumt am Camping Elfenmeer

Robert lebte nun schon eine Woche in den Tag hinein. Er war daran gewöhnt, keiner geregelten Arbeit nachzugehen. Sein sonnengebräunter Körper schaukelte lässig in der Hängematte, die er an den Bäumen hinter seinem Caravan befestigt hatte. Sein mittelblondes Haar war militärisch kurz geschnitten und die stahlblauen Augen hielt er fest geschlossen. Roberts kräftige Hände konnten durchaus anpacken, wenn man ihn um Hilfe bat. Aber wenn er ehrlich war, musste er sich eingestehen, dass er sich seit längerer Zeit in einem Ruhemodus befand. Während sein Arm entspannt aus der Hängematte hing, tauchten Bilder von der Militärbasis Rota in der Bucht von Cádiz vor seinem inneren Auge auf.

Auf seine Anfrage vor ein paar Wochen, ob es möglich wäre, Fotos von den dort stationierten Militärflugzeugen zu machen, hatte ihm der spanische Kommandant eine Einladung per Mail geschickt und versichert, dass er, Robert, jederzeit willkommen sei. Im Frühjahr 2014 hatten sie sich kennengelernt, als sein Rückflug von Marrakesch nach Deutschland via Jerez de la Frontera ging. Von dort war es nur ein Katzensprung bis zur Militärbasis Rota. Damals kam er von der Expo und hatte die spektakuläre Flugshow, ein Höhepunkt der Ausstellung, begeistert fotografiert. Seine Bilder waren so hochwertig, dass sie sogar bei den größten Datenbanken für Flugzeugbilder akzeptiert wurden. Aber offenbar hielt man ihn in Marrakesch für jemand anderen, denn Spitzenmanager des Landes und des Militärs brachten Robert mit führenden Persönlichkeiten aus Politik und Industrie zusammen. Mit seinen genialen Fotos erhoffte man sich, dass Flugzeugbesitzer und Flottenmanager ihre Präsenz auf den Ausstellungen erhöhten, um so nötige Investitionen für die Messeveranstalter zu sichern.

Bin ich für die Marokkaner ein wichtiger Geschäftsmann oder Manager?, fragte Robert sich. Es musste sich um eine falsche Information über seine Person handeln, wie schon einmal auf einem Militärflugplatz in einem afrikanischen Land, über das er nie sprechen wollte. Dort hielt man ihn für einen Flugzeugeinkäufer und bis heute erhielt er Mails, die ihn immer wieder beunruhigten. Niemand durfte ihm gegenüber diesen Militärflugplatz namentlich erwähnen oder ihn darüber befragen. Immer noch hatte er Angst davor, aufgespürt und verhaftet zu werden. Dabei wollte er nur Spotten.

Das war sein Hobby, und er war geradezu besessen davon, Flugzeuge zu fotografieren und zu registrieren. Seine Fotos von landenden oder startenden Maschinen, gab er an Datenbanken weiter. Dort wurden sie archiviert, und die Qualität durch Screener geprüft. Wenn seine Fotos veröffentlicht wurden, konnte er damit durchaus Geld verdienen.

Natürlich hatte er seinem Freund Jan van Dooren von der Einladung des spanischen Kommandanten erzählt. Jan, dessen Hobby ebenfalls das Spotten war, zeigte reges Interesse daran, mit nach Rota zu kommen. Die Finanzierung der geplanten Reise stand noch auf wackeligen Beinen. Einen günstigen Flug nach Jerez de la Frontera hatte Robert im Internet bereits gefunden. Auch ein Rückflug ab Madrid war möglich. So könnten die Männer auf den Militärbasen Morón bei Sevilla und Torrejón bei Madrid ebenfalls sensationelle Fotos machen.

Robert und Jan hatten sich auf einer Flugschau 1990 in Schweden kennengelernt. Jan lebte in Amsterdam und arbeitete als Informatiker in einem großen Unternehmen. Manchmal konnte er seine geschäftlichen Aufenthalte mit seinem Hobby verbinden, denn er wurde oft von seinem Arbeitgeber als Netzwerkspezialist in alle Welt entsandt. Einmal musste er dienstlich nach Asien reisen. Robert reiste kurzerhand mit, um dort Rattanmöbel für sein Möbelhaus einzukaufen. Die Gelegenheit, um dort gemeinsam zu spotten, ließen sie nicht ungenutzt.

Er war über eins neunzig groß und hatte helle, türkisfarbige Augen. Meistens war sein Kopf kahl rasiert. So unterschiedlich sie auch waren, ergänzten sich die beiden in vielen Dingen. So war Jans geschickte Hand für Aktien, ihnen mit ihren spontanen Unternehmungen sehr nützlich.

Robert kletterte aus der Hängematte, um das Handy aus seinem Caravan zu holen. Er brauchte Gewissheit und wählte Jans Handynummer.

»Hallo mit Jan«, vernahm er Jans Stimme von der Mailbox. Enttäuscht legte er auf, denn er hatte keine Lust, eine Nachricht zu hinterlassen. Nein! Er wollte lieber persönlich mit seinem Freund sprechen. Deshalb steckte er das Handy in seine Shorts und beschloss, weiter die Sonne in seiner Hängematte zu genießen. Dabei sinnierte er weiter über die Mail aus Rota. Allzu gern würde er die Einladung annehmen, aber wie so oft befand er sich in einem finanziellen Engpass. Daher setzte er seine Hoffnungen auf Jan. Es wird schon klappen, dachte er optimistisch.

Während er in seiner Hängematte schaukelte, erinnerte er sich, wie seine Leidenschaft für das Spotten begonnen hatte. Seine Gedanken trugen ihn in seine Kindheit zurück. Er war wieder der kleine Junge, dessen Eltern in Roermond ein Möbelhaus mit englischen Stilmöbeln führten. Sein Großvater hatte es kurz nach dem Ende des Zweiten Weltkriegs eröffnet und unter vielen Entbehrungen aufgebaut. Seine Eltern führten es mehr schlecht als recht in den Achtzigern. Auch wenn seine Mutter mit ihrem charmanten Wesen die Kunden davon überzeugen konnte, dass Chesterfieldmöbel immer noch attraktiv und gerade jetzt besonders günstig waren, deckten die wenigen Verkaufsabschlüsse bei Weitem nicht die laufenden Kosten der fünfköpfigen Familie. Sein zwölf Jahre älterer Bruder John versuchte, mit Polsterbetten und Zubehör aus Asien erfolgreich zu sein. Seine Schwester Miri mit ihren einundzwanzig Jahren verkaufte auf einer griechischen Insel Jeans, Shirts und Souvenirs an Urlauber. Seine Eltern setzten alle Hoffnungen in ihn, dass er das Möbelhaus wieder in Schwung bringen würde, sobald er erwachsen war. Gut erinnerte er sich an den Tag, als sein Opa sagte: »Robert, irgendwann nach einer Schreinerlehre wirst du hier der Chef sein.«

Er war jetzt zwölf Jahre alt und fühlte sich mit der Aussicht auf seine Zukunft schlichtweg überfordert. Schließlich führten die ständigen finanziellen Krisen zur Trennung der Eltern. Er zog mit seiner Mutter in einen Ferienpark am Meinweg, der ungefähr acht Kilometer von Roermond entfernt lag. Jeden Morgen fuhr Robert mit dem Fahrrad zur Schule in seine Heimatstadt. Aber dazu hatte er immer weniger Lust. Während sich seine Schulfreunde nach der Schule verabreden konnten, musste er direkt zum Ferienpark, seinem neuen Zuhause, zurückkehren. Dort war er oft auf sich allein gestellt, ohne Freunde und Familie. Daher beschloss er, so oft es ging, die Gegend zu erkunden. Insbesondere faszinierte ihn der Nationalpark De Meinweg. Dieses wunderbare, weitläufige Stück Natur war geteilt durch eine schmale, stetig ansteigende Straße in der Terrassenlandschaft des Parks, um an der sogenannten grünen Grenze in einen Schotterweg überzugehen.

Auf seinen Streifzügen befand er sich in einem Moment im Wald und im nächsten auf trockener oder feuchter Heide mit Moosen und Bächen. Alte Schmugglerpfade, über die noch lange nach dem Zweiten Weltkrieg Zigaretten, Kaffee, Schnaps und vieles mehr von den Niederlanden nach Deutschland geschmuggelt worden war, waren noch erkennbar. Jahre später hatte sich die Schmuggelware verändert. Es war kein Problem, mal eben in die Niederlande zu reisen, um ein paar Gramm Haschisch zu kaufen. Der besondere Kick war es, sich an den Kontrollen der Polizei vorbei, über die grüne Grenze zu schmuggeln. Viele junge Leute genossen diese Flower-Power-Ära, worüber man durchaus geteilter Meinung sein kann. Robert interessierten diese Leute nicht, und er begegnete ihnen nie. Er war ein Junge, der seine alten Freunde in der Stadt zurücklassen musste.

Neben den Islandponys und Hochlandrindern zogen Schafherden regelmäßig als Landschaftspfleger zum Erhalt der Heide durch das Gebiet. Obwohl Robert Wildtiere wie Wildschweine, Marder und Füchse beeindruckten, liebte er die Insekten und Schmetterlinge am meisten. Sie waren seine Favoriten. Mit der handlichen Nikon-Kamera, die ihm sein Großvater geschenkt hatte, gelangen ihm imposante Aufnahmen. Erwartungsvoll radelte er zum Fotogeschäft in die Innenstadt. Er hätte ganze Sachbücher damit füllen können. Bald wusste er mehr über die Natur, als er aus dem Schulunterricht mitnehmen konnte.

Robert zuckte im Traum heftig zusammen.

Wieder hörte er dieses ohrenbetäubende Donnern der Tornados, die tief über den Nationalpark flogen, um den Militärflugplatz RAF Brüggen zu erreichen. Manches Mal suchte er im dichten Gehölz Schutz vor den herandonnernden Tornados der British Air Force. In einem Moment waren sie hoch über ihm, um im nächsten, fast die Bäume streifend, zu verschwinden. Wohin verschwanden sie? Das wollte er unbedingt wissen.

An einem der Tage, als Robert mal wieder nicht zur Schule ging, fuhr er mit dem Fahrrad die schmale Straße hoch, die den Nationalpark teilte, und entdeckte den Flugplatz Brüggen der British Air Force. Die Basis war die zweite von fünf sogenannten Clutch Stations und lag strategisch gut, weil sie möglichst weit von der innerdeutschen Grenze entfernt war.

An Brüggen und dem nahegelegenen Fliegerhorst Laarbruch, der später zum Flughafen Niederrhein ausgebaut wurde, interessierten ihn nur die vier Tornado GR1-Staffeln, wodurch die beiden Standorte zur größten Tornado-Streitkraft der NATO wurden. In seiner Schulklasse ging es nie um die NATO. Keiner der Lehrer wollte etwas zu diesem Thema sagen, und so wurde Robert in den Augen seiner Mitschüler zum Spinner.

Ein mehr als mannshoher Zaun, der mit Stacheldraht verstärkt war, hinderte Unbefugte daran, das Gelände des Flugplatzes zu betreten. Zum Greifen nah gab es eine Landebahn mit blinkenden Lichtern, direkt vor Roberts Augen. Er war so fasziniert, dass er erschrocken zusammenzuckte, als sich unerwartet eine Hand auf seine Schulter legte.

Er drehte sich um, und erkannte eine uniformierte Person, die streng fragte: »Was hast du hier zu suchen?«

Robert stotterte: »Äh äh«, und blickte verängstigt zu dem Wachmann in der Royal Air Force-

Kluft mit Springerstiefeln und einem Schäferhund an der kurzen Leine neben sich. Robert entdeckte eine Narbe auf der rechten Wange, die in seiner Fantasie nur aus einem Kriegseinsatz stammen konnte.

»Warum bist du nicht in der Schule wie andere Jungs in deinem Alter?«, donnerte der Wachmann weiter. »Du sagst mir sofort deinen Namen, wo du wohnst und in welche Schule du gehst. Wissen deine Eltern von deiner Expedition?«

Der Schäferhund begann zu knurren. Robert war immer noch viel zu erschrocken und eingeschüchtert, um eine plausible Antwort parat zu haben. Er saß in der Klemme, das stand fest. Ihm war klar, dass dieser Mann seine Mutter und die Schule benachrichtigen wird. Er sah, wie der Wachmann seinen Notizblock zückte, und gab ohne nachzudenken seine Adresse und den Namen der Schule preis. Der Mann nahm Robert das Versprechen ab, dass er seinen Ausflug zum Flugplatz nicht wiederholen würde, und ließ ihn ohne weitere Konsequenzen nach Hause radeln.

Als er mit seinem Fahrrad in beachtlichem Tempo den Meinweg hinunterfuhr und die Markierungen der Tornados über sich erkennen konnte, wusste er, dass er sein soeben gegebenes Versprechen nicht einhalten würde. An den folgenden Tagen verließ er immer öfter sein Zuhause, um scheinbar zur Schule zu fahren. Seine Mutter hatte ihre eigenen Sorgen. Ihre Gesundheit war angeschlagen und für seine Kontrolle war sie viel zu müde.

So fand Robert immer mehr versteckte alte Schmugglerpfade, um den Flugplatz Brüggen zu erreichen. Und oft war er nicht der Einzige am Zaun. Einige junge Männer, die sich wie er versteckt hielten, schrieben etwas in ihre Notizbücher. Vorsichtig schlich Robert sich an die Männer heran. Das Kribbeln in seinem Bauch wurde immer stärker und sein Herz schlug bis zum Hals.

Als sie ihn bemerkten, baute sich ein großer muskulöser Typ drohend vor Robert auf und schrie: »Dieser Platz hier ist nur etwas für Männer. Du hast nichts am Zaun zu suchen.«

Roberts Blick fiel auf das Buch in den Händen des Mannes. Er erkannte Buchstaben und Nummern, bei denen es sich vermutlich um die Registriernummern der Tornados handelte. Er nahm seinen ganzen Mut zusammen und sagte: »Seid ihr Spione?«

Der Mann blaffte: »Wir spotten«, und schlug sein Notizbuch zu, drehte sich um und ging zu seinen Mitstreitern zurück.

Robert war perplex. Hatte er ihn gerade verspottet? Er entschied sich dazu, sich auf den Heimweg zu machen.

Von nun an ließ ihn die Jagd nach Tornados nicht mehr los. Vergessen war Flora und Fauna, jedes Motorgeräusch versuchte er von Flugzeuggeräuschen zu unterscheiden.

An Tagen, an denen in Brüggen wenig oder kein Flugbetrieb war, wagte Robert sich mit seinem Fahrrad an den Zollbeamten der kleinen Grenze Rothenbach vorbei nach Wildenrath. Die Beamten sahen nur einen Jungen, der vielleicht einen Freund im Grenzgebiet besuchen wollte, und winkten ihn durch. Ohne Schwierigkeiten erreichte er den wenige Kilometer entfernten Flughafen RAF Wildenrath. Der Militärflughafen verfügte über eine so lange Start- und Landebahn, dass Transportflugzeuge, Bomber, Tank- oder Aufklärungsflugzeuge wie die Lockheed C-130 Hercules starten und landen konnten. Besonders dieser Flugzeugtyp hatte es ihm angetan. Aber das gesamte Gelände war mit Stacheldraht umzäunt. Zudem wurde es von berittenen und motorisierten Hundeführer-Patrouillen streng überwacht, die ihn jeden Moment erwischen konnten. Nur die Einflugschneise in Tüschenbroich bot eine geeignete Beobachtungsstelle. Obwohl er dort nur wenig Deckung hatte, konnte er den Patrouillen frühzeitig ausweichen und riskierte es daher immer wieder.

Zeitweise wurden sowohl taktische als auch

strategische Nuklearwaffen auf dem Flughafen Wildenrath gelagert. In der Schule hatte Roberts Lehrer einmal einen Dokumentarfilm gezeigt. Der Film erzählte die Geschichte der furchtbarsten Vernichtungswaffe, die je erfunden wurde. Die Schüler erfuhren, dass im August 1945 im Zuge des Pazifikkriegs zwei Atombomben über Hiroshima und Nagasaki abgeworfen wurden. Der Lehrer erklärte der Klasse, dass eine nukleare Explosion einen riesigen grellen Pilz am Himmel hinterlässt und tausende Menschen dabei sterben. In den Radionachrichten, die Robert zu Hause hören durfte, wurde gesagt, dass die Welt sich immer noch im Kalten Krieg befände. Mit seinen gerade mal zwölf Jahren verstand er diese Nachrichten nicht. Doch manchmal träumte er von dem Atompilz. Er wachte dann schreiend auf und seine Mutter musste ihn beruhigen.

An einem jener für ihn riskanten Tage hatte sich Robert im Schutz eines Kornfeldes bis an den Stacheldrahtzaun heran gerobbt. Er beobachtete, wie eine Lockheed C-130 landete. Durch seine Beobachtungen konnte er inzwischen gut Bomber von Transport- und Tankflugzeugen unterscheiden. Sie kam vor einer der großen Wellblechbaracken, deren ovale Dächer den Boden berührten, zum Stehen. Die Baracken waren mit dem amerikanischen Weapon Storage and Security-System ausgerüstet und konnten jeweils bis zu vier taktische durch die Tornado-Jagdbomber einsetzbare Nuklearwaffen lagern. Für Robert waren diese Hangars einfach nur große Wellblechgaragen. Die eben gelandete Maschine war ein Aufklärungsflugzeug. Was sie allerdings aufklärte und warum, wusste Robert nicht. Es war ihm auch gleichgültig. Er wollte nur das Kennzeichen in sein Notizbuch schreiben, wie er es bei den Männern am Zaun gesehen hatte, bevor das Flugzeug in einem der Hangars verschwand.

Robert versuchte, sich etwas näher heranzuschleichen, als zwei Männer in blaugrauer Pilotenjacke und schräg sitzendem Schiffchen auf dem Kopf die Türen des Cockpits aufschoben und auf den Boden sprangen. Sie gingen auf und ab und schienen auf etwas zu warten.

Das Motorengeräusch eines Militärjeeps ließ ihn aufhorchen. Der Jeep stoppte vor der Lockheed C-130. Zwei Offiziere der Royal Air Force stiegen aus. Nach kurzer Unterhaltung mit den Piloten gingen sie zu der großen Wellblechbaracke, dessen Tor von innen geöffnet wurde.

Um nicht entdeckt zu werden, verharrte Robert in seiner Position. Eine weitere Person trat aus dem Hangar hinaus, die er erschrocken als den Wachmann des Stützpunktes Royal Air Force Brüggen identifizierte.

Er schien die anderen Männer erwartet zu haben und ging mit ihnen schnurstracks ins Gebäude. Hinter ihnen schloss sich das Tor. Robert war unschlüssig, ob er warten oder sich unauffällig zurückziehen sollte. Dem Wachmann aus Brüggen wollte er auf keinen Fall wieder in die Fänge geraten. Er entschied sich zu bleiben. Nach einer Viertelstunde kam die Truppe wieder heraus und verabschiedete sich mit militärischem Gruß voneinander.

Die Offiziere der Royal Air Force gingen zu den wartenden Piloten der Lockheed C-130 und gaben ihnen Anweisungen. Mit offenem Mund beobachtete Robert, wie die Lockheed C-130 sich in die Luft erhob und der Militärjeep sich entfernte. Eilig schrieb er Datum, Uhrzeit und die Registriernummer in sein für diesen Zweck angeschafftes Notizbuch, und fühlte sich das erste Mal als richtiger Spotter. Schließlich stand er auf, um mit seinem Fahrrad nach Hause zu fahren.

In seiner Erinnerung machte Robert einen Zeitsprung zu seinem achtzehnten Geburtstag. Bezeichnend für das Jahr 1990 war das Kennenlernen seines Freundes Jan auf der besagten Flugshow in Schweden. Jan war ihm auf Anhieb sympathisch, was ihrem gemeinsamen Hobby und ihrer Herkunft geschuldet war. Und auch ein weiterer Aspekt bestimmte starke Veränderungen in seinem Leben: Die Regierung des Vereinigten Königreiches veröffentlichte ihr erstes Truppenreduzierungsprogramm. In der Konsequenz wurde die Royal Air Force Germany halbiert und sein persönlicher Hotspot RAF Wildenrath bereits zwei Jahre nach der deutschen Wiedervereinigung geschlossen. Die Jagdbomber verließen die Station und nur Robert hörte in seinem Traum noch einmal ihr drohendes Donnern.

Etwas benommen wachte er auf. Er holte sich ein Bier aus dem Kühlschrank, kehrte zurück in seine Hängematte und erinnerte sich an seinen Großvater, der ihn in allen Belangen unterstützt hatte, als er nach seiner Schreinerlehre eine kaufmännische Ausbildung absolvierte. Danach versuchte Robert, seinen eigenen Weg im Möbelhandel zu finden. Aber kaum jemand interessierte sich für Möbel, die er aus China importierte. Den Einkauf organisierte er mit kaufmännischem Geschick, jedoch konnte er mit den Preisen der Billiganbieter in seiner Heimat nicht Schritt halten. In dieser schwierigen Phase starb sein Großvater. Er hinterließ seinen Enkeln ein beachtliches Erbe, mit dem sie nicht gerechnet hatten. Der Verlust seines Mentors, der zentralen Figur seiner Kindheit und Jugend neben seiner Mutter, schmerzte ihn sehr. Von seinem Erbe erwarb er ein Appartement in Roermond. Seine Schwester Miri investierte ihren Anteil in ein Zweifamilienhaus. Sein Bruder John, der längst Familienvater war, kaufte ein kleines Haus mit Garten.

Viele Sequenzen fielen Robert zu seinem Großvater ein. Er war ein erfolgreicher Geschäftsmann gewesen, hatte selbst nicht viel mehr als seine Arbeit zum Lebensinhalt. Dem war alles andere untergeordnet. Ein ernster Mann, aber seine Liebe, besonders zu Robert war unübersehbar. Fast unbemerkt hatte er die Rolle seines Vaters eingenommen. Die goldenen Jahre des Möbelhandels gingen dahin, und Robert war außer Stande den erhofften Aufschwung zu bewerkstelligen. Er passte sich den Gegebenheiten an und verband fortan das Angenehme mit den Notwendigkeiten seines Berufes. Da Robert außer an seine Kamera keine großen Ansprüche stellte, blieb ihm aus dem Möbelverkauf genug Geld, um die Militärflughäfen in Amerika, Asien, Afrika und Europa zu besuchen und zu spotten. Viele Stunden verbrachte er am Computer, um den günstigsten Flug zu finden, und er fand ihn. Immer!

2. Gleiche Ziele

Auch dieses Mal war der Flugpreis nach Jerez de la Frontera einfach unglaublich niedrig. In den vergangenen Monaten hatte Robert etwas Geld zusammensparen können. Nach dem Verkauf seines Appartements in Roermond lebte er nun gänzlich auf dem Campingplatz Elfenmeer am Meinweg. Eine gute Entscheidung, die ihm in finanzieller Weise etwas Luft verschaffte.

Ja, das Leben konnte so oder so sein, oder anders. Vielleicht ganz anders, als man es sich vorstellen konnte. Diese Einladung nach Rota zum Beispiel kam wie gerufen, ihm fehlten noch einige Codes und Registriernummern der Flugzeuge von der dortigen Basis. Und wenn Jan zustimmte, konnte er den Flug buchen. Sie würden natürlich ein Auto mieten, groß genug, um darin zu übernachten.

Zufrieden mit sich und der Welt döste er in der Nachmittagssonne, bis eine kleine, raue Hundezunge seine Hand kitzelte. Von Weitem hörte er jemanden seinen Namen rufen.

»Robert. Robert, wo bist du? Ach, hier hast du dich also versteckt«, kam seine Nachbarin Klara lächelnd auf ihn zu. Er blinzelte sie verschlafen an und wusste augenblicklich, dass es mit der Ruhe hier vorbei war. Sie musste nicht länger an seiner

Hängematte zerren, er ergab sich ohne großen Widerstand, schwang sich aus der Matte und begrüßte auf die niederländische Art mit drei Küsschen auf die Wange die temperamentvollste Frau in seiner Nachbarschaft.

Klara kam stets an den Wochenenden mit ihrem Mann Helmut und dem Papillon-Terrier-Mischling Elisa aus Rheindahlen, das nur fünfunddreißig km hinter der deutschen Grenze lag, hierher zum Campingplatz. Seit Jahrzehnten besaßen sie ein feststehendes Wohnmobil auf dem Gelände. Helmut hatte immer wieder daran gewerkelt, das Gelände darum gestaltet. Gern saß er mit ihnen zusammen im Schatten der beachtlichen Nadelbäume. Elisa ging oft auf Wanderschaft und konnte in den hundedollen Niederlanden ihre Leidenschaft zu stöbern ohne Leinenzwang voll ausleben.

»Wie war eure Woche?«, fragte er interessiert. »Ist alles in Ordnung?«

»Ja«, lachte Helmut, der nun ebenfalls auf ihn zukam.»Außer den üblichen Aufregungen, die uns Rentner so plagen, ist alles im Rahmen.«

»Robert, ich muss dir unbedingt etwas erzählen. Ich bin gespannt, was du dazu sagen wirst«, unterbrach Klara die Unterhaltung der beiden.

»Bei mir gibt es auch etwas Interessantes«, meinte Robert.

»Du zuerst«, entgegnete seine Nachbarin. Doch als sein Handy klingelte, hob er entschuldigend die Hand und verschwand in seinem Caravan.

»Das kann dauern. Du kennst ihn ja«, bemerkte Helmut schulterzuckend. Klara deutete auf ihren Hund, der ungeduldig an der Leine zerrte.

»Klara, gehst du mit Elisa und ich räume unseren Wochenendeinkauf ein?«, schlug er vor.

»Okay, danke«, sagte Klara. Sie waren seit jeher ein gutes Team.

Elisa zog ihr Frauchen zielstrebig zu einem Tor, das den Campingplatz von dem Naturschutzgebiet am Meinweg trennte. Es waren beachtlich viele Hunde unterwegs, Streitereien regelten sie unter sich, und es gab selten Spannungen zwischen den Hundebesitzern. Klara liebte es, mit Elisa durch den Wald zu streifen und versteckte Wege zu finden. Aber diesmal kehrten sie schnell zurück. Sie war zu neugierig auf das, was Robert ihr erzählen wollte.

Vielleicht veröffentlicht er nun endlich seine seltenen Insektenfotos, überlegte sie. Selbst im Naturschutzgebiet De Meinweg war der Verlust der Artenvielfalt in den vergangenen Jahrzehnten spürbar. Unzählige Regionen auf der ganzen Welt kämpften gegen den Klimawandel und das Ungleichgewicht des Ökosystems. Lebensraumzerstörung durch den Menschen, nannte Klara das;

trotzdem trugen viele Politiker und Unternehmensbosse unverfroren Scheuklappen.

Sie unternehmen einfach nichts, sondern denken nur an ihre Wählerstimmen, anstatt langfristige Strategien länderübergreifend zu beschließen. Die Probleme werden einfach ausgesessen, empörte Klara sich bei diesem Gedanken. Durchsetzungsvermögen, um gegen Missstände zu demonstrieren, besaß sie dagegen nicht. Klara war von Natur aus tolerant. Dennoch konnte sie, wenn es nötig war, ihre Meinung wortreich vertreten.

Ihr kastanienbraunes Haar glänzte in der Sonne, als sie aus dem schattigen Wald heraustrat. Wahrscheinlich saßen die Nachbarn auf der Gemeinschaftswiese zusammen. Sie freute sich auf den Abend, und natürlich auf ihren bevorstehenden Urlaub. Einziger Wermutstropfen war, dass Helmut partout nicht mitfahren wollte.

»Du weißt doch, wie unwohl ich mich in einem Hotel fühle. Und dann ist da ja noch Elisa«, hatte er mürrisch bemerkt, als Klara die Reise angesprochen hatte. Auch die Option, dass ein Hund dort willkommen sei, konnte ihn nicht umstimmen. Helmut liebte das zwanglose Leben auf dem Campingplatz. Hier gab es immer etwas Handwerkliches zu tun. Brauchte jemand Werkzeug, Helmut hatte es parat. Außerdem kochte er gerne, zauberte das eine oder andere Menü nach Hausmannsart und begeisterte nicht nur seine Frau, sondern auch die gesamte Mannschaft des Campingplatzes zu so manchem Anlass.

»Du hast es gut«, meinten Klaras Nachbarinnen, deren Männer sich viel lieber an den gedeckten Tisch setzten, als am Herd zu stehen. An manchen Wochenenden überraschte auch Klara sie. Heute hatte sie eine große spanische Tortilla und verschiedene Tapas vorbereitet und würde sie am Abend kredenzen.

Klaras Erinnerungen kehrten zu dem Tag zurück, als ihre Familie das erste Mal hier war. Ihre Kinder Björn und Ira waren elf und vier Jahre alt. Seit Jahren hatten sie nach einem Platz Ausschau gehalten, der möglichst jedes Wochenende genutzt werden konnte. Domburg in der Provinz Zeeland, eines der beliebtesten Ziele für Mönchengladbacher, war für sie einfach viel zu weit. Sie führten noch einen Friseurbetrieb, den sie samstags nicht einfach schließen konnten.

Ein Kunde, der schon seit einigen Jahren Besitzer eines Mobilheimes auf dem Campingplatz Elfenmeer war, hatte sie zu sich eingeladen, als Helmut ihm erzählte, wie sehr er auf der Suche nach einem Zufluchtsort für die Wochenenden war.

Schon am nächsten Tag, einem kalten Märzsonntag, machten sie sich auf den Weg. Die Autofahrt dauerte nur eine halbe Stunde. Der Campingplatz war gut ausgestattet. Er bot seinen Gästen sogar ein Freibad mit Liegewiesen und ein Restaurant, von dessen Terrasse die Besucher auf einen Badesee blicken konnten. Ein Streichelzoo mit Ziegen und zwei Hängebauchschweinen begeisterte Björn und Ira. Hier würden sie sich wohlfühlen und richtig austoben können. Damals hatte Klara sich noch Gedanken gemacht, ob ein Mobilheim beheizbar sein kann.

Anhand des Lageplans fanden sie das Domizil ihres Kunden. Sie passierten Tourencaravans mit Zelten, bestaunten die üppige Vegetation, zogen die frische Luft tief ein. Sie spürten förmlich, wie sich die Haarspraywolke aus ihrem Friseursalon, die sie ständig zu riechen glaubten, verflüchtigte. Drinnen war es gemütlich warm und es gab mehr Komfort als erwartet. Die einzelnen Standplätze wurden von mehr oder weniger großen Rasenflächen mit Blumen und Sträuchern begrenzt.

Eine niederländische Familie aus Utrecht bot gerade ihren Caravan günstig zum Kauf an. Die Entfernung war für sie einfach zu weit. Das konnten Klara und Helmut gut verstehen. Schnell war man sich einig, und noch vor Ostern wechselte das Objekt seine Besitzer. Ihre Kinder lernten in den nächsten Ferien spielend die ersten niederländischen Worte und schon nach kurzer Zeit hatten sie mit den anderen Kindern keine Verständigungsprobleme mehr. So entstanden Wochenendfreundschaften.

Das alles lag jetzt mehr als dreißig Jahre zurück. Klara wurde wieder bewusst, wie ähnlich Robert und Björn sich waren, besonders in ihren Interessen. Die beiden hatten sich leider nie kennengelernt, doch das war eine ganz andere Geschichte.

Als Klara um die Ecke bog und auf Roberts Caravan zulief, sah sie, dass die Nachbarn es sich tatsächlich auf ihren Gartenstühlen auf der Wiese gemütlich gemacht hatten. In luftiger Freizeitkleidung unterhielten sie sich angeregt in der immer noch warmen Herbstsonne. Es war Freitag und wie jedes Wochenende war das zentrale Thema der Männer natürlich Fußball. Das NRW-Derby zwischen Borussia Mönchengladbach und Borussia Dortmund stand bevor. Niemand von ihnen wäre auf die Idee gekommen, sich das Spiel live im Stadion anzusehen. Schließlich waren sie seit der Weltmeisterschaft 2010 in Südafrika, bei der die Niederlande in der Verlängerung gegen Spanien 1:0 verloren hatte, im Besitz einer großen Leinwand, auf die ein Beamer die Spiele übertrug. Sie legten auch das Geld zusammen für ein großes Zelt, in dem sie alle gemeinsam die wichtigsten Spiele verfolgen konnten. Fußballtrikots und Flaggen wurden angeschafft, Girlanden mit Fähnchen in Orange und Schwarz-Rot-Gold wurden diagonal von Baum zu Baum gespannt und die orangefarbene Fahne mit dem Limburger Löwen dekorierte das Zelt. Sogar die Hunde liefen tagelang mit Trikots herum und selbst die Niederlage gegen Spanien konnte die gute Stimmung nicht vertreiben.

Auch heute plauderten die Frauen lieber über ihre Familien, tauschten Kochrezepte und den neuesten Klatsch aus. Die lebhafte Diskussion der Männer, wie das morgige Spiel ausgehen könnte, interessierte sie nicht wirklich.

Mia, eine der Nachbarinnen, die den Sommer auf dem Camping verbrachte und immer gut über alles informiert war, flüsterte hinter vorgehaltener Hand: »Unsere Klara fährt ins Ausland!«

Von Wiebke und Thea, die gerade dabei waren, Rezepte füreinander aufzuschreiben, hörte man ein desinteressiertes »Ach, wirklich?«.

»Und woher willst du das überhaupt wissen?«, fragte Andrea. Klatsch und Tratsch konnte sie absolut nicht leiden.

»Ich weiß es eben, weil Helmut es mir selbst gesagt hat«, war Mias trotzige Antwort. »Fragt ihn doch!«

Das lehnten Wiebke und Thea mit der Begründung ab, dass Klara es ihnen wohl noch erzählen würde.

Inzwischen war Klara mit Elisa vor Roberts Caravan angekommen. Sie sah ihn durch das Fenster mit dem Handy am Ohr an einem schmalen Tisch sitzen, während die Finger seiner rechten Hand über die Tastatur eines Laptops glitten. Sie gesellte sich lieber zu den Frauen auf der Wiese, denn sie wollte ihn nicht stören.

»Da bist du ja«, sagte Mia, als sie die Gruppe erreichte. »Von deinem Mann habe ich gehört, dass du in den Urlaub fährst?«, platzte sie heraus.

»Na und?«, lachte Klara und begrüßte eine nach der anderen mit einem Kuss auf die Wange. Den Männern winkte sie freundlich zu, was diese mit »Hallo, alles klar?« erwiderten.

»Nun setz dich schon zu uns!«, bedrängte Mia sie. »Wir sind fürchterlich neugierig, wie es zu deinem plötzlichen Entschluss gekommen ist.« Sie merkte nicht, dass ihre vorlaute Frage den anderen peinlich war.

»Wieso plötzlich? Bin ich dir etwa Rechenschaft schuldig?«, entgegnete Klara angriffslustig. Sie war um ein Vielfaches reiselustiger als ihre Nachbarin Mia.

Andrea versuchte, die Wogen zu glätten, indem sie sagte: »Hört mal zu, das ist doch Kinderkram. Es geht doch nichts über unsere Freundschaft, oder?«

Dem stimmten alle zu. Im Hintergrund hörte

man von den Männern die Bemerkung »Typisch Weiber«.

Kühle Getränke wurden gereicht und die Frauen warteten darauf, was Klara ihnen über ihr Urlaubsziel erzählen würde.

»Ihr wisst ja, dass ich im Herbst immer gerne eine Woche in Andalusien verbringe. Am liebsten in Conil de la Frontera an der Costa de la Luz. Im Reisebüro gab es ein Topangebot für das Hotel Fuerte Conil Costa Luz. Ich zeige euch gerne den Hotelprospekt. Leider bekomme ich Helmut nicht von seinem Lieblingsplatz hier weg und werde allein reisen müssen«, bemerkte Klara etwas traurig.

»Wann fliegst du denn genau?«, fragte Wiebke interessiert. »Gibt es dort nicht einen fantastischen Strand? Schick mir bitte viele Fotos, ja?«

»Sicher, ich schicke dir gern Fotos. Schon am kommenden Montag geht mein Flug von Weeze nach Jerez. Von dort ist es eine knappe Stunde bis Conil. Das Hotel soll laut Prospekt einen herrlichen Garten haben, mit einem kurzen Weg zum endlosen Strand, der tatsächlich unglaublich schön ist. So etwas solltet ihr euch auch mal gönnen«, empfahl Klara.

»Oh, es geht ja dann doch sehr plötzlich für dich los«, sagte Wiebke.

»Hast du denn schon deine Sachen gepackt?

Und keine Sorge, auf Helmut passen wir schon gemeinsam auf und werden uns um ihn kümmern«, sagte Thea, um Klara zu beruhigen.

Inzwischen näherte sich Robert und nahm direkt Kurs auf die Frauenrunde. Helmut folgte ihm. Er zog in einem Karren einen Kasten Bier und eine Kühltasche heran.

»Hallo liebe Nachbarn, wie geht's? Sollen wir den Grill anfeuern?," erkundigte er sich.

»Ja, gute Idee«, ertönte es zustimmend im Chor.

Grillwürstchen und mariniertes Fleisch, das jeder selbst besorgt hatte, wurden herbei geschafft. Die Männer kümmerten sich abwechselnd um den Grill, während die Frauen ihre vorbereiteten Salate und Klara ihre spanische Tortilla sowie die Tapas auf einen großen Tisch stellten. Robert fragte die Nachbarn nach ihren Getränkewünschen und füllte die Gläser.

Nachdem alle auf einen schönen Abend angestoßen hatten, drängte Klara ihn, nun endlich mit der Sprache herauszurücken.

»Es geht um deine Insektenfotos, vermute ich mal«, sagte sie. »Der Umweltschutz der Provinz Limburg ist darauf aufmerksam geworden und demnächst erscheint ein Bildband mit deinem Namen. Habe ich recht?«

Robert lachte und meinte: »Du und deine blühende Fantasie. Schön wäre es natürlich, doch darum geht es nicht. Ich habe eine interessante Mail bekommen. Der spanische Kommandant des Militärstützpunktes Rota hat mich eingeladen. Er erwartet Militärmaschinen, deren Registriernummern ich noch nicht in meiner Datenbank habe. Mein Freund Jan kommt übrigens auch mit. Wir fliegen am Montag in aller Frühe ab Weeze.«

»Weeze? Etwa um viertel nach sieben?«

Robert nickte.

»Das gibt's doch gar nicht! Ich habe tatsächlich den gleichen Flug gebucht«, sprudelte es aus Klara heraus. Sie schaute zu Helmut herüber.

»Robert und ich haben schon alles besprochen, liebe Klara«, sagte ihr Mann. »Ich bringe dich am Montagmorgen zum Flughafen Weeze. Bevor wir zum Terminal abbiegen, treffen wir die zwei in einem Dorf, das nur zwei Kilometer vom Flughafen entfernt ist. Ihre Autos können sie dort gratis auf einem Bauernhof parken.«

Als sich die lustige Gruppe gegen Mitternacht langsam auflöste, wünschte sie den beiden Reisenden einen guten Flug.

3. Ankunft in Jerez de la Frontera

Am Montag erreichten sie nach einstündiger Fahrt den Treffpunkt. Elisa richtete sich am Fenster auf und war neugierig. Gewöhnlich lag sie um diese Uhrzeit noch gemütlich in ihrem Körbchen.

Robert und Jan warteten schon mit ihrem Gepäck an der Dorfstraße, die unmittelbar zum Flughafen führte. Es war exakt 5:20 Uhr, als Helmut das Auto neben ihnen stoppte. Sie hatten noch genug Zeit bis zum Check-in.

Robert stellte seinen Freund Jan van Dooren vor und Elisa konnte, nachdem sie die beiden beschnüffelt hatte, endlich eine Pinkelpause machen.

Klara hatte nur einen kleinen Koffer bei sich, sodass die Kameras und Reisetaschen der beiden gut in den Kofferraum passten. Als auch das Zwei-Mann-Zelt verstaut war, konnte es losgehen.

Zehn Minuten später öffnete sich die Schranke des Parkplatzes am Flughafen Weeze. Das Gepäck luden sie schweigsam aus. Es war recht frisch, Nebelschwaden hatten sich auf die angrenzenden Felder gelegt.

Klara überkam eine Vorfreude, aber sie konnte ihre Enttäuschung, ohne Helmut reisen zu müssen, nicht ganz ablegen.

»Es ist wirklich schade, dass du nicht mitkommst«, sagte Klara mit belegter Stimme.

»Ach Klara, nun komm schon, nur keine Tränen, mein altes Mädchen. Ich wünsche dir eine schöne Woche in Conil«, meinte Helmut und umarmte sie. »Melde dich, wenn du angekommen bist.«

Klara kraulte Elisa noch einmal zum Abschied. »Pass gut auf alles auf! Ich bin bald wieder da«, versicherte sie ihr.

Robert und Jan verabschiedeten sich sehr herzlich von Helmut und bedankten sich noch mal für seinen Abholservice. Winkend gingen die drei in Richtung Abflughalle.

Nach der Gepäckaufgabe hielt Klara sich an die beiden Männer, die sich in dem Terminal offenbar gut auskannten. Zielsicher steuerten sie zur Passkontrolle.

Klara war erst einmal mit ihrer Familie von Weeze aus nach Mallorca geflogen, doch das lag schon zehn Jahre zurück. Sie nutzte die Zeit bis zum Aufruf der Maschine, um im Duty-free-Shop herumzustöbern. Sie staunte, wie sich der Flughafen entwickelt hatte. Damals gab es nur einen Mini-Duty-free-Shop – und heute brachten die Billigairlines die Reisenden fast überall in Europa hin.

Eine Lautsprecherstimme kündigte die Boardingtime für den Flug nach Jerez an. Klara beendete schleunigst ihre Erkundungstour und reihte sich mit Robert und Jan zwischen den anderen Passagieren ein.

Beim Einsteigen stellte Klara fest, dass nur wenige Plätze mit einem gelben Absperrband gekennzeichnet waren. Jan gehörte zu den Gästen, die gegen Aufpreis Sitzplätze reserviert hatten. Er entfernte das Band und setzte sich direkt auf den Platz am Fenster, seine Kamera sicher in der Hand haltend. Seine langen Beine konnte er nur mit Mühe unterbringen. Robert und Klara war die Sitz Wahl gleichgültig, so bekam sie den mittleren Platz und Robert den am Gang.

Nach den üblichen Anweisungen für die Passagiere rollte die Maschine auf das Flugfeld. Die meisten Gäste wollten so früh am Morgen einfach nur einnicken. Es war nicht leicht, da die beiden Stewardessen ihren Bordwagen durch den Mittelgang rollten und ihre Verkaufsshow vollzogen.

Klara sah aus dem Fenster auf eine geschlossene Wolkendecke. Die beiden niederländischen Freunde schnarchten leise vor sich hin. Für einen kurzen Augenblick war auch sie eingeschlafen, bis sie von leichten Turbulenzen geweckt wurde.

Die Sicht aus dem kleinen Fenster wurde immer klarer. Unter ihnen war ein langer Sandstrand. Das könnte die Biskaya sein, dachte Klara und schaute auf ihre Uhr. Die Maschine flog ziemlich westlich, vielleicht kam es ihr auch nur so vor. An den

Ausläufern der Pyrenäen mussten sie laut Flugzeit vorbei sein. Schade, dass es keinen Bildschirm gab, der die zurückliegende und die noch zu fliegende Strecke anzeigte.

Mit etwas Anstrengung erspähte sie zwischen Bergketten, deren Namen sie vergessen hatte, eine größere Stadt. Madrid ist es auf keinen Fall, überlegte Klara. Vielleicht Toledo, dachte sie und beugte sich über den schnarchenden Jan zu dem kleinen Fenster hinüber. Der brummte mürrisch, bevor er die Augen öffnete.

»Jan, schau mal aus dem Fenster. Kann das der Rio Tejo sein, der sich da unten entlang schlängelt?«, fragte Klara.

»Weiß ich nicht. Frag den Experten neben dir«, war die Antwort, bevor er wieder einschlief.

Klaras Interesse für Erdkunde und Geschichte begleitete sie schon seit ihrer Kindheit.

»Robert, wach auf«, flüsterte sie. »Weißt du, dass wir gerade über die Heimat der spanischen Eroberer fliegen? Vielleicht liegt Trujillo, der Heimatort von Pizarro, dem berühmten spanischen Eroberer, gerade unter uns.«

»Dafür weckst du mich? Echt, Klara, das glaube ich jetzt nicht«, entrüstete Robert sich. Seine Stimme klang verschlafen und mürrisch zugleich.

»Als halbwegs interessierter Europäer sollte man ihn kennen«, meinte Klara beleidigt und wandte sich von Robert ab.

Irgendwo weiter westlich musste die Extremadura, eine autonome Gemeinschaft Spaniens, liegen, die an Portugal grenzt und vom Duero, dem drittlängsten Fluss der iberischen Halbinsel durchzogen wird. Sie hatte in einem Reiseführer gelesen, dass in den Wäldern dort schwarze Schweine gehalten werden, die den berühmten Serrano-Schinken liefern. Im Frühling gedeihen dort unzählige Kirschbäume und stehen in voller Blüte. Sobald die Blüte vorüber ist, bedeckt sie den Boden und präsentiert die Gegend so prächtig wie eine Schneelandschaft. Doch das interessierte ihre beiden Freunde nicht. Spotten war für sie das einzig Wichtige, zumindest auf dieser Reise.

Wenig später befand sich die Maschine schon im Sinkflug. Gleich würde die Ansage aus dem Lautsprecher kommen: »Meine Damen und Herren, wir befinden uns bereits im Anflug auf den Flughafen Jerez de la Frontera. Bitte stellen Sie Ihre Sitze senkrecht und schließen Sie den Sicherheitsgurt.«

Aber es passierte nichts. Weder der Pilot noch der Co-Pilot waren für aufklärende Ansagen zuständig, und die Bordcrew hatte scheinbar auch keine Zeit. Die war mit wichtigeren Aufgaben beschäftigt. Mit strahlendem Lächeln rechneten sie mit den Fluggästen ab, auch die vorher angepriesenen Gewinnlose. Jan nutzte die letzte Gelegenheit für einen Toilettengang, und flugs setzte Klara sich ans Fenster. Sie sah den Rio Guadalete, der einmal die Grenze zwischen dem maurischen und dem christlichen Spanien war, und nun unter ihnen in der Sonne glitzerte. Dieser Fluss mündete bei El Puerto de Santa María in die Bahía de Cádiz. Unweit dieser Bucht lag ihr Ziel, der Ort Conil.

Zwanzig Minuten später setzte die Maschine unsanft auf der Landebahn auf. Die Bremskraft drückte sie alle in die Sitze, es schien, als ob der Pilot keine Zeit zu verlieren hatte. Sie waren fast eine halbe Stunde vor ihrer Ankunftszeit gelandet. Zur Belohnung erklang die überlaute Fanfare; wie immer wenn ein Flug zu früh war. Vorgezogene Landungen sparten der Fluggesellschaft enorme Parkgebühren.

Jan, der Längste von ihnen, suchte ihr Handgepäck zusammen, das über ihnen verstaut war.

Als das Flugzeug seine Position vor dem Terminal erreicht hatte, meinte Klara: »Hier muss man übrigens zu Fuß zur Gepäckausgabe gehen.«

Die beiden Männer schauten sie irritiert an. Als Vielflieger waren sie, was den Service betraf, nicht verwöhnt.

Gemeinsam gingen sie die Gangway hinunter. Während die Männer unter der andalusischen Hitze stöhnten, meinte Klara, dass sich seit ihrem vorherigen Besuch nichts verändert hatte.

Bei der Gepäckausgabe sicherten sich die drei eine gute Position direkt am Förderband. Als die ersten Gepäckstücke durch die schwarzen Gummilaschen rutschten, waren die umstehenden Fluggäste erleichtert und rückten wie eine Armee mit ihren Transportkarren an das Förderband vor.

Robert war kurz abgelenkt, als er seine Handynummer in Klaras Handy speicherte, und bemerkte nicht, dass seine Reisetasche ihn passierte.

Die anderen Fluggäste drängelten sich an ihm vorbei, standen kreuz und quer und so konnte er ihr auch nicht folgen, als Klara ihn auf seine Tasche aufmerksam machte. Er musste sich auf eine weitere Runde des Gepäckbands einstellen, aber dieses kam plötzlich zum Stehen. Sperriges Golfgepäck hatte sich zum Unmut aller verklemmt.

So fiel Klaras Blick auf eine gut verschnürte Schachtel und ihre Fantasie beflügelte sie in der Annahme, dass sich darin etwas Geheimnisvolles verbarg. Sie suchte die Menschenmasse nach dem möglichen Besitzer ab, war sich aber völlig uneins, wem sie zuzuordnen war.

Das Förderband setzte sich mit einem Ruck wieder in Bewegung. Bis sie ihren eigenen Koffer schnappen konnte, drehte die Schachtel, eingerahmt von zwei Golftaschen, bereits ihre dritte

Runde. Dann entdeckte Klara einen Mann, der wild an seinem Handy rumhantiert hatte, bis auch er die Schachtel fixierte, sie abrupt vom Band nahm und damit eilig in der grauen Masse verschwand.

Robert, der in der Zwischenzeit endlich seine Reisetasche in Empfang genommen hatte, machte sich auf dem Weg zur Autovermietung. Vor dem Schalter hatte sich wie üblich eine lange Schlange gebildet.

Ganz Gentleman hatte Jan gewartet, bis Klara samt Koffer abmarschbereit war. Klara hielt ihr Handgepäck, einen kleinen Rucksack, fest unter ihren Arm geklemmt. Sie wollte auf keinen Fall wieder bestohlen werden, wie vor Jahren einmal in Lissabon. Von Weitem erblickte sie Robert, der immer noch am Autoschalter anstand. Verwundert bemerkte sie, dass er von einem arabisch aussehenden Mann in Zivil angesprochen wurde. Beide wirkten entspannt, als ob sie sich kennen.

Klara wandte sich an Jan: »Weißt du, mit wem Robert sich dort unterhält?«

»Nein, ich glaube nicht. Vielleicht handelt es sich um einen Marokkaner«, erwog er.

»Sie kennen sich bestimmt von irgendwoher«, meinte Klara. »Da bin ich mir sicher.«

Sie näherten sich den beiden und musterten den Fremden, der elegant gekleidet war. Selbst die hellbraunen Lederstiefel schienen handgefertigt zu sein. Als er sich verabschiedete, beobachteten beide, wie er Robert ein kleines Päckchen gab.

»Heute ist wohl Schachteltag«, sagte Klara und Jan sah sie verwundert an.

»Schon komisch, dass sie sich ausgerechnet in der Ankunftshalle treffen«, sagte Klara, ohne Jans fragenden Blick zu bemerken.

»Wahrscheinlich ist er mit einem kleinen privaten Flugzeug gekommen«, überlegte Jan.

»Was sich wohl in der kleinen Schachtel befindet?«, rätselte Klara.

»Keine Ahnung. Wahrscheinlich macht Robert wieder irgendwelche Geschäfte«, meinte Jan und holte tief Luft, um seine Ratlosigkeit auszudrücken.

Sie gingen auf Robert zu, der nun endlich den Autoschlüssel in Empfang nehmen konnte.

Klara stupste ihn leicht in die Seite. »Na, Robert, kaum gelandet und schon beschenkt worden?«

»Die besten Geschenke sind die, die man weiterverschenkt, ohne sie vorher betrachtet zu haben«, entgegnete er geheimnisvoll und lenkte dann vom Thema ab. »Hört mal, wir hatten Glück mit dem Automodell. Jan und ich fahren in einem Schwedenpanzer durch Spanien.«

Klara nahm ihren Koffer und hatte es eilig, weil

der Transferbus zum Hotel auf sie wartete. Jetzt war es Zeit sich zu verabschieden. Noch eine herzliche Umarmung, sich eine gute Zeit wünschen, dann zog sie ihren Koffer zum Ausgang und beschleunigte ihre Schritte.

Noch einmal vernahm sie Roberts Stimme: »Nicht so schnell, Klara. Ich möchte dich um etwas bitten.« Er hielt sie sanft am Arm fest.

»Die Schachtel, das kleine Päckchen, du weißt schon was ich meine«, begann er umständlich. »Du hast ja beobachtet, dass ich mit jemandem gesprochen habe.«

»Was willst du von mir, Robert?«, sagte sie etwas überreizt. Klara wollte auf keinen Fall ihren Transferbus verpassen.

»Er ist ein alter Bekannter aus Marrakesch und hat mir das Päckchen anvertraut. Er hat gesagt, dass ich es keinesfalls unbeaufsichtigt lassen soll und der Inhalt nur für mich bestimmt sei. Ich möchte es auf keinen Fall zur Militärbasis Rota mitnehmen. Im Auto kann es auch nicht bleiben bei der hohen Einbruchrate für Mietwagen. Kannst du es bitte mit in dein Hotel nehmen, Klara?«

Sie sah ihn verwirrt an.

Jan hatte inzwischen das Auto geholt und fuhr jetzt mit dem Volvo vor. Er ließ das Fenster herunter und schaute auf die Schachtel in Roberts

Hand.

»Habt ihr beide ein Problem? Ihr seht aus, als wäre in dem Ding der Teufel persönlich beherbergt«, sagte er belustigt.

Klara meinte: »Ich soll das Kindermädchen für die Schachtel spielen, ohne zu wissen, was sich darin befindet. Ich finde das etwas seltsam.«

»Öffne es doch hier und jetzt«, schlug Jan vor, »dann verschwindet die Ungewissheit. Klaras Bus zum Hotel wird auch nicht ewig auf sie warten.«

»Richtig, Jan. Wir haben alle keine Zeit mehr zu verlieren. Klara, bitte, tu mir doch den Gefallen und nimm es an dich. In deinem Hotelzimmer kannst du es im Safe einschließen. Bevor Jan und ich den Militärstützpunkt Rota verlassen, rufe ich dich an und wir machen einen Treffpunkt in Cádiz aus. Dort gibst du es mir wieder zurück und wir können es gemeinsam öffnen. Du liebst doch aufregende Sachen im Leben.«

Bevor sie es verhindern konnte, drückte er ihr das Päckchen in die Hand.

»Wir sehen uns in Cadiz«, rief er noch und stieg zu Jan in den Volvo.

»Aber, Robert«, schimpfte sie ihm wütend nach. »Das glaube ich jetzt nicht. Du lässt mich hier mit irgendeinem Mist stehen, von dem du selbst nicht weißt, was es ist.«

Fassungslos sah sie dem davonfahrenden Gespann nach. Sie hätte sich nicht darauf einlassen sollen. Zögernd sah sie sich das Päckchen, das in braunes Packpapier eingewickelt und mit dünnem Hanf verschnürt war, genauer an. Was mochte es wohl beinhalten?

Sie hatte absolut keine Idee. Es war sehr leicht und ungefähr so groß wie eine Pralinenschachtel von ihrer Lieblingskonditorei aus Mönchengladbach. Sie verstaute das Ding im Rucksack. Am liebsten würde sie Helmut anrufen und ihm davon erzählen. Sie suchte nach ihrem Handy und ein wahnsinniger Schreck durchzuckte sie. Hektisch kramte sie in ihrem Rucksack, in ihren Hosentaschen und in ihrer Jacke. Aber das Ding war weg. Obwohl die stickige Luft der morgendlichen Abkühlung gewichen war, traten ihr Schweißperlen auf die Stirn. Sie lief zur Information zurück. Für den netten, kompetenten Herrn an der Information war es ein Routinejob die Möglichkeiten zu checken, wo ihr Handy sein könnte. Er sprach in sein Funkgerät, und bat Klara um etwas Geduld. Die Geduld wurde strapaziert. Dann rollte auf einem Segway ein Mitarbeiter an, der ihr das Handy aushändigte, nachdem er sich vergewissert hatte, dass sie die wahre Besitzerin war. Ungeheuer erleichtert bedankte sie sich und rannte zu ihrem Bus, der nur noch auf sie wartete.

4. An der Küste des Lichts

Der Fahrer lehnte lässig an der Motorhaube und sagte freundlich: »*Buenos dias, señora.*«

Die Gepäckklappe öffnete sich auf Knopfdruck, um ihren Koffer hinein zu lassen. Nachdem sie mit dem Busfahrer einige höfliche Worte auf Spanisch gewechselt hatte und die Gepäckklappe geschlossen war, stieg sie mit einem freundlichen »Hola und guten Morgen« in den Bus.

Außer ihr gab es vier Mitreisende, die sie genervt ansahen.

Ein sportlich gekleideter Urlauber äußerte mürrisch: »Seit gefühlt einer Stunde warten wir hier auf Sie.« Er wischte mit einem Taschentuch über sein Gesicht.

Einem jungen Pärchen schien die Verspätung weniger auszumachen. Die beiden hörten Musik auf ihren Handys. Als Klara an ihnen vorbei ging, nahmen sie die Stöpsel aus den Ohren und grüßten sie freundlich.

Klara nahm hinter ihnen Platz. Ihren Rucksack behielt sie lieber bei sich. In der Reihe neben ihr gab ein Fahrgast gerade eine Nachricht in sein Handy ein, bevor er sich Klara zuwandte.

»Hören Sie«, sagte er vorwurfsvoll. »Ich bin Familienvater und habe meine Frau und die Kinder zum gebuchten Hotel vorgeschickt. Die Wartezeit konnte ich meiner Familie nicht zumuten. Wissen Sie eigentlich, wie teuer ein Taxi von hier bis zum Urlaubsort ist?«

»Sorry, aber ich musste mich noch dringend um etwas kümmern«, antwortete Klara entschuldigend. Dass ihr Flieger sogar zu früh in Jerez gelandet war, verschwieg sie. Der Mann murmelte für sie unverständliche Worte vor sich hin. Seine Miene hellte sich dabei keineswegs auf.

Der Bus setzte sich endlich in Bewegung. Klara kramte ihr Handy aus dem Rucksack, schaltete es ein, um Helmut anzurufen. »Kein Netz« stand da, und ihr entfuhr ein Schimpfwort. Der eben noch gereizte Mann wandte sich ihr wieder zu. »Wenn sich Ihr Handy nicht automatisch in das spanische Netz einwählt, müssen Sie auf ›Netzwahl‹ drücken«, sagte er versöhnlich.

Klara freute sich, als ›Willkommen in Spanien‹ aufleuchtete und sah dankbar zu ihrem Helfer in der Not herüber. Dieser nickte ihr friedlich zu.

Erleichtert vernahm sie die vertraute Stimme ihres Ehemanns.

»Hallo Helmut, ich bin gut gelandet und sitze bereits im Bus zum Hotel. Ich melde mich heute Abend. Küsschen!«

»Super, Klara, Küsschen zurück. Viel Spaß und erhol dich gut«, erwiderte Helmut.

Klara lehnte sich beruhigt zurück und warf

einen Blick auf die vorbeiziehende Landschaft. Von April bis Juli zeigt sich die Region von ihrer farbenprächtigen Seite, aber jetzt im Oktober wirkte alles verstaubt und verdorrt. Wo im Frühling blühende Wiesen in prächtigem rosa und fliederblau das Herz erfreuten, weideten jetzt Rinder und Schafe auf verbranntem Gras. Das blühende Nebeneinander von Mohn und Sonnenblumen war verschwunden. Die endlosen Getreide- und Baumwollfelder, die sich im warmen Wind meist beschaulich hin und her wiegten, waren jetzt abgeerntet und nur noch abgeflammte Brachfelder.

Klara war gespannt, ob sie wieder den Levante erleben würde. Dieser mörderische Wüstenwind, der sich von Mai bis Oktober durch die Straße von Gibraltar presst, ist für die Menschen und Tiere ein Albtraum, für die Surfer an der Costa de la Luz zwischen Tarifa und Cádiz allerdings ein Traum. Klara hatte den Levante schon selbst am Strand erlebt. Damals hatte sie eine Ladung feinkörnigen Sand abbekommen, der auf ihrer Haut einen unangenehmen Ausschlag hervorrief. Die Apotheken der Region waren darauf vorbereitet. Man empfahl ihr Aloe vera, die hier als Wunderheilpflanze galt und auch ihr geholfen hat. Heute würde sie sich bei einem herannahenden Levante schon vorher in Sicherheit bringen, denn er dauert in der Regel drei bis fünf Tage an. Danach wird die Küstenregion vom mäßigen Poniente, der aus westlicher Richtung weht, abgelöst. Klara wollte lieber viel Zeit am Meer verbringen und durch die Orte stromern, als sich im Hotel verschanzen zu müssen. Aber Wetter ist Wetter und Wind ist Wind. Einfluss darauf konnte nur das Glück selbst nehmen, und sie zählte darauf.

Auf der Autovía A-4 passierten sie gerade die Abfahrtsschilder nach Puerto de Santa María und Sanlúcar de Barrameda. Das veranlasste Klara, in ihrem Rucksack nach dem Andalusien-Reiseführer zu kramen. Ihre Finger ertasteten wieder das Päckchen. Sie schob es achtlos beiseite. Irgendwo musste er doch zu finden sein. Endlich kam die Broschüre zum Vorschein.

Hier ist also die Heimat des Vino de Jerez, las sie interessiert. Der weiße, stark kalkhaltige Boden bringt drei Sherryarten hervor: einen hellgelben, einen bernsteinfarbigen und einen dunkelgoldenen Sherry. Dieses Mal würde sie in der berühmten Bodega von Conil gegenüber der Kirche wirklich alle drei probieren, nahm sie sich ernsthaft vor.

Links und rechts der Schnellstraße war Salz zu kleinen Bergen aufgeschüttet, bevor es abtransportiert und weiter verarbeitet wurde. In der flirrenden Luft tauchten Salzlagunen auf, aber auch hier lauerte die nächste Enttäuschung für Klara.

Sie hatte sich so auf den Anblick der Flamingos gefreut, konnte aber keinen einzigen entdecken.

Nun gut, vielleicht stehen sie ja auf meiner Rückreise in der Lagune, tröstete sie sich selbst.

Wie eine Fata Morgana lag Cádiz in der Ferne. Für einen kurzen Moment erkannte man die neue beeindruckende Brücke, die die Halbinsel Cádiz mit El Puerto de Santa María auf dem Festland verbindet.

Die Autovía führte den kleinen Bus in einem großen Bogen unter der Straße nach Cádiz hindurch in Richtung Osten zur Abfahrt Algeciras. Zwanzig Minuten später wurde Chiclana de la Frontera ausgeschildert. Hier musste er abbiegen.

Im Zentrum der Stadt herrschte Verkehrschaos. Die zahlreichen Buslinien erinnerten Klara an ihre Heimatstadt. Ihr Bus kämpfte sich von einer Ampel zur nächsten. Endlich geschafft! Das Straßenschild wies Novo Sancti Petri aus. Klara vermutete, dass dort die meisten Insassen den Bus verlassen würden. Zumindest die mit dem Golfgepäck.

Novo Sancti Petri baute Mitte der achtziger Jahre im Hinblick auf die Weltausstellung in Sevilla 1992 Hotels auf grünen Oasen und war so ein lohnendes Ziel für Golfer, auch noch bis heute. Hier wurde ein künstlicher Ort geschaffen, um die vielen Gäste aus aller Welt beherbergen zu können. Das war der Start für die Immobilienbranche, an der Costa de la Luz zu investieren. Die gesamte Küstenregion profitierte vom Bauboom. Arbeitsplätze, die in der Landwirtschaft oder Fischerei verloren gingen, wurden so ersetzt.

Als Klaras Mitreisende an ihren gebuchten Hotels ausstiegen, stand die Sonne immer noch hoch am Himmel. Sie sah sich um und war erfreut, dass sie nun die Fahrt Richtung Conil allein mit dem Fahrer fortsetzen würde.

Die Landstraße schlängelte sich entlang der Golfoasen. Unzählige weiße Bälle zierten das satte Grün. Sie mochte sich gar nicht ausdenken, wie viel Wasser dafür verschwendet wurde, um die Flecken grün zu halten, damit Urlauber ihrem Hobby frönen konnten. Das war so gar nicht ihre Welt und sie war froh, als sie endlich die Wegweiser zu den Reitställen sah.

Vielleicht besuche ich wieder den Reiterhof Picadero Roche. Ob in dessen Stallungen immer noch die reinrassigen Lusitano-Hengste neben edlen Andalusiern stehen?, fragte Klara sich. Die Schweizer Besitzerin Karin Leuthardt hatte mit ihnen zahlreiche Diplome der Spanischen Hofreitschule in Jerez erworben. Für die Gäste des Reiterhofes, zu denen Klara sich seit Ende der neunziger Jahre zählen durfte, standen gehorsame und trittsichere Pferde zur Verfügung. Sie erinnerte sich an die vielen Ausritte mit dem gutmütigen

Salinero, einem rotbraunen andalusischen Wallach in seinen besten Jahren, durch die wunderbaren Pinienwälder hin zum Strand. Er aß sehr gerne Bananen und Melonen, was sie zunächst sehr verwundert hatte. Die morgendlichen Stunden am Meer taten ihm aber genauso gut wie Klara. In der Manege erhielt sie von Karin Unterricht, um ihre Reiterfähigkeiten zu verbessern.

In diesen schönen Erinnerungen schwelgend blickte sie verträumt aus dem Fenster.

5. Weiße Dörfer

Von der Finanzkrise 2008 wurde Andalusien von allen spanischen Provinzen am härtesten getroffen. Viele Reiterhöfe mussten ihre wertvollen Tiere weit unter Wert verkaufen, andere hatten sehr bald selbst kein Geld mehr für das Futter der Tiere. Niemand hatte es für möglich gehalten, dass schon fünf Jahre nach der vorherigen Wirtschaftskrise nun eine von noch größerem Ausmaß über die Finanzwelt hereinbrechen würde. Geschichte wiederholt sich, jedoch nicht im gleichen Kleid – dadurch stolperten die Menschen immer wieder in das nächste Desaster hinein. Von der Gier nach Macht, Einfluss und Geld getrieben, verloren sie immer wieder jedes Maß an Verantwortung für kommende Generationen, entfachten Kriege und verursachten unheimliches Leid.

Eigentlich hatte Klara sich vorgenommen, nur fröhliche Gedanken zu haben. Sie hoffte sehr, dass Picadero Roche gut durch die Krise gekommen war.

Inzwischen wurden die Pinienwälder von Feldern abgelöst und kleine von Hand geschriebene Schilder wiesen die Vorbeifahrenden darauf hin, dass sie Gemüse, Kartoffeln und Eier frisch auf dem Bauernhof kaufen konnten. Klara wischte die düsteren Gedanken beiseite, entspannte sich und begann ihren Urlaub zu genießen. Der Fahrer blickte immer wieder in den Rückspiegel. Seit geraumer Zeit folgte ihnen ein Wagen der Guardia Civil. Er hatte es offenbar nicht eilig. Als der Bus das Ende der Landstraße erreichte und auf der Nationalstraße N-340 Richtung Algeciras weiterfuhr, bog die Streife ebenfalls ab.

Ein aufheulender Motor auf der Überholspur veranlasste Klara, sich umzudrehen. Siedendheiß erinnerte sie sich an das ominöse Päckchen und schob sich nervös eine Haarsträhne aus der Stirn.

Nur noch wenige Kilometer bis zur Abfahrt Conil. Klaras Anspannung stieg ins Unermessliche. Sie hatte plötzlich keinen Blick mehr für die pittoresk anmutenden weißen kleinen Bauernhäuser mit ihren üppigen Gemüsegärten und Viehställen. Schafe, Hühner und Ziegen, die an Feigenbäumen knabberten, bemerkte sie heute nicht. Diese Idylle stand im krassen Gegensatz zu Klaras Gemütslage.

Ein stolzer Hahn erhob seine Stimme. So machte er dem Namen der Bucht alle Ehre, die sie in wenigen Minuten erreichen würde. Die Schilder im Kreisverkehr wiesen den Weg zum Fuente del Gallo, der Brunnen der Hähne. Auch der Strand La Fontanilla, an dem ihr Hotel lag, war nun ausgeschildert.

Der Busfahrer stoppte kurz und fragte abgehakt:

»*Señora, Hotel?*«

Klara blickte wieder über ihre Schulter. Der Jeep der Guardia Civil hatte auch angehalten, also hatte sie sie tatsächlich im Visier.

»*Problema, señora?*«, raunte er und blickte sie mit durchdringendem Blick an.

Klara fuhr zusammen. Warum folgt die Polizei mir?, war das Einzige, an das sie gerade denken konnte.

»Robert, du kleiner Mistkerl«, fluchte sie leise. »Von wegen, mach dir keine Sorgen!«

Dann aber sagte sie entschlossen: »*No, señor,* keine Probleme! Fahren Sie durch die Stadt direkt zum Hotel, *por favor*.«

Sie drehten eine Runde durch den Kreisverkehr, der praktisch als Eingangstor zum Zentrum Conils dient.

Die Guardia Civil folgte ihnen jedoch nicht. Sowohl der Fahrer als auch Klara nahmen das mit Erleichterung auf.

Klara atmete tief durch. Jetzt bilde ich mir schon ein, von der Polizei verfolgt zu werden. Wenn ich im Hotel bin, muss ich unbedingt mit Robert über das Päckchen sprechen. Ich mache mich ja ganz verrückt, dachte sie.

Sie blickte aus dem Fenster und sah auf die ineinander geschachtelten Häuser. Conil gehört zu den sieben ›Weißen Dörfern‹, die hier ›Pueblos

Blancos‹ hießen und zu den Höhepunkten Andalusiens zählten. Das Farbspiel wechselte seine Nuancen mit dem Licht des Tages; gelblich in der Morgensonne, blendendes Weiß am Mittag und bei Sonnenuntergang legte sich ein bläulicher Schatten über die Stadt. Von Weitem wirkte Conil wie ein Schneefeld. Das war auch der Eindruck, den Klara Jahre zuvor hatte, als sie mit einer Reitergruppe von *Zahara de los Atunes*‹ kommend Conil zum ersten Mal sah. Das Aussehen verdankte das Dorf wie alle Pueblos Blancos dem Kalk. Er verlieh den Wänden Festigkeit und das lichtreflektierende Weiß bot Schutz vor der glühenden Sonne.

Klara war fasziniert von der Region und fand es schade, dass sie dieser besonderen Landschaft nicht genügend Aufmerksamkeit schenken konnte. Früher löste der Anblick der Atlantikküste Costa de la Luz, der Küste des Lichts, ein extrem schönes Gefühl in ihrer Herzgegend aus. Aber heute war das alles anders.

Sie drehte sich ein weiteres Mal um, aber von der Guardia Civil war nichts zu sehen.

Der Busfahrer beobachtete sie aufmerksam im Rückspiegel.

»*Señora*! Soll ich Sie nun direkt zum Hotel fahren?«, fragte er.

»Ja! Si! Gern direkt zu meinem Hotel!«, bat

Klara ihn.

Über enge Gassen, deren angrenzende Geschäfte zu dieser Zeit die Fensterläden fest geschlossen hatten, erreichte der Bus die Hotelzone.

Klara fixierte die Zeiger ihrer Uhr. Zwei Stunden lag die Landung in Jerez zurück. In Conil war *Siesta*! Die Straßen waren wie leergefegt, die Menschen flohen vor der sengenden Mittagshitze in kühle Innenhöfe oder klimatisierte Räume. Beliebt war der Parque de La Atalaya wegen seiner schattenspendenden Bäume und dem Meerblick. Eine durch ihr Kopfsteinpflaster holprige Straße schlängelte sich leicht bergauf, um sich am Park in verschiedene Wege zu teilen. Richtung Strand lag Klaras Lieblingsrestaurant, wo es täglich frische Meeresfrüchte zu genießen gab.

Hotel Fuerte Conil Costa Luz, las Klara auf einem der Hinweisschilder.

Nur noch wenige Minuten trennten sie von ihrer Unterkunft.

»*Buenas vacaciones, señora*!«, sagte der Busfahrer. Charmant fügte er augenzwinkernd auf Deutsch »Schöne Ferien!« hinzu, während er ihr Gepäck aus dem Businneren lud.

»*Muchas gracias*«, bedankte Klara sich und nahm Kurs auf die Lobby.

Das gedämpfte Licht der Kristalllüster und der Stehlampen empfing sie in der Lobby und beleuchtete die Sitzgruppen im landestypischen Stil. Es dauerte einen Moment, bis ihre Augen sich an das schummrige Licht gewöhnt hatten.

Sie zog ihren Koffer zu einer der Sitzgruppen und stellte den Rucksack auf dem dazu gehörenden Tischchen ab. Als sie aufsah, bemerkte sie zwei Beamte der Guardia Civil in einem Gespräch mit der Rezeptionistin.

Na toll, dachte sie und öffnete einen der zahlreichen Reißverschlüsse, um ihren Pass und den Hotelgutschein herauszunehmen. Während sie glaubte, Gesprächsfetzen wie »Hollanda« und »Robert« zu hören, verfluchte sie im Geiste das ominöse Päckchen.

Entschlossen wählte sie Roberts Handynummer. Sie wollte endlich Gewissheit haben, was sich darin verbarg. Enttäuscht bemerkte sie, dass sie auf seiner Mailbox gelandet war.

»Hallo! Ich weiß, es klingt wie ich, doch ich bin es nicht. Es ist nur mein Telefon, das so tut. Wenn Sie eine Nachricht hinterlassen möchten, melden Sie sich bitte nach dem Piepton.«

Mist, dachte Klara. Mit besorgter Stimme flüsterte sie: »Bitte, Robert, melde dich. Die Guardia Civil ist in meinem Hotel.«

Klara steckte ihr Handy in dem Moment weg, als sich die Polizisten zum Gehen wandten. Wahrscheinlich hatte sie die Gesprächsfetzen missverstanden und machte sich unnötig Sorgen. Scheinbar gelassen, aber mit wild klopfendem Herzen ging sie zur Rezeption.

Dort holte sich ein Hotelgast gerade ein frisches Badetuch für den Pool ab. Die Rezeptionistin begrüßte sie freundlich und fragte nach ihrem Pass und dem Hotelgutschein.

In ihrem holprigen Spanisch, das mehr Spanglesch war, wie sie es nannte, erklärte Klara, dass sie zwar ein einfaches Zimmer mit Frühstück reserviert habe, sich jedoch gerne eines mit Meerblick ansehen würde.

»*Si bien*«, meinte die Rezeptionistin lächelnd.

Freudig nahm Klara zur Kenntnis, dass ein Zimmer mit Meerblick nur unbedeutend teurer war.

»Wir können Ihnen beide zeigen und Sie entscheiden sich dann für eines«, schlug die junge Frau in dem typischen Hoteldress vor.

Klara sah auf ihr Gepäck, aber die versierte Empfangsdame versicherte ihr: »*No problema, señora*! Sie können es hier stehen lassen.«

Der herbeigerufene Hotelboy bekam die Schlüssel von beiden Zimmern.

»Mal sehen, zuerst zeigen Sie mir bitte das mit Meerblick«, meinte Klara und folgte dem Hotelboy geschwind.

In der vierten Etage öffnete er die Tür No. 412.

Klara war überwältigt von der Aussicht, die sich ihr vom Balkon des Zimmers auf die blühende Gartenanlage mit verschiedenen Pools und den Strand La Fontanilla bot.

»Einfach wunderbar«, rief sie begeistert und tanzte eine Runde auf dem Balkon.

Der Hotelboy lachte herzhaft. Natürlich kannte er viele Reaktionen der Gäste, aber Klaras Gefühlsausbruch überraschte ihn dann doch.

Klara konnte sich gar nicht sattsehen am Atlantik, der in der Sonne glitzerte. Am Horizont tauchten schemenhaft die Schiffe der Fischindustrie auf, die dort den frischen Fang direkt verarbeiten.

Der geduldig wartende Hotelboy sah sie fragend an und sie sagte: »*Gracias*, danke. Zeigen Sie mir bitte das andere Zimmer, *por favor*.«

Das Zimmer war schön und größer, als sie erwartet hatte. Es hatte keinen Balkon, dafür eine Terrasse mit Blick in einen mediterranen Garten und auf einen Fischteich. Ein Rasenstreifen führte direkt zu der weiß eingedeckten Terrasse des Speisesaals. Sie war sehr zufrieden.

»Sehr schön, gut. Ich nehme dieses hier«, sagte Klara zu dem wartenden Hotelboy, bevor dieser ihren Koffer holte. Nachdem er ihr die Funktion des Safes erklärt und zwei Schlüsselkarten übergeben hatte, bedankte er sich für das großzügige Trinkgeld.

6. Auf nach Rota

Robert und Jan standen im Stau und hatten sich noch nicht an die spätsommerliche Hitze gewöhnt. Beide wischten sich immer wieder den Schweiß von der Stirn. Endlich ging es weiter. Doch bevor sie die Auffahrt zur Autovía A-4 in Richtung Rota erreichten, stoppte Jan den Volvo auf einem Parkstreifen.

»Ich kann nicht mehr, Robert«, sagte er mit hochrotem Kopf. Dann gab er ihm die Autoschlüssel.

Robert sah seinen Freund erschrocken an. »Du musst sofort etwas trinken. Setz dich schon mal auf den Beifahrersitz. In meinem Rucksack steckt noch eine große Flasche Mineralwasser, die ich im Duty-free gekauft habe. Ich hole sie.«

Mit einem Klick öffnete sich der Kofferraum und er schnappte sich schnell das Mineralwasser, eine Straßenkarte sowie eine Informationsbroschüre über den Stützpunkt Rota. Ihr Ziel lag ungefähr zwei Kilometer entfernt vom Zentrum des beliebten Ferienortes.

Jan trank hastig das lauwarme Wasser. Robert steckte währenddessen seinen Presseausweis von innen hinter die Frontscheibe des Volvos. Gewöhnlich öffnete dieser Ausweis so manche Türen.

»Mich würde echt interessieren, wie du an diesen Presseausweis gekommen bist«, japste Jan nach dem letzten Schluck Wasser.

Er sah Robert neugierig an, doch der grinste nur. Die Einladung des Militärkommandanten steckte griffbereit in Roberts Rucksack. So waren sie gut gerüstet für ihre Reise mit Stopps auf den verschiedenen spanischen Militärflugplätzen.

Der viertürige Volvo war groß genug zum Übernachten für die beiden Männer. Bei dem Klima an der Costa de la Luz würde es aber nicht nötig sein. Sie würden meistens im Freien schlafen oder im Zelt, das zusammen mit ihren Schlafsäcken in einem großen Rucksack steckte. Fototaschen und Verpflegungsrucksäcke lagen auf dem Rücksitz.

Robert reichte Jan die Broschüre über den Militärstützpunkt Rota und die Straßenkarte, bevor er den Motor startete. Der Stau hatte sich aufgelöst und es konnte losgehen. Das Straßennetz in Andalusien war trotz der Wirtschaftskrise und dank europäischer Fördergelder sehr gut ausgebaut, und bald befanden sich die Männer auf der Autovía A-4. Der direkte Weg von Jerez de la Frontera nach Rota führte sie nach Westen.

Robert sah auf seine Uhr und sagte zu Jan: »Der Militärkommandant erwartet uns nicht vor heute Abend. Es gibt eine Landstraße, die der Bahía de

Cádiz mit ihren goldgelben Stränden folgt. Wir könnten an einem von ihnen stoppen, uns ausruhen und etwas Essen und Trinken, wenn du einverstanden bist.«

Jan, der sich mit dem Faltblatt über den Militär- und Marinestützpunkt Rota beschäftigte, stimmte seinem Vorschlag sofort zu.

Auf der Autovía tauchte die Abfahrt El Puerto de Santa María auf und Jan schlug vor, über diese Straße zu fahren.

El Puerto, wie die Spanier die Stadt nannten, mit ihren weißen Mauern an der Mündung des Flusses Guadalete gelegen, empfing sie schläfrig. Es war *Siesta* und die Straßen und Gassen menschenleer.

Die landestypischen Sherry-Bodegas und Cocederos, in denen Meeresfrüchte frittiert und zum direkten Verzehr angeboten wurden, waren geschlossen.

»Spanische Uhren ticken eben anders«, stellte Robert fest.

Er fand einen Parkplatz an der Arena Plaza de Toros, auf der ein imposantes Stiermonument Jan dazu veranlasste, nach seiner Kamera zu greifen, bevor sie ausstiegen.

»Wusstest du, dass die Stadt Ausgangspunkt der zweiten Amerikaexpedition von Christoph Kolumbus war?« Die Aura des einstigen Weltentdeckers schwang bei seinen Worten mit. Jan hatte im Handschuhfach einen Andalusienprospekt entdeckt und fuhr ungebremst fort. »Die Kirche Iglesia Mayor Prioral mit ihrer spektakulären Architektur, die sie, wie Experten behaupten, einer Kathedrale ebenbürtig macht, möchte ich unbedingt fotografieren.«

Robert streckte sich aus. Sein Körper hatte sich in dem engen Flugzeugsitz und anschließend im Auto schmerzhaft verspannt. Er schüttelte sich kurz, lockerte seine Nackenmuskulatur und rang mit sich, wie er Jan am besten davon überzeugen konnte, keine langweilige Stadtbesichtigung zu unternehmen. Alles was nicht fliegen konnte, war ihm kein Foto wert. Meistens jedenfalls nicht. Er gab sich einen Ruck und lehnte es kurzerhand ab, sich weder die Kirche noch die Burg Castillo de San Marcos aus dem 12. Jahrhundert ansehen, geschweige denn fotografieren zu wollen.

»Warum vergeuden wir unsere kostbare Zeit mit Besichtigungen alter Paläste und Denkmäler, anstatt ein gemütliches Strandlokal außerhalb der staubigen Stadt zu suchen?«, bemerkte er bissig. »Es lässt sich doch sicher ein schöner Bildband am Flughafen kaufen, bevor wir zurückfliegen«, schob er eilig hinterher.

Jan warf ihm einen enttäuschten Blick zu. Wortlos setzte er sich wieder in den Wagen. Robert folgte ihm zufrieden. Die Aussicht auf ein kühles spanisches Bier war sehr verlockend.

Bereits der nächste Kreisverkehr führte sie zu den Stränden, an denen viele Einwohner aus Sevilla ihren Sommerurlaub wegen des frischen Klimas verbringen. Zahlreiche Ventas, so werden hier die Kneipen genannt, und Restaurants lockten an der Uferstraße.

Wie von selbst fand der Volvo einen Parkplatz an der Promenade. Die Männer entschieden sich für ein typisch spanisches Restaurant, das neben zahlreichen Fischgerichten auch leckere Tapas anbot.

Ein gut gekühltes Bier regte die etwas eingeschlafene Kommunikation zwischen den beiden deutlich an.

»Du hattest es am Flughafen wirklich sehr eilig, das Päckchen loszuwerden. Die arme Klara schien mir etwas überrumpelt von deiner Idee. Was ist denn überhaupt in der Kiste?«, bohrte Jan weiter.

»Glaube mir, ich habe nicht die geringste Ahnung«, versicherte Robert. Der frische Wind des Atlantiks zerzauste sein Haar, was seinen Worten noch mehr Nachdruck verlieh. »Wird schon nichts Schlimmes sein, was die liebe Klara jetzt für die paar Tage beherbergt«, resümierte er.

Die Tapas wurden serviert und so konzentrierten sie sich lieber auf das Essen, als sich weiterhin mit dieser eigenartigen Situation am Flughafen zu beschäftigen. Aus dampfenden Tonnäpfen, in denen Garnelen brutzelten, zog Knoblauchgeruch in ihre Nasen. Das Körbchen mit leicht geröstetem Brot zog Jan magisch an. Vergessen war sein Groll über die entgangenen Fotos der Kirche.

Später saßen sie dösend in den Rattanstühlen und Roberts Gedanken entführten ihn in die Zeit kurz nach dem Millennium, als der Militärstützpunkt der Royal Air Force in Brüggen geschlossen wurde. Die Tornados, die er über sich gehört und die im zweiten Golfkrieg und im Kosovo-Krieg noch Luftangriffe geflogen hatten, mussten doch irgendwo abgeblieben sein. Verschrottet sind sie mit Sicherheit nicht, grübelte er.

Seine Suche auf einer Militärbasis in Afrika war erfolglos verlaufen. Zumal der dortige Militärkommandant es nicht versucht hatte, seinen militärischen Schrott als diese Maschinen auszugeben. Wo aber waren sie? Damals war ihm ein Tornado besonders aufgefallen, als er sich im Feld am Flughafen RAF Wildenrath versteckt hatte. Auf welchem Stützpunkt der NATO würde er den Tornado F-117 wohl finden können? Die Suche nach der F-117 ließ ihn einfach nicht zur Ruhe kommen. Jan vermutete, dass der Marinestützpunkt und Militärflughafen Rota einer der Sonderfälle in der Geografie Andalusiens war. Ebenso wie Gibraltar, das britisch war. Hier fanden andere Kulturen und Sprachen Eingang ins spanische Staatsgebiet. Der Stützpunkt Rota wurde von den USA und Spanien gemeinsam genutzt und stand unter Befehl beider Länder. Robert hatte nicht viel darüber erzählt und sein Wissen entnahm Jan aus der Informationsbroschüre, die Robert ihm zusammen mit der Straßenkarte gegeben hatte. Nun wollte Jan mehr erfahren. Besonders interessierten ihn die vier Kriegsschiffe der US-Navy, von denen das erste mit Namen ›Donald Cook‹ bereits in Rota stationiert war.

»Darüber musst du doch etwas wissen, Robert«, sagte Jan. »Es heißt, sie sollen Europa vor Atomraketen schützen. Wenn das stimmt, frage ich mich, warum es darüber in den Nachrichten keine Info gab.«

Aber Robert wollte sich auf kein Gespräch zu diesem Thema einlassen. »Ach komm, Jan. Willst du allen Ernstes über Politik reden?«, fragte er, als ihnen gerade Eistee serviert wurde.

Jan ließ nicht locker: »Wir könnten mit dem Katamaran oder dem alten Fährschiff nach Cádiz übersetzen.«

Robert blickte über die Bucht. »Warum nicht?« Er traute sich nicht, seinem Freund auch diesen Vorschlag abzulehnen. Zu Klara hatte er am Flughafen gesagt: »Wir sehen uns in Cádiz.« Jetzt war die Gelegenheit gekommen, einen idealen Treffpunkt zu suchen. Bei den vielen Touristen, die sich im Oktober dort aufhielten, konnten sie ungestört das Päckchen entgegennehmen und öffnen. Die Gäste der Stadt waren eher mit den Besichtigungen und dem Fotografieren der Sehenswürdigkeiten beschäftigt, und würden ihnen somit keine Aufmerksamkeit schenken.

Jan zahlte die Rechnung am Tresen und ließ sich die jeweiligen Abfahrtszeiten von El Puerto nach Cádiz und zurück aufschreiben. Robert holte indes seine Kamera aus dem Volvo.

Auf dem Weg zum kleinen Hafen sahen sie, wie das Fährschiff El Niño, das seinen Namen von einer der Karavellen des Christoph Kolumbus übernommen hatte, langsam näher kam. Während es anlegte, checkte Jan die Notiz mit den Abfahrtszeiten. Ein Blick auf die Uhr zeigte, dass sie noch reichlich Zeit bis zum Auslaufen der El Niño hatten. Sie waren die ersten Passagiere an Bord und konnten sich so die besten Plätze an Deck aussuchen.

Die alte Fähre dümpelte vor sich hin. Die Hitze und das Bier zeigten ihre Wirkung, sodass Jan fantasierte. Er stellte sich vor, wie Christoph Kolumbus sich bei seiner zweiten Amerikareise mit seinen Schiffen von El Puerto aus aufmachte, um die Welt zu erobern.

Robert stellte sich lieber nichts vor. Ganz im Gegenteil. Er war viel zu sehr damit beschäftigt, einer besorgt flüsternden Stimme auf seinem Handy zuzuhören, die ihn aufforderte: »Bitte geh ran, Robert. Die Guardia Civil ist in meinem Hotel. Sie sind mir gefolgt«, vernahm er Klaras Stimme.

Jedoch hinterließ sie keine weitere Nachricht. Sie machte sich Sorgen wegen des Päckchens und des Marokkaners, dessen war er sich bewusst.

Natürlich kannte Robert ihn von verschiedenen Meetings auf der Expo Marrakesch. Das ein oder andere Geschäft zwischen internationalen Interessengruppen war durch Roberts Kenntnisse über Flugzeuge entstanden. Es hatte ihm Spaß gemacht und er hatte keine Gegenleistung erwartet. Darum ging es ihm nie. In der Möbelbranche musste er Geld verdienen und er konnte sein kaufmännisches Talent oft unter Beweis stellen. Spotten dagegen war sein Hobby. Niemals verschwendete er auch nur einen Gedanken daran, seine Fotos oder seine Registriernummern gewinnbringend zu vermarkten. Er war so überrumpelt gewesen, als der Marokkaner ihm das Päckchen mit den Worten übergeben hatte: »Für Sie, Robert«, dass er nicht nach seinem Inhalt gefragt hatte. Es Klara anzuvertrauen, fand er als gute Lösung.

Die El Niño legte ab, nachdem eine lustige Reisegruppe singend an Deck gekommen war. Sie hatten reichlich spanischen Brandy probiert und waren in einer der Osborne Bodegas informiert worden, dass Thomas Osborne auch der Erbauer der Stierkampfarena in El Puerto de Santa María sei. Einige Männer aus der Reisegruppe hatten am Vormittag die Arena besichtigt und fühlten sich nun wie Toreros. Andere hatten Etiqueta Negra 103 eingekauft, den sie freigiebig allen Passagieren anboten.

Obwohl der Osborne-Stier ein Wahrzeichen war und dem Reisenden in Andalusien überall begegnete, hatten Robert und Jan den Brandy noch nie probiert. Einen kleinen Schluck durften sie jetzt nicht ablehnen, jedoch war ihnen ein kühles Bier stets lieber. Beim zweiten Schluck erzählte der begeisterte Spender, dass der Toro de Osborne von Manolo Benitez, einem Sohn der Stadt El Puerto, entworfen worden war.

Robert hörte nicht wirklich zu. Er wurde von dem Boot der Wasserschutzpolizei abgelenkt, das an ihnen vorbeischoss.

Ein Passagier sagte: »Daran müssen Sie sich gewöhnen. Die Einstellung Marokkos zu Dealern macht der Guardia Civil jeden Tag erneut Ärger.«

Zum Glück wusste keiner an Bord, dass nur einen Tag zuvor drei Schnellboote von Marokko aus in Richtung Küstenzone Cádiz mit 2,4 Tonnen

Haschisch an Bord gestartet waren. Als die Schmuggler bemerkten, dass die Guardia Civil sie im Fokus hatte, änderten sie ihren Kurs. Eines der Boote konnte in der Nähe von San Fernando gestellt und die Ladung in Sicherheit gebracht werden. Für die Guardia Civil war es ein normaler Tag im Dienst. Nicht normal war, dass mit diesen Booten auch immer mehr Flüchtlinge aus Marokko herüberkamen.

Die beiden anderen Boote konnten ihre Fahrt nach Sancti Petri fortsetzen, wo eines wegen überhöhter Geschwindigkeit umschlug und Dutzende Päckchen der heißen Fracht ins Meer fielen. Es gab eine kleine Notiz im regionalen Teil der Zeitung. Der Fernsehsender Andaluz TV berichtete nicht darüber. Warum die Leute beunruhigen? Die Guardia Civil hatte die Lage ja im Griff, jedenfalls meistens.

Als sie den Hafen von Cádiz erreichten, plätscherte das Wasser friedlich gegen die dort vor Anker liegenden Fischerboote und Jachten. Die Mannschaften gingen ihren üblichen Aufgaben nach: Spritzten Decks ab, rollten Taue ein, warfen Küchenreste über Bord und klapperten mit Kisten leerer Flaschen. Es war angenehm entspannend, anderen Leuten beim Arbeiten zuzuschauen.

Als Robert und Jan von Bord gingen, schlenderte ein Wachmann gähnend den heute mal leeren

Kai entlang, an dem die Kreuzfahrtschiffe regelmäßig anlegten. Während Jan sich auf die Stadt freute, waren Roberts Gedanken bei dem Päckchen des Marokkaners. Wahrscheinlich ist das Päckchen ein Nichts, beruhigte er sich selbst. Ein Nichts konnte aber auch ein Dokument mit einer Geheimformel, mit kompromittierenden Informationen oder mit illegalen Abmachungen sein. Es konnte etwas sein, dessen Besitz für ihn dramatische Folgen haben würde. Aber ohne lange darüber nachzudenken, hatte er es Klara in die Finger gedrückt.

Beim Überqueren des überwachten Parkplatzes am Hafen schlug er Jan vor, bei der Touristeninformation einen Stadtplan zu holen.

»Was ist eigentlich los mit dir?«, fragte Jan. »Noch nie hast du dich für historische Bauten und Denkmäler interessiert.«

»Das mag sein«, meinte Robert. »Cádiz ist eine dreitausend Jahre alte Stadt, und wenn wir schon mal hier sind, können wir sie auch besichtigen. Wusstest du, dass die Altstadt eine der schönsten Spaniens ist und die wichtigste Sehenswürdigkeit der Stadt?«

»Ich versteh dich nicht«, meinte Jan. »Also raus mit der Sprache.«

»Klara hat sich auf meinem Handy gemeldet und um einen Rückruf gebeten. Ihre Stimme klang besorgt, weil die Polizei in ihrem Hotel war. Sie hat keine weitere Nachricht hinterlassen. Als wir im Hafen angelegt hatten, habe ich sie sofort zurückgerufen, aber leider ohne Erfolg«, verteidigte Robert sich.

»Versuch es bitte noch einmal«, drängte Jan weiter.

Doch auf Roberts Nachricht, dass er und Jan einen Treffpunkt in Cádiz suchen, meldete sie sich nicht. Klaras Handy war offensichtlich ins Koma gefallen, weil sie es wahrscheinlich nicht aufgeladen hatte.

»Jan, es ist wichtig, dass sie sich meldet«, meinte Robert. »Am Flughafen habe ich ihr gesagt, dass wir uns in Cádiz treffen können. Ich suche in der Stadt nach einem geeigneten Treffpunkt. Klara kann mir dann das Päckchen geben, denn nach unserem Besuch auf der Militärbasis Rota fahren wir weiter nach Morón.«

»Geeigneter Treffpunkt, lächerlich«, winkte Jan ab. »Warum hast du es ihr überhaupt gegeben, wenn du so ein Geheimnis daraus machst? Du hättest es doch gleich ins Auto legen können. Kennst du eigentlich seinen Inhalt?«

»Natürlich nicht, ich habe keine Ahnung«, sagte Robert nervös. Dann zuckte er mit den Schultern und meinte: »Was soll es schon sein? Jedenfalls nichts Illegales«, betonte er.

Diesen Gedanken verdrängte er sofort. Gelassen meinte er: »Beim Spotten lernt man immer wieder Leute kennen, die versuchen, jemanden zu finden, der ihre geschäftlichen Interessen vertritt.«

»Ach so, du bist ja bestens informiert«, regte Jan sich auf. »Es geht also um Geschäfte. Und wie konnte der Marokkaner wissen, dass du einen Flug nach Jerez gebucht hast?«, fragte er dann weiter.

»Vielleicht werde ich observiert«, sagte Robert bockig. »Daten und Mails auf meinem Computer sind zwar durch ein Passwort geschützt, für Experten jedoch leicht zu knacken. Das weiß doch jeder. Erinnerst du dich noch an einen der Militärstützpunkte in Afrika? Bis heute bekomme ich Mails, weil man dort glaubt, ich wäre ein Flugzeugeinkäufer. Sie würden mir allzu gerne ihren alten Schrott andrehen.«

Inzwischen waren die Männer bei der Touristeninformation angekommen. Auf dem Informationstisch lagen Prospekte mit den Sehenswürdigkeiten der Stadt.

»Hola. Wir sind auf der Suche nach einem Stadtplan«, bemerkte Jan, der schon einige Prospekte in der Hand hielt. Hinter dem Tresen war allerdings weit und breit niemand zu sehen.

»Ist hier jemand?«, rief Robert.

Als die beiden gerade gehen wollten, empfahl

ihnen eine Stimme auf Englisch, unbedingt einen Prospekt des Aussichtsturms Torre Tavira mitzunehmen. »Die Stadt ist weltweit berühmt für ihre rund 130 Wachtürme. Sie sind Zeugen des Handels und des Wohlstandes, den die Stadt im 18. Jahrhundert erlebt hat. Der Torre Tavira war in dieser Zeit der offizielle Wachturm von Cádiz. Mit seinen 45 Metern über dem Meeresspiegel ist er der höchste Punkt der Stadt. Sie können ihn leicht finden, weil er sich im Zentrum der Altstadt befindet«, informierte sie die Stimme.

Nun kam die dazu gehörende junge Spanierin unter dem Informationstisch, unter dem sie anscheinend etwas gesucht hatte, hervor. Freundlich lächelnd reichte sie den beiden Männern einen Stadtplan und eine Broschüre über die Camera obscura, die als die erste Spaniens 1994 im Torre Tavira installiert worden war.

»Meine Herren«, sagte die Spanierin, »mir ist aufgefallen, dass Sie gute Kameras dabeihaben. Deshalb denke ich, dass Sie sich die Camera obscura im Torre Tavira nicht entgehen lassen sollten.«

Robert und Jan bedankten sich für die Information, dann machten sie sich auf den Weg in die Altstadt.

Viele der mit Kopfsteinpflaster bedeckten engen Straßen endeten an einem historischen Platz mit

Denkmälern. Einer der schönsten Plätze, der Plaza de San Juan de Dios, war nur durch eine Gasse von der Touristeninformation entfernt. An diesem Platz erhob sich das imposante alte Rathaus. Die beiden Männer schlenderten über den Platz und aktivierten überrascht ihre Kameras, als eine mit Blumen geschmückte zweispännige Kutsche an ihnen vorbeifuhr. Das Gespann stoppte vor dem Rathaus und wurde von einer elegant gekleideten Gruppe umringt. Die Damen trugen farblich passende Hüte zu ihrer seidig schimmernden Garderobe. Auf steilen Absätzen trippelten sie auf und ab. Die Herren waren nicht weniger elegant in ihren maßgeschneiderten silbergrauen und cremefarbenen Anzügen. Alle warteten gespannt auf das Erscheinen des Brautpaares, das jeden Moment durch das Eingangsportal des Rathauses kommen würde.

»In dieser Stadt könnte man einen historischen Film drehen«, meinte Jan begeistert. Robert stimmte ihm zu.

Die Männer folgten einer engen Straße mit zahlreichen Geschäften und standen nur wenige Minuten später vor der berühmten Kathedrale auf der Plaza de la Catedral. Wie eine große Muschel öffnete sich das vordere Portal und machte damit ihrem Namen Santa Cruz sobre el Mar alle Ehre. Dieser Eindruck wurde noch durch die perlmuttschillernde Farbe unterstrichen, die sich in den Abendstunden in ein zartrosa wandelte. Dann versank die Sonne direkt hinter der Kathedrale im Meer und tönte die Wasseroberfläche und den Himmel rot-orange. Von jedem Punkt der Stadt aus gut sichtbar war die knallgelbe mit glasierten Keramikziegeln gedeckte Kuppel. Sie schwebte über den weißen Dächern der Stadt.

Der weitläufige Kirchenvorplatz mit seinen Cafés und kleinen Restaurants lud zum Verweilen ein. So wählten sie einen kleinen Tisch mit direktem Blick auf das Monument aus.

Bevor sie einen Café con leche bestellten, legte Robert den Prospekt der Camera obscura auf den Tisch. Jan hatte bereits im Stadtplan den Torre Tavira gefunden. Nachdem sie ausgetrunken und einige Fotos von der Kathedrale gemacht hatten, fragte Robert Jan, was er von einer Besichtigung des Torre mit seiner besonderen Camera hielt.

»Nun«, meinte Jan, »ich habe bereits den Prospekt gelesen. Es klingt sehr interessant. Die Camera obscura projiziert Bilder auf eine weiße, horizontal gebeugte Leinwand, die sich im Zentrum eines vollständig dunklen, schwarz gestrichenen Raumes befindet. Im vierzig Minuten Takt gibt es eine Führung mit einem Guide. Er führt die Besucher bis in den Turm des Torre, wo sich dieser Raum befindet. Ein Ticket für die Führung kauft man am Eingang des Torre Tavira. Das wäre doch ein idealer und unauffälliger Platz, um sich mit Klara zu treffen.«

»Hmhm – vielleicht hast du recht«, meinte Robert. »Wie funktioniert diese Camera?«

»Stell dir einfach ein Planetarium vor. Alles ist stockduster. Plötzlich öffnet sich dann die Mitte der Leinwand und die projizierten Bilder spiegeln alle Ereignisse wider, die sich im gleichen Moment außerhalb des Turms abspielen. Alles in Echtzeit und in Bewegung. Das Besondere aber ist, dass der Guide mittels eines kleinen Taschenspiegels Menschen oder Fahrzeuge aus dem Geschehen entfernt. Sie sind einfach weg, während das Leben in der Stadt weitergeht. In dem Moment, in dem der Guide den Taschenspiegel wieder auf die Leinwand setzt, sind alle beweglichen Dinge und Menschen wieder an ihrem Platz.«

»Wow. Überzeugt, lass es uns angucken.« Robert sah auf seine Uhr. »Bis zur Abfahrt der El Niño haben wir noch Zeit. Auf geht's zur Camera, alter Freund!«, rief er und schlug Jan begeistert auf die Schulter.

7. Conil

Klara legte ihren Koffer auf das Doppelbett und räumte ihn aus. Shorts, Tops und Sandalen legte sie nebeneinander zurecht. Alles Übrige war schnell im Schrank verstaut. Auch die Kosmetiktasche fand ihren Platz im Bad. Sie musste nur noch aus ihrer Reisegarderobe in Freizeitkleidung schlüpfen, dann konnte der Urlaub beginnen.

Nach einem Blick in den Kühlschrank nahm sie sich eine Flasche Bier und betrat mit Glas und Öffner die Terrasse. Erst einmal den schönen Blick in den Garten genießen, dachte Klara, bevor sie in einem gemütlichen Sessel auf der Terrasse in einen leichten Schlaf fiel.

Das Klappern von Geschirr ließ sie wieder aufwachen. Die Gartenterrasse des Restaurants war nur wenige Schritte entfernt und sie beobachtete das Personal, das die weiß gedeckten Tische mit Kaffeegeschirr ausstaffierte.

Ein Blick auf die Uhr sagte ihr, dass sie ganze zwei Stunden geschlafen hatte.

Als sie zurück in ihr Zimmer ging, sah sie Roberts Päckchen neben dem Koffer auf dem Bett liegen. Sie schloss es kurzerhand im Safe ein. Als Code wählte sie ihren Hochzeitstag. Das Wetter war herrlich und sie wollte möglichst schnell zum Strand.

In ihrer Hosentasche entdeckte Klara einen verwaschenen Zwanzigeuroschein, als sie die Kofferschlüssel und ihre Zimmerkarte dort verstaute. Sie nahm ihr aufgeladenes Handy von der Steckdose und las Roberts Nachricht: »Wir sehen uns in Cádiz. Kümmere mich gerade um einen Treffpunkt.«

Sollte sie sich etwa darüber freuen? Kein Wort zu ihrer Sorge, weil die Polizei im Hotel gewesen war? Das kann doch alles nicht wahr sein, dachte sie und verließ das Zimmer.

Sie durchquerte die kühle Hotelhalle, öffnete eine der schweren Holztüren, die mit Intarsien verziert waren, und betrat den Hotelgarten. Das weitläufige Gartengelände beherbergte mediterrane Sträucher und kunstvoll angelegte Blumenrabatte. An den Pools sonnten sich schläfrige Urlauber, manche waren in ein Buch vertieft. Einige Kinder spielten vergnügt miteinander. Klara war ganz entzückt von der Atmosphäre.

Zwischen Pool- und Sportbereich stand eine weiße Mauer, die mit der wunderbaren Bougainvillea in Violett zugewachsen war. An deren Ende führten Treppen zu einem Gartentor der Anlage, das sich nur mit der Zimmerkarte öffnen ließ.

Ein in Serpentinen angelegter Weg zwischen Palmen und Agaven zog sich abwärts. Wunderschöne steinerne Bänke, die von Oleander- und

Mimosenbüschen umsäumt waren, boten einen ruhigen Ort, um sich die berühmten Sonnenuntergänge anzusehen. Nach Westen gelangte man über eine Holzbrücke, die über einen von Eukalyptusbäumen bewachsenen Steilhang gebaut war, zum Strand. Die Spanier nannten ihn Barranco. Klara wandte sich Richtung Osten, um schnell an die Uferstraße zu kommen.

Entlang einer niedrigen Mauer bot sich ihr ein beeindruckender Blick auf das Fischermonument. Sie suchte kurz nach dem etwas versteckt gelegenen felsigen Weg, der nur durch ein Seil gesichert war und zum Strand führte. Sie hätte auch bequemer über die Holztreppen gehen können, aber das Ursprüngliche reizte sie mehr.

Die Sonne verschwand langsam hinter den kleinen Fischerhütten, die pittoresk den Hang säumten. In den beschaulichen Gärten liefen Hühner und Gänse herum. Ein grauer, alter Esel ließ sich von Klara über den Zaun hinweg streicheln. Einige Besitzer der urigen Restaurants am Strand wohnten in den Sommermonaten dort. Es war unbezahlbar für die Gäste, an den Tischen im Sand die fangfrischen Köstlichkeiten aus dem Meer mit einem Glas Wein den Sonnenuntergang in einem gigantischen Farbspiel zu beobachten.

Klara wurde von einer Windböe vom Atlantik erfasst und fühlte ich sofort befreit. Spontan entschloss sie sich, ein Restaurant aufzusuchen. Über den Hinterhof eines solchen gelangte sie an ihr Ziel. Doch das gute Wetter hatte dafür gesorgt, dass bereits viele Tische besetzt waren. So auch von einheimischen Familien, aber da sich hinzuzusetzen traute sie sich nicht. Vielleicht, wenn ihr das Spanische wieder flüssiger über die Lippen käme. Im schattigen Teil des Lokals spielten spanische Rentnerinnen Karten. Eine Flasche Sherry stand in der Mitte des Tisches und Klara dachte, dass die Frauen sich wahrscheinlich an jedem Montag hier zusammen fanden.

Sie bemerkte ein junges Pärchen, das sich auf Niederländisch unterhielt. Der Tisch war von vier Stühlen umgeben. Klara fasste sich ein Herz und war sehr froh, als sie ein »Sehr gerne« auf ihre Frage nach einem Platz hörte.

In die Sonne blinzelnd bemerkte sie unweit des Restaurants ein mit durchsichtigen, weißen Stoff bespanntes Beduinenzelt. Eine junge Spanierin, die eine knöchellange, weiße Pluderhose und ein Top trug, hatte eine Massagebank aufgestellt. An ihrem Fußgelenk glitzerten mit Perlen verzierte Lederbändchen. Ein Schild, auf dem sie ihre Massageleistungen anbot, war vor dem Zelt aufgestellt.

Vielleicht gönne ich mir morgen eine ausgiebige Massage, dachte Klara.

Jetzt aber wollte sie eine Kleinigkeit essen und sah sich nach der Bedienung um. Sie entschied sich für ein Glas Vino Rosado und gegrillte Sardinen. Während sie auf das Essen wartete, sank die Sonne tiefer und näherte sich ihrem vorbestimmten täglichen Untergang im Meer.

Eine Gruppe junger Spanier kam in das Restaurant. Auf ihren Armen trugen sie stolz ein paar frisch gefangene Fische und präsentierten sie den Gästen, bevor der Inhaber sie in die Küche winkte.

Erst jetzt bemerkte Klara, dass die beiden Pärchen mittleren Alters am Nachbartisch sich auf Deutsch unterhielten.

Ein schlanker Mann, den die vier mit »Guck mal, wer da kommt« ansprachen, kam an ihren Tisch. Sie winkten der Bedienung zu, noch einen Stuhl zu bringen. Offenbar waren sie Stammgäste, denn ihrem Wunsch wurde sofort entsprochen. Klara wollte natürlich nicht lauschen, aber der Mann erzählte so laut von dem anscheinenden Besitzerwechsel in diesem Restaurant. Von den Einheimischen hatte er erfahren, dass der Besitzer in den Ruhestand gegangen war und seiner Tochter Nahia das Geschäft übertragen hatte. Ihm gehörten noch viele Ferienwohnungen in Conil, die in der Saison alle gut zu vermieten waren. Nun konnte er den ganzen Sommer mit seiner Frau am

Strand verbringen.

»Hast du eine Ahnung, wie viel man für eine Wohnung bezahlen muss. Wir würden gern für zwei Monate eine anmieten«, sagte der Mann des Paares im Partnerlook. Klara fand karierte Hemden ja grundsätzlich fehl am Platz, wenn man sich nicht gerade in den Bergen bewegte und wanderte.

»Da fragt ihr am besten Nahia selbst. Sie managt auch die Vermietungen.«

»Und was ist mit Manolo, ihrem Bruder? Ihm wird doch auch etwas gehören?«

Der Mann winkte ab. »Manolo wird dir nur antworten: ›Mach einen Termin mit Nahia‹, und dann gibt er dir ihre Telefonnummer.«

Wie aufs Stichwort erschien Nahia und servierte Klara die bestellten Sardinen und das Glas Wein. Aus dem Augenwinkel beobachtete Klara, wie der schlanke Mann seinen Zuhörern mit einem Kopfnicken zu verstehen gab, dass sie doch gleich Nahia ansprechen sollten. Doch Nahia hatte es eilig, wieder in die Küche zu kommen, und so war die Chance vorerst vertan.

Die jungen Niederländer wünschten ihr Smakelijk und Klara war rundherum zufrieden mit sich und der Welt. Als Höhepunkt dieser Glückseligkeit versank die Sonne vollends am Horizont. Im Nu setzte die Dämmerung ein. Die meisten Gäste zahlten ihre Rechnung und machten sich rasch auf den Heimweg. Ihre Tischnachbarn verabschiedeten sich und Klara sah, wie sie Hand in Hand zum Wasser hinunterging, sich ihre Sneakers auszogen und jauchzend wie kleine Kinder ins Meer liefen.

Klara bewunderte die Ausgelassenheit, aber dann fiel ihr das Päckchen wieder ein. Eilig sah sie nach, ob Robert sich gemeldet hatte. Tatsächlich! Eine neue Nachricht war eingegangen. Sie überflog den Text auf dem Display. Er war also mit Jan per Fährschiff über die Bahia de Cádiz geschippert. Aber von einem Treffpunkt in Cádiz stand noch nichts in der SMS.

Sie wählte zunächst Helmuts Nummer. Er war bestimmt schon von seinem Rundgang mit Elisa zurückgekehrt. Er begrüßte sie mit den Worten: »Schön, deine Stimme zu hören. Wie war dein Tag?«

»Das Hotel ist wirklich schön. Alle sind ausgesprochen nett. Und jetzt sitze ich gerade in einem Fischlokal am Strand nach einem leckeren Essen. Aber ...«

»Aber was? Nun erzähl schon. Was ist los? Ich höre einen besorgten Unterton.«

»Ich vermisse dich, Helmut. Hier sind fast nur Pärchen oder große Familien unterwegs. Und stell dir vor, hier kann man Ferienwohnungen sogar über einen längeren Zeitraum mieten. Es wäre so schön, wenn wir hier zusammen Zeit verbringen und unsere Seele baumeln lassen könnten.«

Er räusperte sich: »Ja, Klara, das wäre wirklich eine Überlegung wert.«

»Ja, los, dann buch einen Flug und komm zu mir. Ich miete uns eine Wohnung und checke sofort aus dem Hotel aus.«

»Nun mal langsam, meine Hübsche.«

»Aber wir könnten dann zusammen Robert zur Rede stellen, was er mir da mit seinem blöden Paket eingehandelt hat.«

Stille in der Leitung. Klara dachte schon, die Verbindung wäre abgerissen. Aber dann vernahm sie wieder seine Stimme.

»Was meinst du mit ›blödem Paket‹?«

Klara schilderte die Situation am Flughafen, die vermeintliche Verfolgung durch die Guardia Civil und dann hörte sie, wie Helmut tief Luft holte.

»Ich weiß auch nicht, was das Ganze mit Robert soll. Aber jetzt sofort hier alles stehen und liegen lassen, behagt mir nicht. Lass uns in Ruhe eine schöne Reise in einer Ferienwohnung in Conil planen. An Elisa müssen wir ja auch denken. Außerdem glaube ich nicht, dass du wirklich in Gefahr bist wegen des Päckchens. Das wird sich alles aufklären und dann werdet ihr herzlich darüber lachen. Du hast einfach zu viele Krimis gelesen,«, lachte er.

»Ich hoffe selbst, dass ich mir alles nur einbilde«, versicherte Klara, bevor sie mit einem hörbaren Küsschen das Gespräch beendete.

Als Klara ihr Handy wieder in die Tasche steckte, stellten Nahia und ihre Kollegen gerade kleine Windlichter auf die Tische. Nachtschwärmer trafen ein und belegten die freigewordenen Plätze. Klara wollte aufbrechen, aber das Personal war mit den neuen Bestellungen beschäftigt. Deshalb ging sie selbst in den Schankraum, um zu zahlen.

Als sie eintrat, dauerte es einen Moment, bis ihre Augen sich an das schummrige Licht gewöhnt hatten. Ein Tisch war offensichtlich für die Familie vorgesehen, um ihre Mahlzeiten einzunehmen. Aus der angrenzenden Küche waren Stimmen zu hören. Auf Klaras »Hallo?«kam eine immer noch sportlich aussehende Frau aus einem Nebenraum neben dem Kücheneingang. Klara vermutete, dass es sich um die gut achtzigjährige Großmutter der Familie handeln musste.

»Hola«, sagte sie freundlich. Ihr wettergegerbtes Gesicht hatte erstaunlicherweise nur Fältchen um die Augen. Wahrscheinlich lachte sie viel und war eine glückliche Frau im Kreise ihrer großen Familie. Sie wies Klara direkt den Weg zum WC, sicherlich ihrer Erfahrung im Umgang mit den Gästen geschuldet.

»Ich wollte eigentlich nur zahlen, aber so schlecht ist die Idee vorzusorgen auch nicht.« Wer weiß, wo sie an diesem Abend noch landen würde.

Sie stand plötzlich hinter dem Wohnzimmer, wo reges Treiben herrschte. Kinder spielten auf dem Boden, während ihre Mütter auf der Couch saßen und mit Näharbeiten beschäftigt waren. Man merkte den Bauten an, dass sie nach und nach erweitert wurden.

Eine Dame zeigte auf eine hinter einer Bretterwand versteckten Tür und sagte: »Asseo aqui.«

Klara kam sich wie in einem Labyrinth vor. Die Dame widmete sich sofort wieder ihrer Nähmaschine und Klara vernahm das fast vergessene Geräusch der Pedale für den Antrieb.

Sie sah sich in der sauber wirkenden Örtlichkeit um. Sie suchte den Spülkasten und entdeckte ihn an der Wand, fast unter der Decke. Warum sollte sie das Päckchen nicht darin deponieren? Vorsichtig stieg sie auf den Toilettendeckel und versuchte, die Öffnung des Spülkastens zu erreichen. Das könnte klappen, dachte sie erleichtert und beschloss, es am nächsten Tag dort zu verstecken. Eine räumliche Distanz zum geheimnisvollen Inhalt hatte sie dringend nötig.

Ihre Rechnung bezahlte sie anschließend bei dem Señor, der auf sie hinterm Tresen zu warten schien. Klara war sehr überrascht, dass ihre Rechnung so gering ausfiel, und gab ein großzügiges

Trinkgeld. Nahia, die gerade aus der Küche kam, registrierte es freundlich.

Als sie das Lokal verließ, war der kleine Hafen von Conil in der Ferne in ein samtblaues Licht getaucht.

Auf dem schmalen Pfad hinter den Fischlokalen zurück zur Uferpromenade war sie einsam unterwegs. Ihr Blick schweifte dort angekommen über den Strand und den Atlantik. Sie atmete tief die Luft ein und spürte einen Glücksmoment, der sich in ihrem Körper und Geist entfaltete.

Die Straßenlaternen spendeten Klara genügend Licht, um über den verschlungenen, durch Steinbänke unterbrochenen Parkweg das Gartentor des Hotels zu erreichen.

Den Garten beleuchteten unzählige Lampen in warmen Tönen, die Pools schimmerten in blauem Licht. Einige Gäste waren in Abendkleidung auf dem Weg ins Restaurant. Klara durchquerte die wunderschöne Lobby und hüpfte gutgelaunt die zwei Treppen zu ihrem Zimmer hinauf.

Erleichtert darüber, dass niemand in ihrer Abwesenheit im Zimmer war und alles unverändert dalag, ging sie ausgiebig duschen. Sie summte fröhlich eines ihrer Lieblingslieder und genoss die wunderbar sanfte Regendusche. Fast hatte sie den Eindruck, als würden die letzten Reiseanstrengungen mit hinweggespült.

Sie beglückwünschte sich selbst zu ihrer Idee, das Päckchen in diesem traditionellen Fischrestaurant am Strand verstecken zu wollen. Morgen schon würde sie es los sein.

Erfrischt und eingecremt wählte sie eine gestreifte Sommerhose, kombinierte diese mit ihrem Lieblings-T-Shirt und dazu passenden Sandalen, legte ein leichtes Make-up auf und betrachtete wohlwollend ihr Spiegelbild.

Sie verspürte Lust dazu, einen Bummel durch den Ort bei Nacht zu machen, steckte sich noch etwas Bargeld in ihre Umhängetasche und wollte zur Rezeption, um sich den Lageplan des Hotels zu organisieren. Diesmal nahm sie nicht den Fahrstuhl, sondern die Treppe, und erreichte eine Art Gesellschaftssaal. Auf mit Brokatstoff bespannten Couchen verweilten Urlauber. Ihre Weingläser standen auf Glastischen, die mit Lampen aus Milchglas mit mediterranen Blumenmotiven bestückt waren. Die kleinen Lampen tauchten die verschiedenen Sitzgruppen in ein gedämpftes Licht. Sie sah Gemälde vermutlich andalusischer Künstler, die die ebenfalls mit Brokatstoff bespannten Wände zierten. Kristalllüster schauten strahlend von der mit Stuck umrandeten Decke. Das dunkle, verzierte Holz der Saaltüren, dazu der aus Terrakotta-Fliesen bestehende Fußboden verliehen dem Ganzen einen edlen Eindruck. Aus dem angrenzenden Tanzsaal, in dem eine Bar integriert war, hörte sie Stimmen. Sie musterte kurz die Gäste auf den Barhockern, die entspannt plaudernd vor ihren Cocktails und Drinks saßen.

So werden aus Fremden schnell Bekanntschaften, dachte sie. Und am Ende des Urlaubs wusste jeder mehr vom anderen, als dieser überhaupt preisgeben wollte. Ein typisches Urlaubsfeeling, man fremdelt nicht lange, sondern ist offen und gesellig.

Auch Klara hatte so schon die buntesten Bekanntschaften gemacht, die häufig nicht mit dem Abflug nach dem Urlaub endeten. Sie hatte auch keine Berührungsängste, denn sie war es gewohnt als Alleinreisende unterwegs zu sein.

Ihr Blick blieb bei einem Plakatständer vor der Bar hängen. Interessiert las sie: »Heute Abend Flamenco! Beginn: 22.00 Uhr.«

Sie schaute auf ihre Uhr. Noch eineinhalb Stunden. Vielleicht würde sie sich nach ihrem Stadtbummel noch die Show ansehen.

Sie verließ die Halle und fuhr mit dem Aufzug in die oberhalb gelegene Rezeption.

Gewappnet mit dem Lageplan wollte sie zum Parque de la Atalaya laufen, wo viele Einheimische ihre Abende verbrachten. Das hatte ihr die Rezeptionistin empfohlen. Sie musste nur die Straße überqueren, um dorthin zu gelangen. So konnte sie die Zeit bis zum Flamenco gut überbrücken.

Sie hatte das Gefühl, von unzähligen Sternen am Nachthimmel empfangen zu werden, als sie die Schiebetür nach draußen durchschritt. Dieses klare, ungefilterte Nachthimmelszelt war so ganz anders als in ihrer heimatlichen Gegend.

Wenn sie sich beeilen würde, konnte sie in wenigen Minuten im Park ankommen. Doch ihre Gedanken schweiften zu Robert. Sie kramte ihr Handy hervor und wählte seine Nummer. Sekunden vergingen.

Ungeduldig sagte sie: »Hallo, ich bin's. Ich habe unglaublich viel erlebt und konnte dich noch nicht erreichen. Außerdem habe ich eine Idee, wo das Päckchen bis zu unserem Treffen bleiben kann.«

Sie wartete auf seine Antwort, während sie weiterlief.

»Hallo«, teilte seine Stimme mit. »Ich weiß, es klingt wie ich …«

Sie hielt inne, weil ihr klar wurde, dass sie seine Mailboxansage hörte. Die Stimme forderte sie nun auf: »Sprechen Sie Ihre Nachricht nach dem Piep.« Sie hatte keine Lust, auf die Mailbox zu sprechen. Vielleicht ist er ja nur nicht schnell genug an sein Handy gekommen. Deshalb wählte sie erneut die Nummer. Aber es ging sofort wieder die Ansage von vorn los.

Enttäuscht beschloss sie, es später noch einmal zu versuchen. Dummerweise hatte sie nicht wirklich auf den Weg geachtet, während sie telefonierte. Sie stockte kurz und bemerkte, dass es ziemlich düster um sie herum geworden war. Der aufgehende Mond im Osten über den Hügeln von Barbate konnte ihr nicht weiterhelfen. Während sie versuchte, sich zu orientieren, ging sie unsicher weiter durch den Parque de la Atalaya.

Es war praktisch windstill. Selbst die lebhaften Stimmen der spanischen Familien waren nicht zu hören. Sie murmelte vor sich hin, um ihre Nerven zu beruhigen.

»Du bist doch nicht fremd hier, nur nicht in Panik geraten.«

Plötzlich ertönte eine schwache Autohupe in der Ferne. Sie wusste, dass die Bäume den Schall brechen können. Trotzdem ging sie in die vermeintliche Richtung. Etwas Besseres fiel ihr nicht ein.

Ihr Schutzengel brachte sie tatsächlich zur Straße zurück. Entlang von blumenumrankten, beleuchteten Appartements stand sie wenig später an einer belebten Kreuzung. Die Wegweiser zeigten geradeaus in Richtung Autovía Algeciras, rechts ging es in Richtung Centro la Ciudad und links zum Strand Fuente de Gallo.

Sie schaute sich nach einem Taxi um, aber natürlich war es hier anders als in New York. Eine ältere Dame mit Hund näherte sich ihr. Klara sprach sie unsicher auf Spanisch an und nannte den Namen ihres Hotels. Die Frau nickte, scheinbar verstehend, denn sie zeigte in Richtung Fuente de Gallo. Dankbar verabschiedete sich Klara, schlug die empfohlene Richtung ein, passierte zahlreiche brache Grundstücke mit großen Werbeplakaten der Bauunternehmen. Die Straße war bestens ausgebaut. Aber Raser hatten keine Chance, denn in regelmäßigen Abständen wurde sie von quadratischen Steinen unterbrochen.

Nach wenigen Minuten vernahm sie das Rauschen der Atlantikbrandung. Der Kegel des Mondlichtes wies ihr den Weg, was sie sehr beruhigte. Umrisse der Hotelanlagen Conils konnte sie nun schemenhaft erkennen.

Die Straße endete in einem Kreisverkehr und vor einem Hotel, das natürlich nicht ihres war. Gerade wollte sie an der Rezeption nach dem Weg fragen, als ein Taxi neben ihr hielt.

Nachdem die Fahrgäste ausgestiegen waren und der Taxifahrer gerade die Kofferraumklappe geschlossen hatte, fragte sie ihn höflich: »Señor! Pardón, sprechen Sie deutsch?«

»Un poco, que tal?«, war die Antwort, was so viel hieß wie: »Ein bisschen und was gibt es?«

Sie erklärte ihm, dass sie die Gegend eigentlich

gut kenne, aber die Orientierung verloren hatte. Jetzt könnte sie das Hotel Fuerte Conil Costa Luz in der Dunkelheit nicht wiederfinden.

Der Taxifahrer berührte sie an den Schultern und drehte so ihren Körper leicht nach links. Lächelnd sagte er: »Kein Problem, señora, da ist ihr Hotel«. Er konnte sich ein feixendes Lächeln nicht verkneifen.

Und richtig! Im hellen Licht des Mondes stand neben dem Fuerte Conil im andalusisch arabischen Baustil direkt ihr Hotel Fuerte Conil Costa Luz.

»Ach du meinte Güte. Da ist es ja.«

»Agustin«, stellte der Taxifahrer sich vor und überreichte ihr seine Visitenkarte. »Señora wollen ein Taxi ..., rufen Agustin. Nicht rufen Sancho! Fahren schlecht! Sancho mein Neffe.«Dabei zog er entschuldigend die Schultern hoch.

Klara lachte. »Gut, ich werde immer Agustin anrufen. In ein paar Tagen möchte ich mich wegen einer wichtigen Sache mit einem Freund in Cádiz treffen.«

Agustins Augen leuchteten zufrieden. »Kein Problem«, sagte er fröhlich, stieg in sein Taxi und entschwand in die Nacht.

8. Die Spotter in Cádiz

Robert und Jan erreichten den Torre Tavira, um die Camera obscura zu besichtigen.

Allein der Weg durch die Altstadt inspirierte sie schon enorm, sodass sie eine Unmenge von Fotos schossen. Vom Hafen in Cádiz aus überquerten sie die Avenida de Puerto und die Calle Lázaro Dou und erreichten den Plaza de San Juan am Rathaus Ayuntamiento de Cádiz. Sie folgten der Calle Pelosa und der Calle Compañia, gingen an zahlreichen Cafés vorbei zum Mercado Central, dem Marktplatz. Am Placa de las Flores bogen sie links in die Calle Sacramento ein. Als sie an der zweiten Straße rechts abbogen, sahen sie, dass auch der Torre Tavira mit seiner Camera obscura das hielt, was im Prospekt versprochen wurde. Sie kamen voll auf ihre Kosten. Aber beim Verlassen der Sehenswürdigkeit, was nur über eine äußerst schmale Treppe möglich war, fachsimpelten sie immer noch darüber, ob sie hier Klara treffen sollten.

Sie kehrten zum Plaza de la Catedral zurück und suchten vergeblich einen freien Platz in den Außenbereichen der Restaurants und Cafés.

Jan bemerkte: »Robert, hier ist viel los. Viel zu viel. Kein guter Ort für ein Treffen mit ihr. Lass uns doch eine Kirche aussuchen.« Er entfaltete den Stadtplan. »Schau, hier«, sagte er und zeigte mit seinem Finger auf die Kirche Santa Cueva. »Lass mich kurz recherchieren, ob das passend wäre. Die Massen der Touristen interessiert sich leider nur wenig dafür, obwohl die Kapelle mit spektakulären Wandbildern aufwartet. Schade für Santa Cueva, oder wie es hier steht: Oratorio de la Santa Cueva. Aber gut für uns. Denn wer, frage ich dich, würde uns dort beobachten?«

Robert antwortete amüsiert: »Komm schon, du Kulturbanause. Du hast recht, lass uns die Location checken. Und wenn wir schon da sind, kann ich mir mit Muße auch die weltberühmten Wandgemälde von Francisco de Goya aus dem späten 18. Jahrhundert, die so ganz anders sind als die unserer ebenfalls weltberühmten niederländischen Maler Rembrandt und Rubens, in der Kirche ansehen.«

Jan war baff darüber, was sein langjähriger Freund so alles aus sich heraussprudeln ließ.

Als sie um die Ecke in die Calle Pelosa einbogen, sahen sie schon von Weitem das Baugerüst an der Kirche.

»Ja, das war wohl nichts«, sagte Robert.

Und Jan scherzte zurück. »Als Amsterdamer muss ich zugeben, dass es schon sehr lange her ist dass ich im Rijksmuseum war. Wenn du mich später mal in Amsterdam besuchen kommst, können wir daraus ja ein Kulturwochenende mit Rembrandt und Rubens machen.«

Er schaute hinüber zu einer kleinen Bodega und sagte: »Lass uns doch mal schauen, ob in diesem Weinlokal auch ein vernünftiges Bier zu haben ist. Darauf hätte ich richtig Lust nach dem Gelatsche.«

Robert nickte. »Gute Idee, alter Freund.«

Sie nahmen Platz und der Kellner schmunzelte nur über ihren Wunsch, den er ihnen aber auch sehr gerne erfüllte.

Danach machten sie sich auf den Weg zur Anlegestelle. Pünktlich um 19:20 Uhr, legte die El Niño wieder im Hafen von El Puerto de Santa María an. Glücklicherweise stand ihr Mietwagen unversehrt auf der anderen Seite des Hafens. Aber zumindest war er unversehrt.

»Warte, Jan, ich ruf noch kurz die Wache in Rota an.«

Jan war schon im Begriff einzusteigen. Er wand sich wieder aus dem Wagen. »Warum? Wir sind doch eingeladen, oder?«

»Ja sicher. Aber wenn ein Amerikaner am Schlagbaum Wache schiebt, weiß er davon nichts.« Er wählte die Telefonnummer der Militärbasis Rota.

Eine tiefe Stimme mit breitem amerikanisch-texanischen Akzent fragte: »Hello! Can I help you?«

Robert erklärte ihm auf Englisch, dass er im Besitz einer persönlichen Einladung des spanischen Militärkommandanten sei und sich auf dem Weg zur Basis befände, wo man ihn erwarten würde. Er wollte das Gespräch schon beenden, als er nach seinem Namen und der Passnummer gefragt wurde. Robert antwortete militärisch korrekt und verdrehte die Augen in Jans Richtung.

Endlich konnte der Volvo sich in Bewegung setzen. Nach gut einer Stunde erreichten sie das Gelände der Militärbasis im Westen. Am Sicherheitszaun entlang folgten sie der Straße, bis das Scheinwerferlicht auf eine rote Schranke traf. Aus einem spärlich beleuchteten Wachhäuschen trat ein uniformierter Wachmann mit athletischer Figur und einer Größe von mindestens einem Meter neunzig hinaus.

»Legitimation card?«, sprach er Robert an, der das Fenster heruntergelassen hatte.

Robert erkannte die Stimme, mit der er in Santa María Kontakt aufgenommen hatte, wieder. Doch bevor er etwas sagen konnte, vernahm er die Worte: »Nobody comes in, only he has one legitimation card.« Was logischerweise bedeutete, dass niemand ohne einen Ausweis diese Schranke passieren durfte.

Robert beeilte sich, ihm zu entgegnen: »I am invited from the Spanish Kommandant, ich habe eine persönliche Einladung. Wir beide haben vor ungefähr einer Stunde telefoniert. Erinnern Sie sich?« Demonstrativ streckte er dem Wachmann die Pässe entgegen.

Der Wachmann sah ihn misstrauisch an und ging zurück in sein Wachhäuschen. Die Männer hörten, wie er per Funk mit jemanden Verbindung aufnahm.

Als er zu ihnen zurückkehrte, fragte Robert nervös: »Not okay? Ist etwas nicht in Ordnung?«

Der Wachmann nahm ihm wortlos die Pässe ab.

Auf Roberts Stirn bildeten sich Schweißtröpfchen. Was kam nun?

Plötzlich tauchte eine Gestalt neben ihm aus der Dunkelheit auf und bat um die Pässe.

»Ich kümmere mich darum«, sagte er auf Englisch, mit deutlich vernehmbarem spanischen Akzent. »Unser Kommandant erwartet die Gäste. Öffne die Schranke!«, befahl er ihm.

Jan und Robert begrüßten das freundliche Gesicht, als es sich zu ihnen ans Fenster stellte.

»Sorry, ich bin Antonio Garcia der Sicherheitschef der Basis«, stellte er sich vor. »Sicherlich können Sie verstehen, dass meine Soldaten sehr auf der Hut sein müssen.«

»Das ist verständlich in diesen Zeiten«, sagte Robert und Jan nickte.

»Schauen Sie hier, das ist die Wegbeschreibung zum Gebäude, wo Sie den Kommandanten finden.«

Robert bedankte sich. Die Schranke hob sich und sie passierten das Wärterhäuschen. Im Licht der Scheinwerfer folgten sie einem von Oleanderbüschen gesäumten Weg und fühlten sich wie in einem Tunnel, so stockfinster war es hier. Der Volvo rumpelte kurz danach über ein Stück ungeteerte Straße. Zwergpalmen und Agaven tauchten auf, und als ob sich ein Vorhang erhob, erstrahlte im Xenonlicht der Laternenmasten eine kleine Stadt mit Schulkomplex, Sportstätten, Restaurants und Wohneinheiten.

Robert lenkte den Wagen zum zentralen Platz der Militärbasis, der hier Plaza de España hieß.

»Lustig, jede Stadt hier nennt den Mittelpunkt Plaza de España«, amüsiert Jan sich.

Obwohl es sich um eine Militäranlage handelte, setzte sich auch hier der mediterrane Flair mit rot und rosa blühenden Hibiskusstämmchen durch. Aus einem bunt gekachelten Brunnen schoss eine Wasserfontäne in Regenbogenfarben leuchtend in die Dunkelheit der frühen Nacht hinauf, brach sich und landete geräuschvoll im Becken, um sich erneut zu erheben. Rhythmische Gitarrenmusik erklang aus einem mexikanischen Restaurant, als sie den Volvo parkten.

Einige Büros des Verwaltungsgebäudes, in dem der Kommandant residierte, waren selbst zu später Stunde beleuchtet. Durch die geöffneten Fenster schwappten sowohl spanische als auch amerikanische Wortfetzen zu ihnen hinunter.

Am Eingang des Gebäudes entdeckten sie Antonio Garcia, der anscheinend einen inoffiziellen Schleichweg benutzt hatte.

Die Männer begrüßten sich mit Handschlag und Garcia sagte: »Ich habe von Juan Lopez den Auftrag, Sie sofort zu ihm zu bringen. Folgen Sie mir bitte.«

Die holzgetäfelte Tür des Kommandantenbüros war halb geöffnet. Lopez saß über seinen Notizen am Schreibtisch. Dabei sprach er eindringlich in seiner Muttersprache mit einer zweiten Person, die nervös auf und ab lief.

»Das ist der Generaldirektor der Guardia Civil, Fernandez De Mesa«, sagte Garcia leise und bedeutete ihnen zu warten. Er klopfte an die Tür. Der Kommandant bat ihn hinein.

Robert postierte sich ganz dicht an der Tür und flüsterte zu Jan: »Ich habe nur ›Closeye‹ verstanden. Wir sollten dringend mal einen Spanischkurs bei Klara belegen. Kennst du dieses Projekt, Jan?«

Jan schüttelte den Kopf.

»Hm, vielleicht klärt uns Juan Lopez nachher

auf, wenn es nicht allzu geheim ist.«

Die Spannung war greifbar, die Luft knisterte förmlich.

Beinahe hätte Robert die aufgestoßene Tür ins Gesicht bekommen. Im letzten Augenblick wich er der schweren Tür aus. Der Generaldirektor der Guardia Civil trat auf den Flur und musterte die beiden Männer verdutzt. Mit einem kurzen Nicken wandte er sich dem Ausgang zu.

Juan Lopez erschien und bat Robert und Jan persönlich in sein Büro. Garcia saß entspannt in einem dunkelgrünen Ledersessel.

»Robert! Schön Sie zu sehen«, begrüßte Lopez ihn mit einem Handschlag. Sein Englisch war fast akzentfrei. »Nehmen Sie doch beide Platz.«

Robert stellte seinen Freund Jan vor und skizzierte kurz seine Vita.

Lopez gab auch Jan die Hand. »Und Sie spotten sicherlich auch?«

»Ja, genau«, bestätigte Jan. »Ich bin sehr froh, dass Sie mich nicht am Wärterhäuschen stehen ließen.«

Lopez lächelte und sagte: »Ich kann mir nicht vorstellen, dass Robert einen Spion einschleusen würde. Aber im Ernst. Natürlich haben wir Ihren Pass gecheckt.«

»Puh, hoffentlich kennen Sie jetzt nicht auch meinen Kontostand und meine Blutgruppe«, gab

Jan augenzwinkernd zurück.

»Eigentlich ist es Zeit für ein angemessenes Abendessen. Ich hoffe, Sie haben Appetit mitgebracht. Ich habe mir erlaubt, einen Tisch für uns vier beim Mexikaner zu reservieren. Erlauben Sie mir diese Ehre Sie einzuladen.«

Robert lachte laut auf. »Ehre? Sicher freuen wir uns über die Einladung, und die Wahl des Lokals ist grandios. Wir wurden schon auf dem Parkplatz von mexikanischen Gitarrenklängen empfangen.«

Auf den Tischen des Restaurants flackerten Kerzen, während amerikanische und spanische Zivilisten herumschlenderten, stehenblieben und einen der freien Tische auswählten. Freundlich grüßten sie mit »Hola« oder »Hello«. Manche reichten sich untereinander höflich die Hand.

Der Kommandant zog sämtliche Blicke auf sich, als er mit ihnen zum reservierten Tisch ging.

Jan meinte: »Es ist ein sehr bunt gemischtes Publikum hier.«

Der Kommandant erklärte: »Die hier stationierten Soldaten leben überwiegend für einen begrenzten Zeitraum auf der Basis. Sie bringen ihre Familien mit, sodass sich hier ein Leben wie in einer ganz normalen Stadt entwickelt hat.«

Nach einem Blick in die Speisekarte waren sich die Männer einig, auf jeden Fall eines der köstlichen Fischgerichte zu bestellen und dazu einen leichten Landwein zu wählen.

»Wir in Europa lassen uns alle leicht in die Irre führen«, begann Juan Lopez und wandte sich direkt an Robert. »Die politische Lage zwischen Spanien und Marokko ist sehr angespannt. Die marokkanische Regierung erhält viel Geld von Europa, besonders von Spanien, um ihre Grenzen dicht zu machen und die Flüchtlingswellen einzudämmen. Ganz offensichtlich greifen die andalusischen Fahnder im Moment zu viele Drogenkuriere ab, und entsprechend reagiert man auf der marokkanischen Seite.«

»Entschuldigen Sie, Herr Kommandant«, unterbrach Robert ihn. »Meiner Meinung nach besteht zwischen Drogen und Flüchtlingen ein wesentlicher Unterschied. Was bedeutet es tatsächlich für Andalusien?«

»Das bedeutet, dass man unsere Küstenwache mit der Rettung von Flüchtlingen beschäftigt und im Zuge dieser dramatischen Geschehnisse Drogenkuriere leichteres Spiel haben.« An Jan gerichtet fragt der Kommandant: »Wie geht man in Ihrer Heimat mit der Schleuserkriminalität um?«

»Robert und ich sind wahrscheinlich nicht die richtigen Ansprechpartner zu diesem Thema. Wir sind Spotter, wie Sie wissen, und unsere Leidenschaft ist es, Militärmaschinen auf den Stützpunkten der Welt aufzuspüren und zu fotografieren.

Auch eine Sucht, wenn Sie so wollen. Erst kürzlich habe ich gelesen, dass Marokko mit einer geschätzten Produktion von 30.000 Tonnen Haschisch der größte Lieferant für Europa ist.«

»Meine Herren, ich will dieses Thema nicht vertiefen, jedoch macht uns die unglaubliche Menge einfach sprachlos. Daher ist es wichtig, dass die EU die spanische Guardia Civil bei der Grenzsicherung Europas unterstützt. Und die fängt nun mal in Andalusien an. Gerade hat der Generaldirektor Fernandez De Mesa die spanische Teilnahme am europäischen Projekt ›Closeye‹ erklärt.«

Robert, der aufmerksam zugehört hatte, meinte: »Also deshalb die Unterredung in Ihrem Büro. Würden Sie uns freundlicherweise das Projekt erklären, Herr Kommandant?«

Antonio Garcia schenkte Wein nach. Juan Lopez ergriff wieder das Wort.

»Sehr gerne«, bemerkte er. »Das Projekt will als Ergänzung zu Frontex gesehen werden, jedoch ist Frontex keine europäische Grenzpolizei, weil die EU kein Staat ist. Bei ›Closeye‹ handelt es sich um ein maritimes Überwachungssystem zur Kontrolle sämtlicher Grenzen in Südeuropa. Gerade Andalusien wird durch die unmittelbare Nähe zum afrikanischen Kontinent sehr stark eingebunden.«

Antonio Garcia ergänzte: »Durch die Tatsache,

dass sich hier in Rota eine Militärbasis befindet und tausende Illegale jährlich an den Küsten mit den Schlepperbooten landen, wird nahe des Nationalpark Coto de Doñana ein Zentrum für unbemannte Drohnen erbaut.«

Juan Lopez fuhr fort: »Diese Drohnen werden die Helikopter der Küstenwache mit Sicherheit entlasten. So müssen die Touristen den starken Lärmpegel der Hubschrauber nicht mehr ertragen. Damit ist allen Seiten gedient.«

Nachdem das Essen serviert worden war, wandte sich der Kommandant an ihn: »Herr van Dalen, Sie werden sich denken können, dass ich meine Gründe habe, Sie für die Probleme an dieser Küste zu interessieren. Deshalb möchte ich Sie und Ihren Freund morgen zu einem Gespräch in mein Büro bitten. Doch jetzt sollten wir anstoßen und unsere Mahlzeit genießen.«

Es wurde noch ein sehr vergnüglicher Abend. Einige Stunden später hatten die Männer zahlreiche Wein- und Sherrygläser geleert. Auf den Tischen flackerten die Kerzen immer noch leicht in der Dunkelheit. Die meisten Gäste hatten das Restaurant bereits verlassen.

Gegen fünf Uhr morgens sagte Jan leise zu Robert: »Es ist spät geworden. Wir sollten uns verabschieden.«

Auch Antonio Garcia erinnerte jetzt daran, dass

die Nacht schon weit fortgeschritten war, und bat zum Aufbruch.

9. Auf der Basis

Während Robert und Jan durch die nächtlichen Straßen schlenderten, erwachte die Basis Rota allmählich zum Leben. Eine Militärmaschine befand sich im Anflug auf die Landebahn der Basis. Jeeps mit spanischen und amerikanischen Soldaten besetzt, die auf dem Weg zum Flugplatz waren, stoppten kurz, als die Männer die Straße zu ihrem Hotel überquerten.

Robert ließ sich im Zimmer gleich auf sein Bett fallen. Im nächsten Moment war er schon eingeschlafen. Jan dachte noch ein paar Minuten über das Gespräch mit Juan Lopez nach, dann übermannte auch ihn die Müdigkeit. Sie schliefen bis zum Nachmittag durch.

Die spätnachmittägliche Sonne schien schwach durch dichte Vorhänge, als Robert und Jan aus ihrem Tiefschlaf langsam aufwachten. Ein Geräusch wie von einer Alarmglocke ließ die beiden hochschrecken.

Der schrille Lärm und der Wein vom Vorabend ließen die Männer keinen klaren Gedanken fassen. Endlich begriff Robert, dass es weder ein Alarmsignal war, noch sein Handy klingelte. Nein, es war das Telefon neben seinem Bett.

Er nahm den Hörer ab und murmelte so etwas wie »Hallo«. Schnell war er hellwach. Jan sah ihn fragend von der Seite an. Nach wenigen Sekunden war das Telefonat beendet und Robert sagte zu seinem Freund: »Das war Antonio Garcia. Er bittet uns zu einem Gespräch mit dem Kommandanten.«

Fünf Minuten später machten sie sich auf den Weg.

Jan fragte Robert: »Hast du eine Ahnung, was er von uns will?«

»Ich weiß es nicht. Im Restaurant meinte der Kommandant zu mir, dass er womöglich einen Auftrag für uns hätte.«

»Was könnte das denn für uns bedeuten, Robert? Wir wollten nur Militärmaschinen fotografieren und registrieren. Deshalb sind wir doch auf dieser Militärbasis, oder?«

»Natürlich. Das werden wir auch«, meinte Robert. »Lass uns hören, was der Kommandant zu sagen hat.«

Juan Lopez empfing sie überaus freundlich und bat sie, in den gemütlichen Sesseln seines Büros Platz zu nehmen.

»Vielen Dank, dass Sie mich nochmals aufsuchen. Ich habe eine delikate Angelegenheit, die ich gern auf dem kleinen Dienstweg erledigen möchte. Sie hatten gestern erwähnt, dass Sie von hier aus noch nach Morón weiterreisen würden.«

Jan antwortete zuerst. »Wir werden auf jeden

Fall die Basis Morón besuchen und im Anschluss Richtung Madrid zur Basis Torrejon reisen.«

»Was verstehen Sie denn unter einer delikaten Angelegenheit? Müssen wir um unsere Sicherheit bangen?« Schmunzelnd verzog Robert das Gesicht.

Juan Lopez blieb ernst, als er antwortete: »Der NATO-Generalsekretär wird die Basis Morón besuchen. Für uns hier im Westen Europas ist das eine gute Chance, Amerika mehr für unsere Probleme zu interessieren. Die Flüchtlingskrise wird noch Jahre anhalten und sogar ein Krieg in Libyen ist nicht auszuschließen. Das maritime Überwachungssystem ›Closeye‹ mit seinen unbemannten Drohnen sollte schleunigst abgeschlossen werden. 2013 begann die erste Phase und im nächsten Jahr soll das System in Kraft treten. Die gesamte Unterstützung der NATO ist dafür essenziell. Und hier kommen Sie ins Spiel. Würden Sie eine verschlüsselte Nachricht von mir an den dortigen amerikanischen Militärkommandanten übergeben?«

Jan schluckte hörbar. Robert staunte nicht schlecht.

»Kann ich auf Sie zählen?«, unterbrach der Kommandant das Schweigen.

»In welcher Form sollen wir die Nachricht überbringen? Gibt es einen Stick oder ein anderes

Medium? Und wann genau sollen wir dort eintreffen? Wir haben vorher noch eine Kleinigkeit in Cádiz zu erledigen«, antwortete Robert ruhig.

Juan Lopez lehnte sich erleichtert in seinem Sessel zurück. »Nun, ich denke, dass Sie fünf Tage Zeit haben. Die Nachricht werde ich Ihnen in Briefform mitgeben, ganz old school.«

»Das dürfte klappen. Bekommen wir dann irgendwann einen Orden verliehen?«, flachste Jan.

Lopez lachte. »Wer weiß, das Leben hält viele Überraschungen für uns bereit.« Dann fuhr er fort: »Selbstverständlich können Sie zunächst auf der Basis bleiben und nach Lust und Laune spotten, damit wir uns nicht falsch verstehen. Und ich habe noch eine Idee. Vielleicht möchten Sie sich unseren Militärhafen einmal genauer ansehen. Später werden die US-Navy-Zerstörer, die im Mittelmeer stationiert sind, nicht mehr Malta zur Wartung und Reparatur anlaufen, sondern Rota.«

»Das klingt höchstinteressant. Um welche Schiffe geht es denn?«, fragte Jan.

»Zerstörer mit den klangvollen Namen wie Ross, Donald Cook, Porten und Corney werden in unserer staatlichen Navantia Werft in Cádiz gewartet. Sie ist auf die Instandhaltung solcher Kriegsschiffe spezialiert und wird vier Jahre dafür verantwortlich sein.«

Robert nickte sofort begeistert in Jans Richtung. »Das Angebot nehmen wir sehr gerne an«, sagte dieser eilig.

Und Robert ergänzte: »Meinen Sie, dass auch einige Flugzeuge zu Übungszwecken auf den Schiffen landen werden?«

»Vorstellbar wäre das schon. Und da möchten Sie sicherlich wieder eingeladen werden«, sagte der Kommandant grinsend.

Wie aus einem Munde sagen beide: »Unbedingt!«

Robert wollte die plauderhafte Atmosphäre nutzen, um ein weiteres Thema anzuschneiden. »Herr Kommandant, Sie erinnern sich noch an meinen vorherigen Besuch?«

Juan Lopez erwiderte: »Natürlich! Sie kamen von der Expo in Marrakesch, Herr van Dalen.«

»Richtig. Ich habe dort Fotos gemacht, die wohl für einige der Aussteller wichtig waren«, fuhr Robert fort.

»Das ist nicht verboten«, warf der Kommandant ein. »Oder gibt es ein Problem?«

»Möglich wäre es. Ein marokkanischer Geschäftsmann hat mir am Flughafen ein Päckchen übergeben. Vielleicht ein Dankeschön für die Fotos, war mein erster Gedanke am Flughafen, denn ich habe damals kein Geld angenommen. Doch inzwischen bin ich mir nicht mehr so sicher.«

»Sie wissen aber, worum es sich handelt, oder?«

»Nein, wenn ich ehrlich bin, nicht«, gab Robert zu. »Ich bin ein wenig besorgt, weil ich einfach eine mitreisende Freundin gedrängt habe, es an sich zu nehmen. Diese ist in heller Aufregung, weil sie sich teilweise beobachtet fühlt. Sie ist in Conil und will es mir schleunigst zurückgeben. Ich war mit Jan gestern Nachmittag in Cádiz; dort wollen wir uns mit ihr treffen, um das Päckchen gemeinsam zu öffnen.«

»Wenn ich irgendwie behilflich sein kann, lassen Sie es mich wissen. Wir hier auf der Basis haben unsere eigenen Erfahrungen mit Marokko. Ich rate Ihnen, vorsichtig zu sein«, meinte Juan Lopez.

Robert konnte nur zustimmend nicken.

Als er mit Jan das Büro des Kommandanten verließ, atmeten beide tief durch.

Dann sagte Jan: »Wir sollten jetzt unsere Kameras aus dem Zimmer holen und das tun, weshalb wir hier sind. Alle Flugzeuge stehen auf dem Flugfeld und das Licht ist günstig.«

»Natürlich, du hast recht«, meinte Robert.

Bis zum Einbruch der Dunkelheit fotografierten sie die Maschinen und trugen ihre Nummern in ihre Notizbücher ein.

10. Schlaflose Nächte

Als Klara aufwachte, fühlte sie sich zerschlagen und schweißgebadet. 7:15 Uhr zeigte das Display an ihrem Radiowecker. In ihren Träumen wechselte der Inhalt des Päckchens ständig, sodass ihre Sorgen fast übermächtig wurden. Mal wurde sie von Drogendealern verfolgt, ein anderes Mal waren es Diamantenschmuggler. Aber rational betrachtet gelangen Drogen aller Art in dieser Küstenregion tonnenweise an Land. Warum also sollte ein marokkanischer Geschäftsmann einem Niederländer ein Päckchen mit Drogen in die Hand drücken? Und geschmuggelte Diamanten aus Afrika, die ein Händler in Antwerpen erwartete? Klara massierte ihre Schläfen, um diese absurden Gedankenschleifen zu beenden.

Schließlich hatte sie die Idee, dass das Päckchen für die Militärbasis Rota bestimmt war, die Robert besuchen wollte. Vielleicht wollte sich ein marokkanischer Militärkommandant mit seinen spanischen und amerikanischen Kollegen wegen der in Rota stationierten Nuklearwaffen abstimmen. Wollten sie Robert als Kontaktmann benutzen?

Klara schleppte sich ins Bad. Ein Blick in den Spiegel verriet ihr ihren Seelenzustand. Roberts oberflächliche Betrachtung der Situation schien ihr völlig deplatziert. Warum hatte er immer nur das Spotten im Kopf? Anstatt er sich um das Problem kümmert, hatte sie es am Hals. Nein, sie hätte es auf keinen Fall annehmen dürfen.

Sie warf sich ein paar Hände voll mit Wasser ins Gesicht und hoffte, mit ein wenig Make-up die dunklen Augenringe übertünchen zu können. Sie trat auf die Terrasse und sog die angenehme Morgenluft ein. Immer noch blinkten kleine Lichter zwischen den Blumenrabatten.

Erschrocken fuhr sie zusammen, als ihr Handy klingelte. Roberts Nummer erschien auf dem Display.

»Robert!« Mit frostiger Stimme empfing sie ihn. »Wegen dir hatte ich eine schlaflose Nacht«, fuhr sie empört fort.

Robert stammelte etwas von Entschuldigung, was aber bei ihr wegen der mäßigen Verbindung recht dünn ankam. Wahrscheinlich konnte er ihre ganze Aufregung nicht nachempfinden.

»Klara, können wir uns bitte morgen in Cádiz treffen?«, hörte sie noch, bevor die Verbindung abbrach.

»Mist. Und wo genau in Cádiz?«, sprach sie in Richtung ihres verstummten Telefons.

Sie würde das Päckchen also erst morgen loswerden. Sie nahm es aus dem Safe und hielt es unschlüssig in der Hand. Bei Tageslicht hatte sie keine Angst mehr davor, es nervte sie nur noch.

Sie ließ es wieder hinter der Safetür verschwinden, zog ihre leichten Sportsachen an, füllte ihre Trinkflasche auf und machte sich auf den Weg zum Strand.

Klara verließ die Hotelanlage, vorbei an sich sammelnden Ausflüglern, Zulieferern für die Hotelrestaurants und Einheimischen, die auf dem Weg zur Arbeit waren. Auch am Strand ging es schon turbulent zu, was Klara verwunderte.

Auf dem offenen Meer steuerte ein Fischerboot langsam auf den Hafen von Conil zu. In dem Moment, als Klara sich zum Gehen wandte, setzte der tuckernde Motor aus.

»Was ist da los?«, rief jemand von der Guardia Civil, als das Boot seinen Kurs änderte.

Wenige Minuten später wurde es von der Besatzung an den Strand gezogen. Die Fischer legten den Fang der Nacht und jede Menge aufgequollener Päckchen auf den trockenen Sand. Es versammelten sich immer mehr junge Männer, davon einige in beigefarbenen Trainingsanzügen, direkt am Wasser. Inmitten von Polizeibeamten gingen sie mit eiligen Schritten den Strand entlang. Einer von ihnen sprach mit Manolo, dem Inhaber des Fischrestaurants, in dem sie gestern auf den Sonnenuntergang gewartet hatte.

Gesprächsfetzen erreichten Klaras Ohren. Neugierig näherte sie sich der Gruppe.

»Sie sollen uns doch in Ruhe lassen, wenn wir das mitnehmen, was wir finden. Es wird sowieso verfaulen«, erklärte der junge Mann, der mit Manolo gesprochen hatte. Dabei sah er Klara genervt an.

Sein Freund fügte hinzu, während er ruhig wie ein Fischer das Meer beobachtete: »Wir sind keine Delinquenten, wir fischen hier. Wir suchen nach Muscheln und Schalentieren. Und wenn da rein zufällig ein Drogenpäckchen auftaucht, ist es unser Recht, es an uns zu nehmen«, sagte er trotzig mit einem Blick auf die aufmerksamen Beamten der Guardia Civil.

Klara erkundigte sich bei Manolo, was denn vorgefallen war. Sie war stolz auf ihre Spanischkenntnisse.

»Kleiner Streit zwischen den jungen Leuten und der Polizei«, meinte Manolo kurz angebunden und zog die Schultern hoch. »Entschuldigung, aber ich muss mich jetzt um meinen Job kümmern. Die Fischer verkaufen mir bestimmt direkt hier vom Boot den Fang. Dann spare ich mir den Weg zum Hafen von Conil.«

Eiligen Schrittes entfernte er sich und Klara sah ihn wenig später mit einem weißbärtigen Fischer wild gestikulieren.

Einige Rentner mit ihren Hunden gesellten sich zu Klara und den Beamten. Einer, der schon sein

Leben lang mit seiner Familie in Conil lebte, begann eine eifrige Diskussion mit einem der Uniformierten über den schwindenden Respekt der Jugend.

Ein anderer wusste, dass es gesetzlich verboten war, Drogenpäckchen aus dem Meer zu fischen: »Wer verhaftet wird, sieht sich einer Gefängnisstrafe von bis zu vier Jahren gegenüber, denn es handelt sich um ein Delikt gegen die öffentliche Gesundheit.«

Der Beamte nickte zustimmend.

Die herannahenden Hunde kamen hechelnd von ihrem Spiel am Strand zurück. Sie stoppten vor dem Dutzend aufgequollener Marihuana-Päckchen und schnupperten daran. Sofort wurden sie schimpfend von der Guardia Civil verjagt, die die Päckchen schließlich einsammelte. Man beließ es bei einer intensiven Belehrung der jungen Leute und nahm kurz ihre Personalien auf. Einen Bericht würden sich die Beamten schenken, das machte bei der Strafmündigkeit kaum Sinn. Die Eltern aufzusuchen ebenfalls nicht. Von denen, die sich bereits mit Päckchen versorgt hatten, wurde niemand verhaftet. Am folgenden Tag würde man sie sowieso wieder freilassen.

Im leichten Dauerlauf entfernte Klara sich von der Gruppe. Nach Luft japsend erreichte sie die Holztreppen. Auf jedem Podest blieb sie stehen, um einen Blick zurückzuwerfen.

Der Trupp junger Leute zog wie eine Karawane zur Steilküste, um von dort aus an den Strand von Sancti Petri zu gelangen. Wahrscheinlich hatten sie alle Wind davon bekommen, dass auch dort heiße Fracht zu finden war. Gemäß dem Slogan »Was das Meer gibt, gehört denen, die es finden« zerstreuten sie sofort die Zweifel an ihrem Tun, obgleich sie gerade erst die Worte der Beamten vernommen hatten. Sie wussten , dass ihnen nicht viel passieren konnte. Es war die Mischung aus dem Verbotenen, der Langeweile der perspektivlosen Jugend von Conil und dem Drang, selbst etwas mit den Drogen zu erleben. Sicherlich aber auch, die eigenen Einkünfte durch das Dealen aufzubessern.

Nachdenklich ging Klara zum Gartentor ihres Hotels. Sie schaute auf ihre Uhr. Es war halb acht. Obwohl es noch frisch war, wollte sie unbedingt ihr Frühstück im Freien genießen.

Als sie die Terrasse erreichte, wurden die Tische eingedeckt. Klara schnupperte den herrlichen Kaffeeduft, als ihr ein aufmerksamer Kellner schon eine Tasse einschenkte und einen frisch gepressten Orangensaft dazu servierte. Dankbar lächelte Klara ihn an.

Das Tischchen, das sie gewählt hatte, bot ihr einen idealen Überblick. Sie freute sich auf das reichhaltige Frühstücksbüffet und machte sich auf den Weg in den Innenraum. Dort entdeckte sie zwischen Blumenarrangements silberne Kühler mit Sektflaschen.

Sie überlegte kurz, bevor sie sich an eine vorbeieilende Kellnerin wandte: »Buenos días, señora, pardón. Es possible de abrir este botella para mi, por favor?« Was so viel hieß wie: »Entschuldigung, ist es möglich, eine Flasche für mich zu öffnen?«

»Si, señora«, sagte sie, während sie lächelnd der Aufforderung nachkam und ihr ein Glas einschenkte.

Klara löffelte sich Joghurt mit frischen Melonen- und Ananasscheiben auf ihren Teller. Vorsichtig balancierend erreichte sie ihren Tisch und prostete sich selbst zu.

»Klara, du lässt dir diesen Tag nicht verhageln, durch nichts und niemanden«, murmelte sie vor sich hin.

Ein älterer Herr hatte am Nebentisch Platz genommen und nickte ihr grüßend zu. »Madame, ein Gläschen am Morgen vertreibt Kummer und Sorgen.«

Klara schaute irritiert. Sah man ihr ihre Sorgen so deutlich an?

»Ich habe schlecht geschlafen, meine Frau schnarcht wie ein Grizzly. Sie haben mich inspiriert. Wo finde ich denn ein Glas Sekt?«

Klara lachte. »Immer dem Duft der frischen Köstlichkeiten am Büffet nach. Ich sage Ihrer Frau Bescheid, wo Sie zu finden sind.«

»Das ist sehr lieb von Ihnen, aber sie möchte bis zehn Uhr schlafen. Ich bin eher der Frühaufsteher und genieße den Tag möglichst in seiner vollen Länge hier in dieser wunderbaren Gegend. Riechen Sie den Duft der Bougainvilleas?«

Oha, ein Blumenkenner und ein angenehmer Mann, fand Klara. Sie dachte an Helmut und ein wenig wünschte sie sich ihn hier an ihren Tisch. Ihr Blick fiel auf den leeren Stuhl.

»Sie haben recht, die Blumenpracht und alles andere ist hier einfach wunderschön. Aber heute wird es heiß, deshalb macht es Sinn, früh auf den Beinen zu sein. Ich war gerade schon unten am Meer. Sie glauben nicht, was man dort so früh am Morgen erleben kann.«

»Gute Idee, vielleicht kann ich meine Frau dazu ermuntern, mit mir mal einen Morgenspaziergang zu unternehmen. Oder war es etwa gefährlich?«

»Gefährlich? Nein, das zu behaupten wäre übertrieben.«

Sie berichtete kurz von ihrem Erlebnis und machte sich dann auf zur zweiten Runde am Frühstücksbüffet. Ihr English Breakfast mit Eiern, Speck, Bohnen und Würstchen duftete herrlich.

Mittlerweile hatten sich weitere Gäste eingefunden. Keinem war es zu frisch um kurz nach acht. Niemand schien etwas über die frühmorgendlichen Ereignisse am Strand zu wissen. Einige unterhielten sich über Golf, andere über Ausflüge nach Ronda und Sevilla, die man unbedingt unternehmen sollte.

Am Nebentisch nahm eine schlanke Dame Platz. Sie lächelte Klara freundlich zu und sagte: »Ich bin Greta und komme aus Berlin.«

Klara stand auf und gab ihr die Hand.

»Angenehm. Ich heiße Klara und wohne in der Nähe der niederländischen Grenze, in Mönchengladbach.«

»Ach, der Fußballverein?«

»Ja, die meisten bringen unsere Stadt damit in Verbindung.«

»In Berlin ist das ein bisschen anders. Da kann man mit allem Möglichen aufwarten. Zum Beispiel mit unserem wunderbaren Flughafen-Desaster«, lachte sie.

»Mönchengladbach hat auch einen Flughafen. In den Hangars stehen meist nur Sportflugzeuge, aber es gibt dort eine große Flugschule. Ich hatte mal das Vergnügen, mir mit einem Freund den Flugsimulator anzusehen. Robert ist Spotter.«

»Mr. Spock? Oder verspottest du mich jetzt?«, fragte sie amüsiert.

Klara fand es erfrischend, dass sie gleich zum Du übergegangen war, und erklärte ihr das seltene Hobby.

»Ist ja wirklich beeindruckend, womit sich Menschen beschäftigen können.«

Klara erfuhr, dass Greta mit ihrem inzwischen leider verstorbenen Mann schon in den 1960ern Jahren Spanien bereist hatte. Sie könnte ganze Bücher mit dem Stoff dieser verrückten Zeit füllen. Damals gab es in Jerez de la Frontera nur einen Militärflughafen, der Jahre nach dem Ausbau zivil genutzt wurde. Ihr Mann war Pilot und flog regelmäßig Politiker von Málaga aus dorthin, darunter Franz Josef Strauss, der selbst erst in den Siebzigern eine Fluglizenz erwarb.

Klara bekam einen Schreck, als sie auf die Uhr sah.

»Es tut mir leid, Greta, aber ich muss mich sputen. Wir werden uns ja sicher noch öfter über den Weg laufen.«

»Das hoffe ich doch.«

Klara sprang auf und nahm den direkten Weg von der Terrasse zu den Ruhezonen. Eine Gruppe Touristen umringte dort ihre Reiseleiterin und suchte weitere Teilnehmer für die geplante Radtour zum Hafen von Conil. Klara, die kurz stehengeblieben war, wurde freundlich aufgefordert, sich anzuschließen. Sie winkte höflich ab und ging weiter zu ihrem Zimmer. Die lichtundurchlässigen Vorhänge waren zugezogen und ein angenehm frischer Duft umhüllte sie. Das Putzpersonal war also schon da gewesen.

Sie entschied sich spontan, das Päckchen mit den üblichen Utensilien in ihre Badetasche zu stecken. Wieder schwirrten ihr die Wörter Sancti Petri und drogas, die sie vorhin erst gehört hatte, durch den Kopf. Die Idee vom Vortag, das Päckchen auf der Toilette des Lokals zu verstecken, erschien ihr nicht mehr genial. Was würde passieren, wenn die Polizei aufgrund der Geschehnisse eine Razzia vornimmt? Das Risiko konnte sie nicht eingehen.

Da kam ihr der Hafen von Conil mit seinem Nautic-Club in den Sinn.

11. Nautic-Club

Über sich hörte sie einen Militärhubschrauber, der tief an der Küste entlang in Richtung Cádiz flog.

Klara rief sich die Übergabe des Päckchens am Flughafen ins Gedächtnis. Nichts hatte Robert ihr erklärt. »Marokkanischer Geschäftsfreund«, hatte er gesagt.

Sie wählte seine Nummer.

»Geh ran«, sagte sie leise.

Aber Roberts Handy reagierte nicht. Nicht einmal seine übliche Ansage auf der Mailbox war zu hören.

Von wegen, er meldet sich über Handy bei mir. Er ist nicht einmal erreichbar. Klara schaltete ihr Handy aus, um Akku zu sparen.

Bis zum Hafen würde sie eine gute Stunde gehen. Genug Zeit, um über das Päckchen nachzudenken.

Ich kann es an der Steilküste über die Klippen in den Atlantik werfen oder im Hafen nach einem passenden Versteck suchen, dachte sie. Das Päckchen zu öffnen war für sie keine Lösung. Das sollte Robert selbst tun, denn es war sein Eigentum.

Als Klara am Hafen ankam, fuhr ein Fahrzeug der Guardia Civil an der Kaimauer entlang. Mehrmals hielt es an, um die dort ankernden Boote zu kontrollieren. Während Klara die Beamten beobachtete, erreichte sie den Wassersportclub. Dessen Mitglieder waren Eigentümer des Restaurants. Und die Küche war beliebt bei den Gästen, aber noch war es ein Geheimtipp. In den vergangenen Jahren hatte Klara sich oft einen Urlaub in Conil gegönnt und war dabei regelmäßig dort eingekehrt.

Außer ein paar Fischern, die an einem runden Tisch im Schankraum Karten spielten, gab es jetzt keine Gäste.

Klara setzte sich auf die Terrasse. Von dort konnte sie das Hafenbecken mit seinen darin dümpelnden Booten gut überblicken. Die Guardia Civil bog gerade ab, um über den Schotterweg zum Nautic-Club zu kommen. Mit einem Café con leche kamen die Männer auf die Terrasse und Klara ahnte, worüber sie sich unterhielten.

Sie hielt Ausschau nach Laura, konnte sie aber nirgends sehen. Sie bestellte bei der Kellnerin ein großes Glas Mineralwasser.

Nach und nach kamen mehr Touristen. Vermutlich sind es wieder spanische Urlauber aus den heißen Städten im Landesinneren, ein paar englische Weltenbummler und ganz sicher einige Deutsche, die der Costa de la Luz gegenüber den Kanaren den Vorzug gaben.

Klara hoffte, dass Laura zur Unterstützung auftauchen könnte. Mit ihr hatte sie in vergangenen

Zeiten schon nette Gespräche geführt und sie wusste, dass Laura sehr interessiert an den Geschehnissen in dieser Küstenregion war. Auf ihre Meinung zu den hiesigen Problemen legte Klara viel Wert, zumal Laura auch gut Deutsch sprach.

Klaras Blick schweifte über die Terrasse. Aus dem Augenwinkel nahm sie wahr, dass die Zivilbeamten ihren Kaffee zahlten.

Sie war unschlüssig, ob sie das Restaurant verlassen sollte. Just in diesem Augenblick betrat Laura den Raum, blickte sich in der Runde um und nahm sofort Kurs auf Klaras Tisch. Es folgte eine herzliche Begrüßung der beiden Frauen mit einer innigen Umarmung.

Sie setzte sich zu Klara und sagte: »Ich kann nicht lange bleiben, du siehst ja, was hier los ist.«

Klara schickte sie erst mal an die Arbeit und wartete ein Viertelstündchen, bis sich der größte Stress gelegt hatte.

»Nun erzähl mal, wie geht es dir? Du siehst ziemlich angespannt aus. Beunruhigt dich irgendetwas?«

»Naja, meinen Urlaub habe ich mir etwas anders vorgestellt«, antwortete Klara und erzählte ihr von den Ereignissen am frühen Morgen am Strand von Conil.

Ihre Bekannte sah sie verwundert an. »Du bist ja nicht zum ersten Mal an der Costa de la Luz und weißt, dass der Drogenhandel hier als Einfallstor für die Abnehmer in Nordeuropa fungiert. Natürlich leidet unser Image, wenn ich es mal überzogen darstelle, mit einer Bevölkerung im kollektiven Flower-Power-Modus. Das ist meine Meinung. Durch die Flüchtlinge aus Marokko hat sich die Lage verschärft, es wimmelt von Beamten, Helikopter stören die Urlaubsidylle und für die örtliche Presse und das Fernsehen ist es das Hauptthema.«

»Ja, in diesem Zusammenhang ist mir etwas Unangenehmes passiert. Und ich weiß nicht so recht, wie ich mich verhalten soll.«

Laura zog ihre Augenbraue hoch und sagte: »Was genau macht dir denn Sorgen?«

Etwas umständlich holte Klara das Päckchen aus der Badetasche und beschrieb mit einigen Sätzen die Szene am Flughafen und dass sie sich ärgert, es überhaupt in ihren Besitz genommen zu haben.

»Klara, glaubst du denn, dass das auch Drogen sind?« Laura nahm es in die Hand, um sein Gewicht zu prüfen. »Natürlich kann sein Inhalt alles Mögliche sein, wenn du willst. Aber denk mal nicht so schwarz. Wenn du möchtest, nehme ich es an mich und du kommst mit deinen Freunden hierher. Entschuldige, Klara, die Gäste warten auf mich. Melde dich.«

»Nein, ich will dich da nicht mit hineinziehen und schließlich haben meine Freunde ja schon einen Treffpunkt festgelegt. Dummerweise war die Telefonverbindung abgerissen. Aber sie werden sich sicherlich noch mal melden und dann wird sich alles klären.«

»Gut, wie du willst. Ich kümmere mich jetzt wieder um meine Gäste und du meldest dich, wenn ich dir irgendwie helfen kann.«

Klara lächelte erleichtert und verließ den Nautic-Club samt der geheimnisvollen Schachtel.

Die Sonne brannte und die Hitze war unerträglich. Es würde Stunden dauern, bis sie nachließ. Also wählte sie den Küstenweg.

Laut Aussage des Wegweisers hatte sie knapp sechs Kilometer vor sich, bis sie die Straße nach Conil erreichen würde.

Das ist der schnellste Weg, überlegte Klara.

Die andere Option, die sie hatte, lag wegen des Kiefernwaldes mehr im Schatten. Aber auch das erschien ihr zu anstrengend. So suchte sie sich einen angenehmen Platz unter einer Pinie, die unter dem starken Meerwind die Form eines Schirms angenommen hatte.

Sie nahm einen Schluck aus der Wasserflasche, der ihr Denkvermögen tatsächlich belebte. Inzwischen war sie fest davon überzeugt, dass das Ding vor ihr auf dem sandigen Boden nur Bargeld beinhalten konnte. Wahrscheinlich Geldscheine aus Drogen- und Öl-Geschäften, fein säuberlich am Fiskus vorbeigeschmuggelt.

Ihrer Fantasien waren keine Grenzen gesetzt. Schlagworte wie Briefkastenfirma, Schattenbank, Steuerbehörden und Geldwäsche schwirrten in ihrem Kopf. In seiner Gutgläubigkeit und Ehrlichkeit konnte sie sich jedoch nicht vorstellen, dass Robert wusste, wie Geldwäsche von A bis Z funktionierte.

Nach Panama war neuerdings Malta als attraktive Adresse für diese dubiosen Geschäfte bekannt. Es war abwegig, dass Robert sich auf den Weg zum Spotten nach Malta begeben würde und dann so ein Päckchen gewieften Finanzjongleuren in den Briefkasten schiebt.

Angetrieben von diesen neuen Erkenntnissen, machte sie sich auf den Heimweg. Dort würde sie wieder versuchen, Robert zu erreichen.

Als sie die Hotelanlage betrat, sonnten sich die meisten Gäste im Garten oder sprangen in den Pool. Einige saßen mit ihrem kühlen Getränk an der Poolbar. Nach der Hitze des Tages empfand sie die angenehme Kühle in der Lobby besonders wohltuend.

Sie hockte sich auf ihr Bett und prüfte, ob ein Anruf oder eine SMS auf ihrem Handy eingegangen war. Aber nichts, einfach gar nichts war passiert. Stattdessen vernahm sie die üblichen Worte: »Hallo, ich weiß es klingt wie ich, aber ich bin es nicht. Es ist nur ...«

Hm, vermutlich waren sie wieder mit ihrem Hobby beschäftigt. Es blieb ihr nur darauf zu hoffen, dass die Jungs sich am Abend melden würden. Sie schrieb kurz eine SMS und beschloss, heute fein im Hotelrestaurant zu dinieren. Ein wenig Eleganz wollte sie sich ab und zu auch mal gönnen, schließlich war sie ja im Urlaub. Sie machte sich richtig chic, mit allem Drum und Dran und war nach einer Stunde sehr zufrieden mit ihrem Spiegelbild. Sie war ein bisschen stolz auf ihre frisch erworbene Bräune und freute sich auf die feinen Meeresfrüchte und grandiosen Wein.

Sie wollte einen Aperitif an der Bar nehmen und machte es sich in einem der Korbsessel bequem. Ausflügler trudelten ein, schwatzten durcheinander. Sie erkannte eine der Damen, die den heutigen Fahrradausflug zum Hafen Roche unternommen hatte.

»Wie ist es Ihnen heute ergangen auf Ihrem Rad?«, fragte Klara interessiert.

»Abwarten, ob sich morgen der Muskelkater einstellt«, antwortete die Dame amüsiert und alle anderen pflichteten ihr bei. »Es ist doch etwas anderes zuhause zu radeln oder hier bei dieser

Mittagshitze auf den staubigen Wegen der Steilküste entlang. Manchmal war es fast gefährlich, so nahe sind wir dem Abgrund gekommen. Der herrliche Blick von den ockerfarbenen Klippen war atemberaubend. Uns hat die gute Laune nicht verlassen, das wuselige Treiben im Hafen zu beobachten und den wunderbaren Rosé dort im Nautic-Club zu genießen, waren ein gerechter Lohn für das mühsame Gestrampel.«

»Dann hätten wir uns ja fast gesehen. Ich war auch im Nautic-Club«, warf Klara ein.

»Wie lange sind Sie noch hier? Die Radtour sollten Sie unbedingt machen. Die kann ich Ihnen nur empfehlen.«

Sie plauderten noch etwas Belangloses miteinander und waren sich einig über die glückliche Wahl der gepflegten Hotelanlage mit den herrlichen Gärten.

Dann bemerkte Klara, dass die goldene Kordel vor dem Restaurant entfernt worden war. Sie verabschiedete sich von der Gruppe, nachdem sie die Damen nicht überreden konnte, direkt zum Abendessen überzugehen.

Sie wartete am Pult, bis man ihr einen Tisch zuwies und sie dorthin geleitete. In diesem Moment klingelte ihr Handy in der Handtasche. Es war Helmut, der sich nach ihrem Befinden erkundigen wollte.

»Lass uns später noch einmal telefonieren. Ich werde gerade zu meinem Tisch geführt.«

»Sicher, Schatz. Ich mache mir jetzt ein Butterbrot und wir sprechen später«, verabschiedete Helmut sich lachend.

Klara schmunzelte und schüttelte den Kopf. Als würde er nur ein Butterbrot essen.

Sie setzte sich an einen weiß gedeckten Tisch mit flackernden Kerzen und bestellte eine kleine Flasche Vino Rosada. Es war einfach himmlisch.

Im hell erleuchteten Speisesaal waren auf dem Buffet köstliche, fein garnierte Häppchen, Salate und gleich daneben frittierte Sardinen auf Zitronenscheiben gebettet zu bewundern. Im Showcooking-Bereich grillten gutgelaunte Köche herrlichen Schwertfisch und saftige Steaks. Das mediterrane Gemüse lud man sich vorher auf den Teller. Aber Klara begnügte sich zunächst mit einigen Appetizern.

Zurück an ihrem Tisch dachte sie an die Begegnungen des Tages: Manolo, Laura, Greta und die jugendlichen Strandgutsammler tauchten wieder auf.

Der anschließende Schwertfisch war ein Genuss und korrespondierte hervorragend mit dem Wein. Ihr Blick wanderte aus dem Fenster. In der samtigen Dunkelheit zeichnete sich die Blumenpracht der Gärten schemenhaft, aber atmosphärisch ab.

Klara merkte nun, wie anstrengend der Tag gewesen war. Anstatt mit einem opulenten Dessert wollte sie ihn lieber entspannt auf ihrer Veranda sitzend ausklingen lassen. Wer weiß, ob Robert sich noch meldet. Aber sie würden sicherlich morgen einen Treffpunkt in Cádiz ausmachen.

Spanische Tanzmusik klang zu ihr herüber. Gern hätte sie jetzt Helmut bei sich. Da erinnerte sie sich an ihr Versprechen, ihn zurückzurufen.

Rasch wählte sie seine Nummer. »Na, wie war dein Butterbrot?«

»Ach meine besorgte Frau. Ich habe mir tatsächlich noch etwas von unserem Lieblingsitaliener kommen lassen.«

»Gut, dann muss ich ja kein schlechtes Gewissen wegen meines fantastischen Abendessens haben.«

»Siehst du, alle sind zufrieden. Und was machen Robert und Konsorten?«

»Ach herrje. Im besten Fall treffen wir uns morgen und ich werde endlich das Päckchen los.«

»Und im unbesten Fall?«

»Schmeiße ich es über die Kaimauer. So oder so. Ab morgen ist endgültig Schluss mit diesem blöden Ding.«

»Gut, dann ist das ja geklärt.«

Sie plauderten noch drei Sätze über die News vom Campingplatz und verabschiedeten sich auf gewohnte Weise.

Sie legte sich zur Ruhe, die sie dann doch nicht fand. Es dauerte, bis sie endlich in den Tiefschlaf fiel.

Der Tag erwachte mit wolkenlosem Himmel und wärmenden Sonnenstrahlen. Sie wollte ein schnelles Frühstück einnehmen und fragte sich, wann Robert sich wohl melden würde. Ihr Handy vibrierte und noch bevor sie den Speisesaal betrat, nahm sie das Gespräch von Robert an.

»Tut mir leid, Klara, aber ich glaube, wir wurden gestern unterbrochen. Hast du noch mitbekommen, wo wir uns treffen?«, fragte er.

»Nein, leider nicht. Quasi tappte ich den ganzen Tag im Dunkeln, wie wann und wo ich dieses dämliche Paket loswerde.«

»Ach, Klara. Ich lade dich nachher zum Kaffee ein und dann klären wir alles«, bemerkte er optimistisch. »Wir sind soeben Richtung Santa María losgefahren. Gegen Mittag startet der Katamaran nach Cádiz. Und glaube mir, wir treffen uns an einem der schönsten Plätze der Stadt. Aber das bleibt noch mein Geheimnis. Hol uns einfach an der Anlegestelle des Katamarans aus Rota ab.«

»Ok, gleich nach dem Frühstück nehme ich mir ein Taxi. Der Bus fährt in zwanzig Minuten, den schaffe ich nicht mehr.«

Robert erklärte ihr, dass er für die Kosten aufkommen würde. Er war wirklich bemüht, seine Freundin fröhlich zu stimmen.

12. Taxi nach Cádiz

Sie wählte Agustins Nummer, um ihn zum Hotel zu beordern.

Er erkannte ihre Stimme sofort. »Eine Fahrt nach Cádiz? Gern, Señora. Ich werde in weniger als zwanzig Minuten da sein.«

Der Preis, den sie mit ihm vereinbarte, erschien ihr sehr moderat.

Pünktlich fuhr er in seinem cremefarbenen Mercedes vor. Er begrüßte sie mit einem »Buenos dias« und Klara nahm neben ihm Platz.

Sie genoss die spätsommerliche Landschaft, die an ihnen vorbeizog. Agustin sah zu ihr herüber und fragte sie in einem unerwartet guten Deutsch, wo genau sie zuhause war.

»Nicht weit entfernt von der niederländischen Grenze, in Mönchengladbach. Die meisten verbinden Mönchengladbach mit dem Fußballverein«, antwortete sie.

»Die Borussia? Si, ich bin Fußballfan und kenne die Stadt.« Begeistert erzählte Agustin von seiner Lieblingsmannschaft FC Jerez, die am Wochenende gegen Real Sevilla spielen würde. »Schauen Sie, Señora. Sehen Sie die Storchennester in den Schwarzkiefern? Wenn die Vögel aus dem Norden hier ankommen, wird es wieder eng, weil sie mit ihren Artgenossen nicht den Weg nach Südafrika gehen. Sie überwintern lieber hier. Auf den Mülldeponien finden sie genug Nahrung.«

Sie näherten sich der Bahía de Cádiz und er konzentrierte sich darauf, die richtige Abfahrt zu nehmen. Die Straße führte durch Salzlagunen, in der Ferne begleitet von Bahnschienen nach San Fernando.

Der Verkehr wurde ruhiger, und die mehrspurige Straße führte über einen Damm, der die Bahia de Cadiz vom Atlantik trennt, in die historische Stadt.

Agustin plauderte munter weiter. »Wissen Sie, dass San Fernando bestimmt, wie die Uhren in Spanien ticken? Das Königliche Institut und Observatorium legt für das gesamte Land die offizielle Uhrzeit fest.«

Als Nächstes zeigte er auf die neue Brücke, die die Bucht mit El Puerto de Santa María verbindet. Nicht ohne Stolz sagte er: »Wir nennen sie Puente de la Pete. In Erinnerung an die spanische Verfassung 1812. Sie sollte zum 200-jährigen Jubiläum fertig sein. Aber wegen der Wirtschaftskrise wurde die Eröffnung um drei Jahre verschoben. Im vergangenen Frühjahr hat man sie mit einem rauschenden Fest eingeweiht. Ganz Spanien schien über die Brücke fahren zu wollen. Fünf Kilometer spannt sie sich über die Bucht von Cádiz und ist somit die längste Brücke Spaniens.«

Klara war beeindruckt und sagte: »Erstaunlich, was Andalusien trotzdem geschafft hat.«

»Nun, wir stecken immer noch tief in der Krise. Ohne die EU stünde das Land vor dem Konkurs. Brüssel bezahlt sogar die Autos für die Guardia Civil. Das ist nur ein Beispiel«, betonte er. »Andalucia hat kein Geld.«

Klara sah ihn leicht irritiert an.

Agustin bemerkte ihren Blick und fuhr unbeirrt fort: »Sie fragen sich, warum? Die Antwort ist einfach: weil es kein Finanzamt gibt. Die Geschäfte florieren und niemand kümmert eine Quittung. Kein Handwerker kommt, wenn du eine Rechnung verlangst.«

»Ach, wissen Sie, Augustin, lassen Sie uns nicht politisch werden. Da kommen wir auf keinen Nenner. Deutschland wird immer so gelobt wegen der Pünktlichkeit, der Ordnung in den Behörden und der Qualität seiner Produkte. Bei uns ist alles immer so anstrengend und manchmal glaube ich, dass sich Deutschland selbst überholen will und das eigentliche Leben vergisst. Daher freue ich mich, hier jedes Mal Abwechslung zu finden und Sonnenstrahlen zu hamstern für den grauen Winter, der mir bevorsteht.«

Schweigend setzten sie die Fahrt fort.

Sie kamen am Bahnhof von Fernando vorbei, an dem gerade ein Nahverkehrszug aus Jerez einfuhr.

Die Straße führte weiter durch das verkehrsreiche Zentrum von Cadiz, bis sie sich am Eingangstor zur Altstadt gabelte. Es war unerheblich, welchen Weg man wählte, man kam ohnehin am Hafen an, da die Stadt eine Halbinsel ist.

Agustin fuhr rechts herum. Klara gab ihm zu verstehen, dass er an der Anlegestelle für den Katamaran aus Rota parken sollte. Dieser war auch schon in Sicht. Agustin streckte ihr seine Hand entgegen. Klara war versucht, sie zu schütteln, bevor ihr einfiel, dass er wohl eher sein Fahrgeld erwartete.

Das Hafengelände war durch einen Zaun gesichert und mit Wachpersonal ausgestattet. Die roten Sightseeing-Busse warteten auf die Passagiere der Kreuzfahrtschiffe, die soeben von Bord gingen. Vor einer Schranke standen die Ausflugsbusse der Reisegesellschafter in Reih und Glied.

Klara beobachtete das Anlegemanöver des Katamarans und konnte Robert und Jan tatsächlich auf der Gangway erkennen. Die Wiedersehensfreude überlagerte den Ärger der vergangenen Tage.

Agustin räusperte sich hörbar: »Señora! Jede Minute warten kostet Sie zwei Euro!«

Klara ließ ihn stehen und eilte ihren Freunden entgegen.

Da hörte sie einen aufheulenden Motor hinter

sich, sah sich um und fuhr erschrocken zusammen. Denn der schöne cremefarbene Mercedes rammte ein anderes Taxi.

Wie sich herausstellte, saß darin Agustins Neffe Sancho. Die beiden stiegen aus, rieben sich ihren Nacken und begutachteten die Schäden an den Fahrzeugen. Klara stand mit offenem Mund da und beobachtete die Szenerie. Denn nach gegenseitigen Beschimpfungen steigerte sich ihr Streit zu einer handfesten Schlägerei. Auch andere unbeteiligte, neugierige Passanten verspürten auf einmal große Lust, sich einzumischen und nicht nur mit Worten, Partei zu ergreifen. So manch einer holte sich eine blutige Nase. Die Mittagssonne hatte scheinbar die Gemüter so stark erregt, dass der normale Verstand aussetzte.

Robert und Jan gesellten sich zur immer noch schockierten Klara. Das Taxigeld für Agustin hielt Robert fest in seiner Hand. Jan versuchte, die Streithähne zu trennen, die nun ihrerseits auf ihn einprügelten. Klara wurde ohnmächtig. Robert kniete sich sofort neben sie und steckte dabei das Geld in seine Hosentasche.

Der Tumult hatte sich immer noch nicht gelegt, als die Policía anrückte. Nach einem kurzen Interview und der Ausweiskontrolle konnten die meisten den Ort des Geschehens wieder verlassen. Nur Agustin, Sancho, Jan, Robert und Klara mussten die Beamten auf das Polizeipräsidium begleiten. Ihre Fahrzeuge wurden am Hafen sichergestellt.

Der Polizeichef Martinez betrat das karge Büro und ersuchte sie, ihre Habseligkeiten auf den Tisch zu legen. Jan und Robert platzierten dort ihre Kameras, Reisepässe und Portmonees. Klara schüttete Handy, Ausweis, Geldbörse, Lippenstift, Bürste, Regenhaube, Taschentücher und das Päckchen aus ihrem Rucksack. Agustin und Sancho zeigten bedauernd ihre leeren Hosentaschen.

Da fiel Robert das Taxigeld ein.

»Sagen Sie, was ich Ihnen schuldig bin für die Fahrt meiner Freundin.«

»Lass mich in Ruhe. Was passiert nun mit unseren Autos? Sie sind unsere Existenz«, betonte Agustin aufgeregt.

Der Polizeichef mischte sich genervt ein: »Die können Sie am Hafen abholen, sobald wir hier fertig sind.«

Ein junger Uniformierter betrat das Zimmer. Erst vor kurzer Zeit hatte er die Polizeiakademie mit guten Kenntnissen in Deutsch und Englisch verlassen.

»Pedro, Sie werden hier alle verhören. Ich möchte Ihren Bericht in spätestens zwei Stunden auf meinem Schreibtisch haben, verstanden?«

Pedro schaute sich die Gruppe intensiv an und kalkulierte, dass es knapp werden könnte mit seiner Siesta. Er fühlte sich zwar wegen des Auftrags geehrt, aber fünf Personen zu verhören, ließ sich nicht so schnell erledigen. Er musste sich in Ruhe überlegen, wie er vorgehen sollte, und beschloss, erst einmal eine Zigarette zu rauchen. Also verließ er zusammen mit dem Chef das Zimmer.

Agustin und Sancho gähnten und auch Robert konnte sich trotz Jans Ermahnungen nicht gegen die aufkommende Müdigkeit wehren. Alle hatten sich inzwischen beruhigt, so als hätte die Schlägerei nie stattgefunden. Die beiden Kontrahenten versicherten sich gegenseitig, für den entstandenen Schaden am Taxi des anderen aufzukommen.

13. Zufall oder Schicksal

Klara taxierte Agustin und nutzte kurzerhand die Gelegenheit, ihn weiter über seine Vergangenheit auszufragen.

»Sie sprechen so gut Deutsch. Ich bezweifle, dass man das nur von den Touristen hier lernen kann«, sagte sie.

Agustin lächelte und antwortete: »Am besten lernt man stets die Sprache, wenn man in dem Land lebt.«

Klara sah ihn erstaunt an. »Wollen Sie damit sagen, Sie haben tatsächlich in Deutschland gelebt?«

»Si. Als junger Mann durchlief ich eine dreijährige militärische Ausbildung hier in Andalusien. Nach meiner Entlassung kam dann der Schock: Ich fand absolut keine Anstellung. In Ihrer Heimat wurden allerdings händeringend Fabrikarbeiter gesucht und so machte ich mich auf den Weg. Sprachbegabt, wie ich war, konnte ich mich sehr schnell gut ausdrücken.«

Robert sah zu den beiden herüber. »Bei welcher Einheit haben Sie Ihre militärische Ausbildung gemacht?« Sein Interesse war geweckt.

»Nun«, sagte er, »ich war bei der spanischen Luftwaffe und gehörte dem technischen Dienst an.«

»Ach, die Jungs mit den Stäbchen in der Hand, die die Maschinen zum Hanger lotsen?«

»Exakt, genau so ein Junge war ich.«

Alle lachten und die Spannung löste sich. Vielleicht war es Taktik der Polizei, so mit Streithähnen umzugehen. Man sperrt sie ein und überlässt alles andere den Protagonisten selbst.

»Ich kam also nach Deutschland und heuerte als Hilfsarbeiter in einer Textilfabrik an.«

Klara ergriff wieder das Wort: »Und wo genau? Wie hieß die Stadt?« Sie spürte, wie ihre Aufregung stieg.

Er fuhr sich grübelnd über seine Haarpracht. »Ich meine, es war Mönchengladbach.«

»So ein Zufall! Mönchengladbach war in den 70er Jahren übersät von Textilfabriken. Das Spinnereigewerbe war ein Wahrzeichen der Industriekultur. Schade, dass davon heute kaum noch etwas zu sehen ist.«

»Moment.« Agustin klopfte sich vor die Stirn. »Ich erinnere mich wieder an die Fabrik. Dilthey. Sie hieß Dilthey, da bin ich mir sicher.«

Klara zog gehörig die Luft ein. »Sie waren damals tatsächlich in Mönchengladbach ansässig. Ich glaube es nicht. Nicht wenige meiner Freundinnen haben schon in den 60er Jahren gleich nach der Schule dort angefangen zu arbeiten.«

Nun schaute auch Robert verdutzt und ging einige Schritte auf Agustin zu. Irgendetwas kam ihm komisch vor. Er fragte sich, woran ihn das Gesicht mit der kleinen Narbe erinnerte?

Sancho verfolgte die Szene. Auf Englisch sprach er Robert an, um zu erfahren, warum sie seinen Onkel verhörten.

Robert sagte: »Halb so wild, Sancho. Klara ist die Neugierde in Person. Sie gibt erst Ruhe, wenn sie alle Details kennt. Scheinbar war dein Onkel genau in ihrer Heimatstadt.«

Agustin fuhr fort: »In der Fabrik freundete ich mich mit einigen deutschen Kollegen an. Sie waren so jung wie ich und vermittelten mir ein Zimmer in einer Familie, die ein großes Haus hatte«, sagte er. »Am Wochenende nahmen die Jungs mich mit zu wilden Tanzpartys im britischen Hauptquartier. Es war immerhin die Zeit des Rock`n`Rolls und quasi nur ein Sprung bis dahin. Und so ergab es sich, dass ich bald als Helfer in der Offiziersmesse landete. Ich ließ mich anwerben. Kurze Zeit später bezog ich im HQ ein Zimmer und arbeitete sowohl als Küchenhilfe als auch im Service.«

»Das ist ja wirklich unglaublich«, rief Klara. »Und nun hocken wir hier zusammen in Cádiz.«

Auch Jan schaltete sich in die Runde ein. »Mich wundert jetzt gar nichts mehr, weder Ihr hervorragendes Englisch noch Ihre Deutschkenntnisse oder Ihr Spanisch. Fantastisch, wenn man so international aufgestellt ist. Aber bitte erzählen Sie, wie es Ihnen weiter ergangen ist.«

Agustin ließ sich nicht lange bitten: »In der Offiziersmesse lernte ich Offiziere der Royal Air Force kennen. Sie tanzten viel und ließen Ihrem englischen Humor freien Lauf. Und natürlich waren sie auch sehr höflich. Nie wurde ich schlecht behandelt. Im Gegenteil, man erkundigte sich, woher ich komme und was ich in meiner Heimat Spanien gemacht habe. Stolz erzählte ich von meiner militärischen Ausbildung bei der spanischen Luftwaffe. Als sie hörten, dass ich im Anschluss als Wachmann für die Royal Air Force Gibraltar gearbeitet habe, sprachen sie mit ihrem Kommandanten über mich. Zufällig suchte John O'Connor gerade einen Wachmann für das Militärgelände Brüggen.«

Robert fixierte Agustin aufmerksam. Seine Worte hatten ihn elektrisiert. In dem Moment kam Pedro zur Tür herein, der mit den Verhören beginnen wollte. Er breitete einige Papiere vor sich aus, um die Besitzer der verschiedenen Gegenstände zu dokumentieren.

Den Kameras schenkte er zunächst keine große Beachtung, aber der Inhalt von Klaras kleinem Rucksack interessierte ihn umso mehr. Er spähte hinein, ob alle Fächer leer waren, und widmete sich mürrisch den auf dem Tisch liegenden Gegenständen.

Das Päckchen erschien ihm suspekt.

»Was ist das?«, fragte er streng und fuchtelte mit ihm in der Hand so herum, dass sich die Hanfbänder lockerten.

»Das wüsste ich auch gern«, gab Klara gereizt zurück.

»Moment, ich kenne zwar den Inhalt nicht, aber das Päckchen gehört eigentlich mir.«

Der junge Polizist musterte Robert argwöhnisch. Er befahl ihm, das Päckchen sofort zu öffnen.

Klara schluckte, weil sie einen Kloß im Hals spürte. Sollte sie recht behalten mit ihrer Annahme, dass unversteuertes, illegales Geld zum Vorschein kommen würde?

»Nun los, Robert, mach hin. Irgendwann wollen wir doch endlich wieder in die Freiheit entlassen werden, oder?«

Robert schien unbeeindruckt. Langsam löste er die bröselige Hanfverschnürung und entfernte das Packpapier. Zu seinem Erstaunen kam eine Lederschatulle zum Vorschein. Er entnahm ihr einen mit Intarsien verzierten Schlüssel, der mit zwei weiteren kleineren an einem geflochtenen Lederband hing. Höchstinteressant war ein verschlossener Umschlag, der an ihn adressiert war.

Der Polizist zog seine Augenbraue hoch, als er das Wappen der marokkanischen Regierung erkannte, riss den Brief aus Roberts Hand und verkündete wortgewaltig: »Beschlagnahmt! Der Polizeikommandant wird entscheiden, wie es damit weitergeht.« Dann griff er zum Telefon.

Die fünf sahen sich ungläubig an.

»Was soll das denn jetzt bedeuten?«, empörte Agustin sich. »Müssen mein Neffe und ich auch auf den Kommandanten warten? Wir haben doch nun gar nichts mit all dem hier zu tun.«

»Si, ich muss mich doch nicht wiederholen. Mein Chef entscheidet, wie es weitergeht. Auch Sie bleiben solange hier.« Pedro war sich sicher, dass diese scheinbar heikle Angelegenheit nur von Martinez persönlich zu regeln ist. »Sie nehmen jetzt alle Platz und warten.« Danach ging er ungeduldig auf und ab.

Agustin flüsterte seinem Neffen zu: »Irgendetwas an Robert kommt mir bekannt vor.«

»Wenn Sie etwas zu sagen haben, dann bitte laut und deutlich«, fuhr der Polizist ihn an.

Die Tür des Vernehmungszimmers öffnete sich und der Polizeichef trat ein. Mit einem kühlen Blick musterte er die zu Vernehmenden.

»Was ist hier los? Worum geht es?«, fragte er.

Der Polizist nahm Haltung an und überreichte ihm den Umschlag. »Ich glaube, Sie sollten sich besser darum kümmern.«

»Zu Händen von Robert van Dalen. Wer von Ihnen ist Robert van Dalen?«, fragte er streng.

Robert räusperte sich: »Ich. Aber ich bin eigentlich nur nach Spanien gekommen, um zu spotten. Ich folgte einer Einladung des Militärkommandanten in Rota und mein Freund Jan begleitet mich.«

Der Polizeichef konstatierte nur: »Umschlag öffnen, sofort!«

Robert zuckte erschrocken zusammen. Mit zittrigen Händen öffnete er ihn vorsichtig, um das Wappen des nordafrikanischen Königreichs Marokko nicht zu beschädigen.

In dem Umschlag befanden sich ein Kuvert, Hochglanzfotos in Postkartengröße und ein Notizblatt mit Koordinaten auf einem eingeschweißten Etikett.

Martinez besah sich zunächst die Aufnahmen.

»Das ist das Luftabwehrsystem aus Russland. Herr van Dalen, was haben Sie damit zu tun?«

»Ich bin mir keiner Schuld bewusst.«

»Sie erlauben, dass ich das Kuvert öffne?«, sagte er in einem Ton, der die Zustimmung schon inbegriffen hatte.

Martinez las den Brief darin aufmerksam und entschied dann: »Das übersteigt unseren Zuständigkeitsbereich.«

Er sah zu seinem jungen Untergebenen herüber und befahl: »Stellen Sie sofort eine Verbindung nach Rota zum Militärkommandanten her. Und der Rest verlässt diesen Raum. Sie warten vor der Tür auf weitere Anweisungen.«

Pedro schlug die Hacken zusammen und griff zum Telefon.

Die fünf anderen gingen mit verhaltenden Schritten vor die Tür. Wo waren sie hier nur hineingeraten?

Lange Minuten vergingen, bis sie wieder in das Vernehmungszimmer beordert wurden.

»So, ich werde Sie jetzt alle entlassen. Hier, nehmen Sie den Brief, Ihre Schatulle und die Schlüssel an sich, Herr van Dalen. Die Fotos und die Koordinaten bleiben hier. Sie halten sich bis morgen in Cádiz zu unserer Verfügung. Ich selbst werde mit den Unterlagen nach Rota reisen und eine Kopie des Briefes mitnehmen.«

»Wir wollten mit dem Katamaran Cádiz verlassen und nach Rota zurückkehren«, warf Robert ein.

»Gut, das ist in Ordnung. Mein junger Beamter wird sich Ihre Kontaktdaten notieren und den genauen Aufenthaltsort. Und Sie, Taxiunternehmer,«, er zeigte abwechselnd auf Agustin und Sancho, »und Sie werden sich in Zukunft auf meinen Straßen benehmen. Ist das klar?«

Klara fragte leise: »Und was ist mit mir?«

»Sie kehren nach Conil zurück in Ihr Hotel. Wir werden Ihre Daten ebenfalls erfassen. Wann ist Ihr Rückflug geplant?«

»Ich werde in fünf Tagen nach Deutschland zurückkehren.«

»Nun, meine Dame, wir werden nicht umhin kommen, der Sache mit den Fotos und den Koordinaten auf den Grund zu gehen. Passen Sie nächstes Mal auf, was Sie so alles in Ihrem Rucksack transportieren.«

Klara wollte aufbrausen, entschied sich dann aber, die Faust in der Tasche zu ballen und so schnell wie möglich in die Freiheit zu kommen. Sie brauchte dringend frische Luft.

Sorgfältig schrieb der Polizist alle Daten auf, machte eine Kopie des persönlichen Briefes an Robert und keine Viertelstunde später standen sie versammelt vor der schmiedeeisernen Tür des Comisaría Policía Nacional Cádiz. Ihnen war die Erleichterung anzusehen.

Auf dem Parkplatz bestiegen sie zwei Taxen, die sie zurück zu ihrem Unfallort brachten. Agustin und Sancho gingen um ihre Fahrzeuge herum und bestätigten sich gegenseitig, dass der Schaden nur halb so schlimm sei.

Klara hatte es nicht eilig zurück nach Conil zu kommen. Sie wollte noch mit Jan und Robert ein wenig plaudern und das eben Erlebte erörtern. Vor allem war sie auf den Inhalt des Briefes neugierig.

Sancho begab sich auf Fahrgastsuche, die ihn glücklicherweise nach Medina Sidonia, in eines der weißen Dörfer, führte. Eine lohnende Fahrt, die ihm den Tag rettete.

Es war noch Zeit, bis der Katamaran nach Rota ablegen würde. Im Hafen von Cádiz herrschte weiterhin Siesta. Kein Lokal war geöffnet, deshalb schlug Jan vor, an dem nahegelegenen Kiosk kalte Getränke zu besorgen, was allen gefiel. Agustin öffnete einladend die Kofferraumklappe seines Taxis und bot Klara einen schattigen Sitzplatz an. Jan sammelte von jedem ein paar Euro ein und setzte sich in Bewegung.

Aus dem Augenwinkel sah Jan einen Mann, der an der Hauswand der Hafenverwaltung lehnte und angestrengt zu Agustins Taxi schaute. Schweißperlen rannen ihm in den Nacken. Seine Mundhöhle wurde trocken. Täuschte er sich oder war es der Marokkaner, der Robert das Päckchen auf dem Flughafen übergeben hatte? Er zog seine Kappe tiefer ins Gesicht und steuerte geradewegs den Kiosk an. Dort gab er seine Bestellung auf und drehte sich so unauffällig wie möglich wieder dem Beobachter zu. Wie sollte er sich verhalten?

Bepackt mit den Getränken ging er entschlossen auf den Mann zu. Er hatte sich nicht getäuscht.

Der Mann erwartete ihn seelenruhig.

»Guten Tag, Señor.«

»Guten Tag«, erwiderte dieser mit höflicher Betonung.

»Kann es sein, dass ich Sie vor einigen Tagen mit meinem guten Freund Robert am Flughafen in Jerez gesehen habe?«

»Das ist gut möglich, wenn Sie vor einer Woche dort waren. Ich habe Herrn Van Dalen getroffen, um mit ihm etwas zu besprechen.«

»Dann ist es also kein Zufall, dass Sie meinen Freund von hier aus beobachten?«

Der Mann lächelte und nickte bestätigend. »In der Tat hatte ich eine Reaktion Ihres Freundes auf unser Gespräch erwartet. Ich verlasse morgen das Land Richtung Brüssel. In meiner Funktion als Sekretär des Außenhandelsministeriums von Marokko treffe ich dort meinen französischen Kollegen. Darf ich mich Ihnen vorstellen? Mein Name ist Alim Al-Kafhaji.«

Beeindruckt gab Jan ihm seine verschwitzte Hand. »Freut mich, Herr Al-Kafhaji, mein Name ist Jan van Dooren, Roberts langjähriger Freund aus Jugendzeiten. Begleiten Sie mich zu meinen Freunden und bringen Sie endlich Licht ins Dunkel dieser abenteuerlichen Story.«

Robert sah als Erster, dass Jan und der Bote vom Flughafen auf sie zukamen. Ihn plagten unangenehme Gedanken.

»Hoffentlich erweisen sich die Fotos vom Luftabwehrsystem als Bagatelle. Ich verspüre überhaupt keine Lust, vor ein Militärgericht gezerrt zu werden«, sagte er zu Klara, ohne sie anzusehen. Er stand praktisch mit dem Rücken zu ihr.

Klara rutschte aus dem Taxi und verfolgte seinen Blick.

»Hm, ja toll, siehst du, was ich meine zu sehen?«

»Ja, Klara«, meinte Robert kleinlaut, »das ist Alim Al-Kafhaji aus Marokko. Du liegst richtig, er hat mir das Päckchen überbracht.«

»Was will er von dir? Verfolgt er dich? Ich hatte genug Aufregung wegen deinem Päckchen. Ich will nicht noch mehr Theater, Robert. Es reicht schon, dass ich mich in meinem Hotel aufhalten muss.«

Er sah wieder auf den Brief und die Schlüssel in seiner Hand. Als er den Blick hob, stand der Marokkaner vor ihm.

»Guten Tag Herr van Dalen«, sagte Al-Kafhaji höflich. »Wie ich sehe, befassen Sie sich gerade mit dem Schreiben meiner Regierung.«

Robert lächelte gewinnend. »Herr Al-Kafhaji! Wie geht es Ihnen?«

Jan verteilte die Getränke, die dankbar angenommen wurden. Während Robert und Al-Kafhaji miteinander sprachen, spazierte er mit Klara über den Kai zur Anlegestelle des Katamarans. Wie jeden Tag waren einige Fischer dabei, die Decks ihrer Boote zu schrubben. Agustin, der ständig auf und ab gegangen war, gesellte sich zu ihnen. Alle drei beobachteten Robert und den Marokkaner. Als dieser sich verabschiedete, atmeten sie erleichtert aus und gingen zu Agustins Taxi zurück.

»Alles okay, Robert?«, fragte Jan.

»Ich denke schon«, erwiderte dieser und las aufmerksam den Brief durch.

»Und?«, drängte Klara. Sie konnte es kaum erwarten, was er als Nächstes sagen würde.

»Ihr werdet es nicht glauben. Die Schlüssel gehören zu einem Ferienhaus in Marrakesch, das ich während der nächsten Expo in 2016 oder auch unabhängig davon als Urlaubsdomizil nutzen kann.«

Jan sah ihn misstrauisch an. »Und was verlangen sie dafür von dir? Das ist doch bestimmt ein unehrenhaftes Angebot, womit man dich locken möchte.«

Robert starrte angespannt auf die Zeilen, sagte aber kein Wort. Tiefe Furchen bildeten sich auf seiner Stirn.

Klara meinte hingegen: »Warum hast du so viele Vorbehalte, Jan?« Im Geiste sah sie sich schon in der Villa residieren. Immerhin würde sie das als gerechten Ausgleich zu den ganzen Aufregungen der vergangenen Tage empfinden.

Auch Agustin warf einen Blick auf das Papier. Es trug das Wasserzeichen des marokkanischen Königshauses. Unterzeichnet war es von Kommandeur Kahil Muhahid, der bei der AeroExpo 2014 in Marrakesch den Flughafen der Royal Airforce Maroc für die großartige Flugshow freigab.

Er pfiff hörbar durch die Zähne. »Caramba, was kennst du denn für Leute?«, entwich es ihm und er schlug Robert sachte vor die Brust.

»Lies doch mal vor, Robert«, ermunterte Klara ihn.

Robert räusperte sich und begann:

»Rabat, den 30. September 2015

Sehr geehrter Herr van Dalen!

Im Auftrag des Ministeriums für Wirtschaft und Finanzen möchte ich Ihnen mitteilen, dass wir Ihre Verdienste um die für uns gewinnbringenden Fotoarbeiten auf der Expo in Marrakesch in besonderer Weise zu würdigen gedenken. Dank Ihnen haben sich internationale Geschäftsbeziehungen angebahnt und die Bereitschaft zur regelmäßigen Teilnahme an Ausstellungen wurde signalisiert. Der Standort Marrakesch kann somit zu einem Drehkreuz internationalen Handels werden, was für unsere gesamte Wirtschaft von enormer Bedeutung ist.

Ihre Fotos der Boeing ›Dreamliner 787-8‹, die im Besitz der Royal Air Maroc (RAM) ist, gehört zu einer Flotte, die nunmehr in die Lage versetzt werden soll, Marokko mit den neuen Handelspartnern Russland, China und zukünftig auch Südamerika besser zu vernetzen. Gleichzeitig soll Casablanca als internationales Drehkreuz für Europa nach Afrika, in den nahen Osten und nach Südamerika dienen. Boeing und Royal Air Maroc verhandeln über den Aufbau von Servicestationen in Marokko, in denen Flugzeuge von Boeing gewartet werden können. Sollten die Verhandlungen erfolgreich verlaufen, kann Royal Air Maroc seine Flotte und die Flugzeuge des privaten wirtschaftlichen Sektors günstig vor der eigenen Haustür warten lassen, sodass die Überführung nach Amsterdam oder Paris hinfällig wird.

RAM möchte Ihnen ein Angebot unterbreiten, das sich in der Anlage befindet. Die staatlich–königliche Fluggesellschaft Marokkos modernisiert weiterhin ihre Flotte und baut das Langstreckennetz aus. Für die marokkanische Wirtschaft wird sich ein neuer Markt eröffnen. Für diesen Markt benötigen wir aktuelle Fotos, wie sie nur von Ihnen, Herr van Dalen, erstellt werden können.

Wir wissen, dass Sie für Ihre Fotos auf der Expo kein Geld genommen haben, was Ihnen aber zweifellos zusteht. Ihre Kontonummer ist uns nicht bekannt, deshalb beauftragten wir einen Sicherheitsbeamten herauszufinden, wann Sie in Jerez de la Frontera ankommen. Die beiden Schlüssel in diesem Umschlag gehören zu einem Ferienhaus in Marrakesch. Der größere, geschmiedete Schlüssel öffnet das Tor zu dem orientalischen Garten und der Auffahrt des Hauses. Der kleinere Schlüssel gehört zu der Eingangstür des Ferienhauses, über das Sie nach Absprache mit uns verfügen können, wenn Sie auf der Expo sind oder einmal Urlaub in Marokko machen möchten. Diesem Schreiben haben wir einen Scheck über eintausend Dollar beigefügt, in der Hoffnung, dass Sie unser Angebot annehmen.«

Robert öffnete das andere Dokument und las weiter vor.

»Betreff: Angebot an Herrn van Dalen

Wie wir aus zuverlässiger Quelle erfuhren, haben Sie viele Militärflughäfen auf der Welt besucht. Uns ist bekannt, dass Sie Fotos auf dem russischen Militärflughafen Kiew erstellt haben.

Durch die ständigen Unstimmigkeiten mit Algerien und im Hinblick auf den Krieg gegen die IS im Nahen Osten möchten wir unsere Luftabwehr verstärken. Deshalb steht das russische S-400 Luftabwehrsystem auf unserer Wunschliste. Mit einer Reichweite von bis zu 400 km gehört es zu den modernsten der Welt. Das System wurde bereits an mehrere Länder verkauft.

Wir nehmen an, dass Sie im Besitz von Fotos davon sind und auch den Kampfflieger Typ Su-34 fotografiert haben.

Die Regierung in Rabat ist daran interessiert, da sie mit Moskau in Verhandlungen steht.

Des Weiteren steht der Eintritt unseres Landes in die Westafrikanische Wirtschaftsgemeinschaft, die 1975 gegründet wurde, unmittelbar bevor. Deshalb möchte Marokko seine Infrastruktur im Bereich des Luftverkehrs ausbauen. Der größte Flughafen des Landes in Casablanca wird in absehbarer Zeit ein weiteres Terminal erhalten. Damit steigt die Kapazität von aktuell 14 Millionen auf 23 Millionen Passagiere pro Jahr. Ebenfalls soll der Flughafen Al Massira in Agadir ausgebaut werden und geplant ist, sieben Millionen Reisende pro Jahr abzufertigen. Marokko sieht in den Wachstumsraten auf dem afrikanischen Kontinent eine Chance für die eigene wirtschaftliche Expansion. Somit kann die Region Agadir ins neue politische Zentrum der Wirtschaftsstrategie aufsteigen.

Unser Auftrag an Sie, Herr van Dalen, lautet, den Ausbau der neuen Flughäfen fotografisch zu begleiten. Wir hoffen durch Ihre Fotos, finanzkräftige Investoren zu finden und würden uns dafür erkenntlich zeigen. Eine monatliche Apanage von eintausend Dollar wird Ihnen nach Annahme des Angebotes regelmäßig in den nächsten drei Jahren überwiesen. Für Ihre Flüge mit unserer königlichen Airline stehen großzügigste Sonderkonditionen zur Verfügung. Diese Details wird dann Herr Alim Al-Kafhaji mit Ihnen klären. Dieser wurde zu Ihrem persönlichen Betreuer von unserem geschätzten König Mohamed VI. ernannt. Wir hoffen, dass Sie unserem Angebot zustimmen. Bitte melden Sie sich kurzfristig unter der Telefonnummer +21289996742 und einem persönlichen Kennwort VSpot10 bei Herrn Al-Kafhaji.

Ministerium für Finanzen und Wirtschaft

Mohammed Said«

Robert ließ das Dokument in seiner Hand sinken und sah seine Freunde unsicher an.

Klara reagierte als Erste. »Aber wirklich, Robert. Ich kann es einfach nicht fassen. Die ganze Aufregung, nur weil du überall auf der Welt spotten musstest. Und dann besitzt du die Frechheit, dir diese Fotos von anderen Leuten nachtragen zu lassen.«

Robert hob beschwichtigend die Hände. Aber er kam nicht zu Wort. Aus Klara sprudelte der ganze Ärger der vergangenen Tage heraus. Er zog vorsichtig die Schultern hoch und seinen Kopf ein. Bei Klaras Temperament wusste man nie, ob sie ihm nicht eins überziehen würde.

Klara meinte angriffslustig: »Nun erzähl uns nicht, dass du von allem nichts gewusst hast.«

Dann wandte sie sich an Jan. »Was meinst du denn dazu?«

»Hm, ehrlich gesagt, glaube ich, Robert sollte die Finger davon lassen. Westafrika ist politisch im Umbruch. Und hat Marokko nicht die Westsahara annektiert, nachdem sie von der Kolonialmacht Spaniens unabhängig wurde? Wenn ihr mich fragt, ich würde mich erst einmal genauestens erkundigen, was der wirkliche Grund des Königs ist, an diese Fotos zu kommen. Er hat, so viel wie ich weiß, sowohl die Regierung als auch das Militär unter seinen Fittichen. Du denkst vielleicht, dass du Fotos für wirtschaftsstrategische Interessen machst, aber was passiert, wenn sie sämtliche Flugbewegungen der Flotten, auch der militärischen, dokumentiert haben wollen? Und dafür, ganz im Vertrauen, sind tausend Dollar im Monat ein Trinkgeld. Die suchen doch nur einen Dummen, der sich ohne viel Aufsehen auf den sensiblen Territorien aufhalten kann und ihnen perfekte Dienste leisten könnte.«

Klara war verblüfft über Jans Wortschwall. Das Ganze nahm ja eine völlig andere Dimension an.

So riet auch sie Robert, sich genau zu informieren, und blickte sorgenvoll in die Richtung, in die der Marokkaner verschwunden war.

»Freunde, ihr habt völlig recht. Wir werden uns einen ganz genauen Überblick verschaffen und dann entscheiden. Zum Glück gibt es ja Wikipedia«, und schon tippte er wild auf dem Browser seines Handys die Suchwörter ein.

»Oha«, sagte er, nachdem er wenigstens fünf Minuten mit seiner Recherche verbracht hatte. »Jans Vorbehalte sind wirklich begründet. Die Regionen Westafrikas, der Westsahara und der Maghrebstaaten sind ein Hexenkessel und wenn die Asiaten weiter so auf dem Vormarsch bleiben, wird es viele neue Allianzen geben müssen. Die EU schaut auch nicht gerade ruhig auf die Regionen und möchte Planungssicherheit, inwiefern sich die westafrikanische Wirtschaftsgemeinschaft weiter formieren wird. Und da soll der kleine Robert aus den Niederlanden kommen und Bilder liefern?« Sein Lachen klang gequält.

Jans Blick verfolgte das Einlaufen des Katamarans. »Gut, wir werden eine Weile darüber nachdenken. Komm, Robert, gehen wir an Bord.«

»Ja, aber mir brennt noch etwas auf der Seele« Robert wandte sich Agustin zu. »Ich denke schon die ganze Zeit, ob es sein kann, dass wir uns damals in Brüggen begegnet sind. Sie als Wachmann und ich als Junge, der Fotos von den Tornados machen wollte.«

Agustin trat von einem Bein auf das andere. Er hatte sich nicht getäuscht. Dreißig Jahre später stand er seiner Vergangenheit in Deutschland wieder gegenüber.

Verblüfft musterten sie sich, um dann in ein befreiendes Gelächter auszubrechen. Sie umarmten sich herzlich.

Klara hatte sich wieder beruhigt und traute ihren Ohren nicht. Im Ernst? Ist es tatsächlich so?

»Ich sage ja immer, das Leben schreibt seine eigenen Geschichten. So etwas kann man sich gar nicht ausdenken.«

»Ja, dann mal los«, sagte Jan zu Robert.

Er drückte Klara und gab Agustin die Hand. Robert verabschiedete sich ebenfalls von Agustin und wünschte ihm weiter gute Geschäfte.

Bevor er Klara zum Abschied auf die Wange

küsste, sagte er zu ihr: »Ich melde mich von unterwegs. Bestimmt.«

»Wer's glaubt, wird selig. Aber natürlich würde ich mich über ein Lebenszeichen von euch beiden freuen. Und vor allem bin ich neugierig, was du dem Marokkaner antworten wirst. Lass dir nicht allzu lange Zeit damit, denn sonst haben wir ihn wieder an der Backe.«

Die Männer gingen die Gangway des Katamarans hinauf. Oben angekommen, winkten sie Klara und Agustin noch einmal zu. Nach wenigen Minuten verließ der Katamaran bei ruhigem Wellengang das Hafenbecken in westliche Richtung.

14. Agustins Reise in die Vergangenheit

»Der nächste Bus nach Conil fährt in dreißig Minuten. Wollen wir noch etwas über Ihre Zeit in Brüggen plaudern? Ich lade Sie gern auf einen Kaffee ein.«

Agustin willigte ein und gemeinsam gingen er und Klara zum Café Royalty in der Altstadt von Cádiz. Es lag nur einen Katzensprung vom Hafen entfernt, jedoch abseits der üblichen Touristenroute.

»Erzählen Sie bitte«, forderte sie ihn freundlich auf. »Ich bin sehr gespannt.« Ob es eine Frau in seinem Leben gibt?

Agustin überlegte einen Moment. Sollte er ihr den Teil seines Lebens erzählen, den er selbst immer verdrängt hatte?

Er räusperte sich. »Ich lernte Scott McCloudt in der Offiziersmesse des Hauptquartiers Rheindahlen kennen. Er war der beste Freund des britischen Kommandanten John O'Connor. Durch seine Empfehlung bekam ich den Job eines Security-Wachmannes bei der Royal Air Force Brüggen.« Er hielt kurz inne. Klara unterbrach ihn nicht, betrachtete sein leicht ergrautes Haar und versuchte, nicht auf die kleine Narbe auf seiner rechten Wange zu starren.

»Nun«, sagte er, »eine Militärbasis kann sehr

einsam sein, und der Kommandant hatte oft in London zu tun. Seine junge Frau Maureen gab in seiner Abwesenheit Partys für die Offiziere und deren Gattinnen. Für die Sicherheit der Gäste wurde ich als Security-Wachmann zu diesen Partys abkommandiert. Europa befand sich schließlich immer noch im Kalten Krieg, deshalb hatte der Schutz der dort Stationierten höchste Priorität, sogar beim Feiern.« Er lächelte etwas. »Alles im Leben ist Bestimmung, sagt man. Und so kam es, wie es kommen musste. Maureen und ich verliebten uns ineinander. Aber John O'Connor kam dahinter und feuerte mich kurzerhand. Zwar gab er als Grund Spionage am Militärflughafen Wildenrath an, doch das war nur ein ungerechtfertigter Vorwand.«

Klara schnappte hörbar nach Luft. »Oh Gott, das war bestimmt furchtbar für Ihre Karriere, oder?«

Sein Blick wirkte leer. »Maureen ließ mir durch ihre Köchin ein Empfehlungsschreiben für den Stützpunkt in Gibraltar zukommen, das John O'Connor unterschrieben hatte. Durch dieses Schreiben bekam ich sofort eine Stelle bei der Security am Flughafen von Gibraltar. Das mediterrane Klima und der zollfreie Einkauf zogen viele Briten an, die ihren Urlaub dort verbrachten. Und auch die Damen der Royal Air Force-

Offiziere entflohen gerne dem Londoner Nebel. Insbesondere war ich für ihre Sicherheit verantwortlich. Einige meiner Schützlinge erkannten mich tatsächlich von Maureens Partys bei der RAF Brüggen wieder. Maureen und ihr Mann waren in der Zwischenzeit noch London zurückgekehrt und so erfuhr sie, dass ich in Gibraltar sesshaft geworden bin. Wahrscheinlich reichten ihre Freundinnen auch einschlägige Fotos herum, so oft wie ich für Urlaubserinnerungen posieren musste.«

»Und haben Sie Maureen je wiedergesehen?«

»Hm«, Agustin überlegte, ob er weiter reden sollte. »Einige Wochen später erhielt ich einen Brief von ihr. Sie schrieb, dass sie für eine Woche nach Gibraltar kommen würde, und teilte mir das Datum mit. Ich war glücklich, dass mein Urlaub genehmigt wurde. So konnte ich mich auf ihr Kommen vorbereiten. Außerhalb Gibraltars hatte ich mich nach einem kleinen Ferienhaus umgesehen. Ich wollte auf keinen Fall wieder Gesprächsthema sein und meinen Job abermals verlieren.

In La Linea, der kleinen Hafenstadt vor Gibraltar, fand ich ein romantisches, typisch andalusisches Haus, mit Aussicht auf den Rock. Ein Freund mietete es für mich an. So wurden unsere Namen nicht registriert. Für die Dauer meines Urlaubs stand mir ein Jeep zur Verfügung, mit dem ich Maureen abholte. Ich erinnere mich, dass ihre Maschine in den frühen Abendstunden landete. Ich hatte gleich hinter den Taxen vor dem Terminal geparkt und winkte ihr zu. Viele der Gäste wurden von Reisebegleitern in Empfang genommen und musterten Maureen verwundert, die von einem Security-Wachmann abgeholt wurde. Wir begrüßten uns so diskret wie möglich. Ich entführte sie nach Estepona, und sie ließ es geschehen. Dort hatte ich einen Tisch in einem großartigen Lokal mit internationaler Küche und einer romantischen Note reserviert. Wir tanzten durch die Nacht und schlenderten Hand in Hand durch die schöne Altstadt, als sich die Sonne bereits am Horizont erhob. Ich genoss es auf der Fahrt zum Ferienhaus, dass sie ihren Kopf an meiner Schulter gelehnt hatte. Es kam uns vor, als wären wir nie getrennt gewesen. Sie war unfassbar glücklich und ich kann Ihnen sagen, dass diese Zeit mit ihr die beste in meinem ganzen Leben war. Niemals danach fühlte ich mich so leicht, so frei, so glücklich wie mit Maureen in La Linea.«

Klara stockte der Atem. Sie sah, wie Agustin sich in seinen Gedanken verlor und wagte kaum ihn anzusprechen.

»Das liegt alles viele Jahre zurück.« Er fuhr sich mit beiden Händen durch sein immer noch dichtes Haar und massierte etwas seine Schläfen.

Klara spürte, dass die Reise in seine Vergangenheit für ihn beendet war. »Ich muss mich nun leider auf den Weg machen, wenn ich den Bus noch erwischen will. Wer weiß, ob der Polizeichef mich schon vermisst.«

»Selbstverständlich, Sie haben recht. Wissen Sie was? Ich bringe Sie am besten selbst zurück nach Conil.«

Klara übernahm die Rechnung und Agustin wehrte sich nicht dagegen. Sie gingen zu seinem ramponierten Taxi. Er überprüfte, ob die Stoßstange halten würde.

»Trauen Sie sich mitzufahren? Ich würde Ihnen auch nur die Hälfte berechnen.«

»Also gut, abgemacht. Wagen wir die Fahrt nach Conil«, sagte sie augenzwinkernd.

Während der Fahrt dachte Klara an die Unterhaltung im Café Royalty zurück. Plötzlich unterbrach Agustin ihre Gedanken.

»Waren Sie schon einmal in Gibraltar?«

»Nein, bislang nicht. Erzählen Sie mir doch davon.«

»Nun, für manchen ist Gibraltar einfach nur ein markanter Felsen im Mittelmeer, ein Zwergstaat. Aber wenn man dort mit einem Flugzeug landen will, braucht man schon starke Nerven. Ob Sie es glauben oder nicht, direkt über den Start- und Landebahnen befindet sich eine Hauptverkehrsstraße und sie ist die einzige Verbindung nach Spanien. Sobald ein Flugzeug die Winston Churchill Avenue kreuzen muss, wird die Straße kurzerhand gesperrt. Es wurden eigens Schranken dafür errichtet, so wie Sie es von Rheindahlen kennen. Das HQ war damals sehr verbarrikadiert. Ist das heute auch noch so?«

Klara lachte. »Im Moment liegt dort alles brach, nur einige Flüchtlingsunterkünfte in Containern wurden im Schnellverfahren errichtet. Es gibt die abenteuerlichsten Pläne für die weitere Nutzung. Wenn die Flüchtlinge aus Syrien und den afrikanischen Staaten in ihre Länder zurückkehren können oder bei uns in Deutschland ein Zuhause und Arbeit finden, wird sich zeigen, was damit passiert. Es ist ja ein weitläufiges Areal. Man hatte dort sogar einen riesigen Freizeitpark geplant. Kennen Sie das Musikfestival Rock am Ring?«

Agustin schüttelte seinen Kopf.

»Na, der Kelch ist gerade noch an uns vorbei gegangen. Aber in Mönchengladbach wird eh so lange um irgendwelche Machbarkeiten diskutiert, bis sich Investoren längst anderweitig entschieden haben.«

Agustin löste seinen Blick von der Straße und schaute sie ernst an. »Ja, es ist schon erstaunlich, wie die Auswirkungen der Armut und die Angst vor Krieg Millionen Menschen zur Flucht treiben.

Der Flughafen von Gibraltar wurde 1939 als eine Art Notlandeplatz errichtet. So wie er heute betrieben wird, war das damals kaum vorstellbar. Aber wenn sich Interessen zeigen an strategisch wichtigen Punkten auf diesem Planeten, dann wird ganz flugs etwas zurechtgezimmert. Gibraltar mit seinen außergewöhnlichen Winden verlangt tatsächlich technisch versierte Piloten. Stellen Sie sich vor, die Piloten dürfen auf gar keinen Fall mit ihren Maschinen in den zivilen Norden geraten. Das könnte direkt zu internationalen Spannungen führen.«

»Was meinen Sie damit?«

»Nun, die Zivilisten starten und landen an der Nordseite des Flughafens auf spanischem Hoheitsgebiet im Süden Andalusiens. Hier in Gibraltar ist alles so nah, die geografischen Grenzen sind quasi fließend. Denken Sie nur an den Aussichtspunkt vor Tavira. Von dort aus können Sie bei gutem Wetter die Gebirgsketten in Afrika sehen. Gleichzeitig sieht man aber auch die Boote aus Marokka, die La Linea als Umschlagplatz für Drogen missbrauchen, um so die heiße Ware in die EU zu schleusen.«

»Ach Agustin, Sie zerstören gerade meine romantische Vorstellung von La Linea.«

»Am besten überzeugen Sie sich selbst mal. Fahren Sie von La Linea nach Gibraltar. Sie können die berühmten Berberaffen bestaunen und sogar zollfrei einkaufen. Täglich kommen die Flieger aus Bristol und Gatwick, spucken die Shoppingbegeisterten aus und bringen sie abends zurück ins Königreich.«

»Vielleicht kann ich ja meine Freundinnen vom Campingplatz dazu überreden. Natürlich wegen der Affen«, lachte Klara. »Und wie sind Sie dann Taxiunternehmer geworden?«

»Ein Leben als Wachmann wollte ich nicht auf ewig führen. Also überlegte ich, was mir Freude machen könnte. Dem ständigen Fluglärm ausgesetzt zu sein, war nicht vielversprechend. Es zog mich in ruhigere Gefilde und Autos faszinierten mich schon lange. Also habe ich den Taxischein erworben, und da ich bei der Royal Air Force gutes Geld verdient hatte, konnte ich mein eigenes Taxiunternehmen gründen. Meine eigentliche Heimat ist Sevilla. Und dann kam es so, dass meine Schwester einen jungen Studenten kennenlernte, ihn heiratete und mit ihm in seine Heimatstadt Conil zog. José trat eine gute Stelle bei einer Versicherung an und so konnten sie sich ein schönes Haus mit Pool im Garten leisten. Ich zog zu ihnen, nachdem sie mir ein Zimmer angeboten hatten. Also meldete ich mein Unternehmen in Conil an und importierte meine Taxen über meine alten Kontakte in Deutschland. Mittlerweile fahren fünf

Wagen für mich. Es läuft gut«, sagte er stolz. »Und ich hatte den Vorteil, Sancho, meinen Neffen, mit aufwachsen zu sehen. Später konnte ich ihm sogar eine Ausbildung anbieten, heute hat er sein eigenes Einkommen als Taxifahrer. Inzwischen wohnen wir beide nicht mehr bei meiner Schwester und ihrem Mann«, lachte er. »Die Zeit rennt. Aber den Schritt habe ich nicht bereut. Die räumliche Trennung von Gibraltar tat mir gut, Ich wollte nicht ewig auf ein paar Stunden mit Maureen hoffen. Zu groß war der Trennungsschmerz. Das sollte nicht mein Lebensinhalt werden, auf eine Frau zu warten, die ich nicht für mich haben konnte.«

»Und haben Sie Ihr Glück gefunden, geheiratet und vielleicht auch Kinder?«

Agustin schüttelte bedauernd den Kopf. »Nach der Sache mit Maureen war ich lange nicht in der Lage, eine neue Beziehung zu beginnen. So verging Jahr um Jahr und heute bin ich so ein Eigenbrötler, dass es wohl keine Frau mit mir lange aushalten könnte. Ich lebte immer bescheiden. Irgendwann konnte ich die Raten für ein eigenes kleines Häuschen aufbringen. Und wenn ich gesund bleibe und weiter arbeiten kann, ist das auch in wenigen Jahren bezahlt. Dann kann ich in den Ruhestand gehen und wer weiß, vielleicht findet Sancho ja eine nette Frau und es kommen wieder

Kinder in mein Leben.«

Klara war sichtlich beeindruckt. »Ich danke Ihnen sehr für den Einblick in Ihr Leben. Es ist immer wieder schön zu erleben, wenn sich die Kreise schließen. Wer hätte es sich vorstellen können, dass Sie unseren Robert einmal genau hier in Cádiz wiedersehen werden. Wir sollten es jetzt nicht so enden lassen und in Verbindung bleiben. Was halten Sie davon, wenn wir eine Art Abschiedsfest in Conil am Strand feiern, bevor ich wieder nach Deutschland reise? Ich könnte Manolo bitten, uns ein paar Tische zu reservieren und meine Freunde sowie die neuen Bekannten dazu einladen.«

»Oh, das ist wirklich eine grandiose Idee. Dann könnte ich noch einige Worte mehr mit Robert wechseln. Sie haben ja meine Telefonnummer. Wenn ich nicht gleich rangehe, hinterlassen Sie einfach eine Nachricht. Ich melde mich dann bei Ihnen, ob es bei mir klappt«, schlug er sichtlich erfreut vor.

Kurz darauf stoppte er den Wagen vor ihrem Hotel. Klara bedankte sich mit einem großzügigen Trinkgeld, das den Sonderpreis nicht nur verdoppelte.

An der Rezeption erkundigte Klara sich, ob eine Nachricht für sie hinterlegt worden war. Es hätte sie nicht überrascht, wenn der Polizeichef schon Kontakt zum Hotel aufgenommen hatte. Aber dem war nicht so. Also rannte sie buchstäblich auf ihr Zimmer, um Helmut anzurufen und ihm ausgiebig von den Ereignissen zu berichten. Sie plauderten eine geschlagene halbe Stunde. Die Idee, ein Abschiedsfest zu feiern, fand er exzellent. Schade, dass er nicht dabei sein konnte.

15. Unter Freunden

Robert und Jan waren indes im Hafen von Rota angekommen und saßen in einer typischen Venta bei einem San Miguel, das an die spanische Sonne erinnerte, beisammen. Auf der Fahrt hierher hatten sie es vermieden, über das Angebot des Marokkaners zu sprechen. Robert hatte sich sogar etwas abseits von Jan aufgehalten und in seinem Smartphone alles auf die Schnelle gelesen, was Wikipedia und Co. so zu bieten hatten in Bezug auf mögliche Konflikte, die seine Fotos auslösen könnten. Der starke Wind sorgte für frische Gedanken und in ihm reifte eine Entscheidung.

Jan musterte sein Gegenüber: »Also ehrlich, alter Kumpel. Wir sind ja schon einige Zeit miteinander unterwegs und ich bezeichne dich als einen meiner besten Freunde ...«

»Aber?«, unterbrach Robert ihn.

»Aber ich muss schon sagen, was du dir da mit uns geleistet hast, ist doch wirklich ein starkes Stück.«

»Ein starkes Stück? Jetzt übertreib mal nicht, Jan. Ich war auf einigen Expos und habe zig Fotos gemacht. Wie sollte ich denn ahnen, dass Klara so ein Drama macht wegen des Päckchens? Ich bin mir wirklich keiner Schuld bewusst.«

»Du hast es unnötig kompliziert gemacht. Dein

nicht vorhandenes Problembewusstsein hat unsere arme Klara mal wieder in Angst und Schrecken versetzt. Du kennst doch ihre blühende Fantasie.«

»Ja, aber wenn ich dich erinnern darf, hast du doch mit deinem Hupkonzert zur Eile geboten. Und was soll ich sagen, es ist eh anders gelaufen als geplant. Unser ganzer Ausflug nach Andalusien ist ein wenig durcheinandergeraten. Schau, die Fotos auf der Expo habe ich nicht in irgendeinem Auftrag geschossen. Ich war völlig ahnungslos, dass ich dort scheinbar von Marokkanern beobachtet worden bin. Zu guter Letzt hat es aber zu der Einladung von Juan Lopéz geführt, die du sonst nicht bekommen hättest, mein Lieber.«

»Lass uns jetzt mal sachlich darüber reden, was du Al-Kafahaji antworten wirst. Er ist bestimmt schon beunruhigt, weil du dich nicht bei ihm meldest.«

»Ich überlege gerade, ob ich den Scheck und die Schlüssel für das Ferienhaus behalten soll. Ich würde es total spannend finden, bei der nächsten Expo dabei zu sein. Ich könnte dich als Aufpasser mitnehmen«, lachte er seinen Freund an.

»Ich wollte schon immer dein Aufpasser sein! Und ich rate dir dringend, nichts von dem Marokkaner anzunehmen. Zumindest wissen wir jetzt, dass es ein reales Interesse an deinen Fotos gibt. Also lass uns doch überlegen, wie wir dein Talent besser vermarkten könnten. Vielleicht springt dabei ja auch etwas für uns raus.«

»Ja, das ist eine gute Idee. Wenn wir wieder zuhause sind, können wir einiges recherchieren. Ich könnte mal mit den Behörden in Den Haag reden, die sich mit Außenhandelsbeziehungen beschäftigen. Aber die Vorstellung, einen persönlichen Berater vom König von Marokko bestimmt zu bekommen, hat schon was, oder?«

»Ruf ihn besser gleich an und sage ab. Dann haben wir Ruhe und können auch Klara wieder in die Augen sehen.«

Roberts Unterhaltung war kurz und bündig. Al-Kafahaji nahm die Absage höflich entgegen und verabschiedete sich mit den Worten: »Wir werden sehen, was die Zukunft bringt. Man begegnet sich öfter im Leben. Ma'a as-salamah!«

»Und?«, fragte Jan. »Hat er dir gedroht?«

»Quatsch, und jetzt hör auf damit. Du klingst schon wie Klara!«, verspottete er ihn.

16. Tag 4

In der Nacht hatte es geregnet. Die Morgenluft legte sich frisch auf Klaras Haut, als sie die Terrasse betrat. Wie immer, wenn sie früh aufstand, hatte sie das herrliche Gefühl, dass der beginnende Tag ihr allein gehörte. Sie zog ihren Laufdress an, um zehn Minuten später am Strand den Sonnenaufgang zu genießen. Die kleinen Wolken über ihr färbten sich rosa und spiegelten sich in den sanften Wellen des Atlantiks.

Es wird ein guter Tag, dachte Klara, als sie zum Hotel zurückging. Es blieben ihr drei Urlaubstage und sie nahm sich vor, noch einmal Laura vom Nautic-Club in Conil zu besuchen. Klara stellte sich ihr erstauntes Gesicht vor, wenn sie von den turbulenten Ereignissen im Hafen von Cádiz und dem Inhalt des Päckchens erzählen würde.

Auf der Frühstücksterrasse entdeckte sie ihre Bekannte Greta. Sie schien völlig im Lokalteil der Zeitung El Pais versunken zu sein. Die Berlinerin sah überrascht auf, als Klara sie begrüßte.

»Wo waren Sie die ganze Zeit? Ich dachte schon, Sie wären abgereist«, sagte Greta.

»Nein, nein«, erklärte Klara. »Ich war einfach sehr beschäftigt. Haben Sie mich etwa vermisst?«

Greta lächelte entspannt und winkte dem Kellner zu.

»Man mag es nicht glauben, aber hier geht es zu wie in Berlin.« So berichtete sie der erstaunten Klara, dass es im Hafen von Cádiz zu einer Schlägerei zwischen Touristen, Einheimischen und der Polizei gekommen war. Die amtliche Untersuchungskommission habe durch die Aufnahmen der Überwachungskameras die Ereignisse im Hafen für jeden, der sich dafür interessiert, im Internet zugänglich gemacht.

Klara schluckte schwer, als sie dann die Zeitung nahm und den Artikel im Ganzen las. Sie bemerkte Gretas forschenden Blick, als sie ihr die Zeitung zurückgab.

»Bestellen Sie sich mal schnell Ihr Frühstück und danach können wir weiter forschen, was sich dort abgespielt hat. Was halten Sie davon, wenn wir uns in einer halben Stunde vor der Internetkabine hier im Hotel treffen?«

Klara war etwas perplex. Aber warum nicht? Greta mit ihrer quirligen Art steckte sie förmlich an.

Sie warfen zwei Euro ein und schon tauchten Bilder und Videosequenzen in Graustufen vor den beiden Frauen auf. Gebannt verfolgten sie, wie zwei Taxen sich touchierten. Trotz der fehlenden Tonübertragung zuckten die Frauen zusammen. Die Fahrer stiegen aus, liefen um ihre Wagen herum und begutachteten die Schäden. Nach einem kurzen Wortgefecht prügelten sie wütend aufeinander ein. Zwei Touristen versuchten, die Streitenden zu trennen. Andere Neugierige schien es plötzlich in den Fingern zu jucken, sich einzumischen.

Greta schüttelte nur den Kopf, als sie sahen, wie sie sich gegenseitig blutige Nasen schlugen. Die beiden Taxifahrer hingegen beruhigten sich wieder. Dann rauschte die Guardia Civil ins Bild. Eine Frau, die entsetzt den Mund auf und zu machte, fiel im nächsten Moment in Ohnmacht.

Der Bildschirm wurde dunkel, die hundertzwanzig Sekunden waren vergangen und die Berlinerin meinte: »Wie schade. Wollen wir verlängern? Haben Sie noch zwei Euro parat? Ich würde zu gerne wissen, wer die Frau ist. Im ersten Moment sah die Frau aus wie Sie.«

Klaras Herz pochte so stark, dass sie meinte, ihr Gegenüber müsste es hören. Sie suchte nach Worten, um Greta abzulenken: »Nein, ich habe überhaupt kein Geld bei mir. Wissen Sie, Greta, jeder Mensch hat mehrere Doppelgänger. Denken Sie nur an den Film über die britische Queen und an Meryl Streep, die wegen der Ähnlichkeit mit ihr die Hauptrolle bekam. Wer weiß, vielleicht habe auch ich eine Doppelgängerin?«

»Aber hatten Sie mir nicht erzählt, dass Sie gestern in Cádiz waren?«, fragte sie nachdenklich.

Klara überging die Frage und antwortete: »Ach sparen wir uns die zwei Euro. Ich würde lieber raus in die Sonne gehen. Hier ist es mittlerweile viel zu stickig.« Selbst die Glasscheiben der Internetkabine waren von ihrem Atem beschlagen.

»Gute Idee. Wenn Sie mögen, unternehmen wir heute gemeinsam etwas.«

Natürlich hatte Klara etwas anderes im Sinn. Die Bilder von eben machten ihr zu schaffen. Sich selbst auf einem Monitor in Ohnmacht fallen zu sehen, passiert auch nicht alle Tage. Es ist schon abenteuerlich. Sie wollte mit ihren Gedanken ein Weilchen allein sein und Robert kontaktieren. Das Abschiedstreffen musste organisiert werden.

Möglichst höflich antwortete sie: »Ich bin leider verabredet, aber wenn es Ihnen recht ist, können wir heute Abend gemeinsam den felsigen Strandabschnitt erkunden. Die Sonnenuntergänge sollen von dort sensationell sein. Vielleicht gegen neunzehn Uhr?«

»Ich werde da sein«, sagte Greta und nahm Kurs auf andere Urlaubsbekanntschaften, die soeben die Hotelhalle betraten.

Auf dem Weg zu ihrem Zimmer atmete Klara erleichtert aus. Sie öffnete die Terrassentür, um ihre Wandersandalen anzuziehen, schließlich lag ein Fußweg von einer Stunde vor ihr.

Nach den aufregenden Bildern im Internet wollte sie sich schleunigst auf den Weg zu Laura in den Nautic-Club machen. Schnell packte sie ihre sieben Sachen. Etwas erschöpft erreichte sie den Klippenweg. Sie schnaufte und ließ ihren Blick über die grandiosen Felsvorsprünge schweifen, die ins Meer ragten. Sie hatten den Küstenabschnitt in Andalusien so berühmt gemacht. Viele Amerikaner wähnten sich an ihrer Pazifikküste.

Da hörte sie den Hubschrauber der Küstenwache näherkommen und sah auf ihre Uhr. Eine ungewöhnliche Zeit für die Patrouille. War inzwischen die Alarmstufe vier ausgelöst worden? Das hatte sie vorhin im Morgenmagazin gehört. Vielleicht konnte Laura diese Frage beantworten. Klaras Schritte wurden eiliger.

Der Club war in der Mittagszeit gut besucht und viele Gäste bestellten eine große Paella, wie sie nur Lauras Chef zubereiten konnte. Ein kleiner Tisch wurde frei, als Klara die Terrasse betrat.

Nebenan unterhielten sich deutsche Gäste darüber, dass die häufig fliegende Küstenwache sehr lästig sei. Von woanders hörte sie Ähnliches. Anscheinend war es das Top-Thema.

Eine Dame bemerkte: »Im vorigen Jahr waren wir in Rota. An manchen Tagen flogen die Militärmaschinen Schlag auf Schlag im Minutentakt.«

Eine andere fragte: »Waren Sie deshalb überrascht? Rota ist wegen seiner tollen Strände sehr beliebt, aber in den Reisebüros wird doch auf den intensiven Flugbetrieb hingewiesen.«

Die Dame schüttelte den Kopf. »Bei unserer Internetbuchung war da kein Hinweis. Bestimmt nicht.«

»Und auch nicht in den Bewertungen?«, mischte sich ein älterer Herr mit silbrigglänzenden Haaren und gepflegtem Schnurrbart ein.

»Ich gebe zu, die Buchungen hat meine Cousine für uns vorgenommen. Reisen im Internet zu buchen ist heute selbstverständlich und soll ja auch viel günstiger sein. Nur habe ich keine Ahnung davon. Wenn ich darüber informiert gewesen wäre, hätte ich mir ganz bestimmt ein anderes Reiseziel gesucht.«

Nun konnte Klara sich nicht mehr zurückhalten. »Ich glaube, dass man kaum einen Ort findet, wo alles perfekt ist. Aber wenn ich an Rota denke, dann fallen mir spontan schöne Urlaubserinnerungen an Aufenthalte mit meiner kleinen Tochter ein. Wir haben von Rota aus einen erlebnisreichen Ausflug in die Coto Donana unternommen. Ich kann gar nicht beschreiben, wie atemberaubend schön dieses Naturschutzgebiet ist. Noch heute sprechen meine Tochter und ich oft von diesen Erlebnissen. Inmitten einer 40.000 qm Fläche liegt der Wallfahrtsort El Rocio. Fahren Sie unbedingt an den Pfingsttagen dorthin. Und im Mai feiert

Andalusien das große Volksfest Feria de Manzanilla in Sanlúcar de Barrameda, benannt nach der hiesigen Sherry-Sorte ›Manzanilla‹. Mehr Traditionelles kann man gar nicht erleben. Die Restaurants bieten Fisch und Thunfisch an, um auch an die besondere Fangmethode Manzanilla zu erinnern, mit der diese Region bis zum Niedergang des Thunfischfangs international berühmt war.«

»Arbeiten Sie vielleicht in der Reisebranche?«

»Nein, aber ich bin ausgewiesener Freund dieser wunderbaren Region hier. Flugbetrieb hin oder her.«

Sie wandte sich von den Urlaubern ab und bestellte sich etwas zu trinken und andalusische Tapas, für die der Club bekannt war.

Laura kam winkend auf Klara zu und begrüßte sie herzlich. Klara hoffte, dass sie kein Grünzeug zwischen den Zähnen hatte, wenn sie Laura jetzt so anstrahlte.

»Ist alles in Ordnung?«, erkundigte sie sich.

»Hast du die El Pais heute gelesen?«, erwiderte Klara vor sich hin kauend.

»Noch nicht, warum? Ist etwas Ungewöhnliches passiert?«

»Es gab Turbulenzen in Cádiz.«

»Doch nicht etwa wegen deines ominösen Päckchens?«

»Deswegen auch.«

Laura verschaffte sich einen Überblick, aber die Tische waren nicht mehr so stark besetzt wie zuvor. So konnte sie mit Klara einen kleinen Plausch halten und forderte sie auf, ihr ausführlich von den Turbulenzen zu berichten.

Diese lehnte sich zurück und fasste die Ereignisse zusammen.

»Und wie wird sich Robert nun verhalten?«, fragte sie mit einem immer noch verwunderten Gesichtsausdruck.

»Ich weiß es nicht, liebe Laura. Ich denke, er wird das Ganze erst einmal sacken lassen. Sicherlich wird er sich genau darüber informieren, welche Konsequenzen so ein Engagement haben könnte. Aber das Ferienhaus in Marrakesch lässt er sich hoffentlich nicht entgehen. Das plane ich für meine nächsten Reisen schon mal mit ein.«

Die Kellnerin seufzte und meinte bedrückt: »Ich hoffe, du bleibst Conil treu.«

»Ich ohne Conil? Meine Liebe, das geht doch gar nicht. Aber noch etwas anderes: Warum fliegt die Küstenwache in so kurzen Abständen über diese Region hier?«

»Wir haben hier tatsächlich Alarmstufe vier«, sagte Laura ernst. »Auf der gefährlichen Flucht von Libyen nach Europa kommen immer mehr Flüchtlinge über die Straße von Gibraltar. Viele brauchen humanitäre Hilfe.«

»Hoffen wir mal, dass es bald eine europäische Lösung geben wird. So kann es ja nicht weitergehen. Es gibt viele Befürchtungen hinsichtlich der Flüchtlinge und des Drogenschmuggels. Da gibt es keinen Unterschied zwischen euch hier und uns in Deutschland. Es bleibt nur zu hoffen, dass den Politikern etwas Gescheites einfällt, damit wir alle wieder in Frieden leben können. Ich will mir gar nicht vorstellen, alles zu Hause aufgeben zu müssen, weil ich um mein Leben und das meiner Familie fürchten muss.«

Laura nickte zustimmend und berührte behutsam Klaras Schulter. »Ich bin noch einige Jahre jünger als du, liebe Klara, und habe viel Optimismus, dass sich alles wieder beruhigen wird, wir hier den Tourismus weiter ausbauen und damit der Jugend eine Perspektive bieten können.«

»Ja, das wäre wirklich gut. Ich habe jetzt noch drei Tage bis zu meinem Abflug und hätte große Lust, eine kleine Abschiedsfeier zu geben. Und natürlich möchte ich dich dabei haben.«

Laura zeigte ihr herzerfrischendes Lächeln, hob ihre linke Augenbraue und sprach: »Oh, das klingt gut. Wann und wo soll ich sein?«

»Ich dachte an Manolos Lokal am Strand von Conil. Übermorgen, so gegen zwölf Uhr«.

Laura schaute in ihren Dienstplan: »Hm, Samstag. Das passt gut, ich habe frei und komme gerne.«

»Super. Gib mir bitte noch deine Handynummer, damit ich mich bei dir melden kann.«

Zurückgekehrt in ihr Hotel, fühlte Klara sich schlapp und müde. Der Tag war anstrengend gewesen, und sie wollte sich ausruhen. Nur eine halbe Stunde, dachte Klara, als sie sich auf ihr Bett legte. Ihre Verabredung mit Greta, um gemeinsam auf den Sonnenuntergang am Meer zu warten, hatte sie völlig vergessen.

Bald schlief sie fest ein, doch das Klingeln ihres Handys ließ sie aufschrecken.

»Ja«, meldete sie sich verschlafen.

»Hallo Klara, ist alles in Ordnung bei dir?«, fragte Robert. »Jan und ich sind noch auf der Militärbasis in Rota. Der Polizeikommandant von Cádiz ist heute Mittag hier eingetroffen und Juan Lopez, der spanische Militärkommandant, hat uns gebeten, noch ein paar Tage zu bleiben. Das Meeting ist gerade beendet. Antonio Garcia, der Sicherheitschef, informierte uns, dass Juan Lopez mit dem Militärkommandanten in Moron wegen der Angelegenheit telefoniert habe und uns auch noch konsultieren möchte. Es geht um die beschlagnahmten Fotos, die das russische Luftabwehrsystem zeigen. Es wird von vielen Ländern eine aufwendige Spionage betrieben, um mehr darüber zu erfahren und vermutlich kopieren zu wollen. Aber, ehrlich, Klara, wir kleine Jungs mit Holzpantoffeln sind harmlose Spotter, keine Spione. Du musst dich nicht sorgen. Im Augenblick geht es hier zu wie vor einem großangelegten NATO-Manöver. Wir sind zur richtigen Zeit am richtigen Fleck. Fette Beute sozusagen.« Roberts Stimme überschlug sich fast vor Aufregung.

Klara meinte: »Fakt ist, dass diese Fotos alle in Aufregung versetzt haben. An deiner Stelle wäre ich trotzdem vorsichtig. Am Ende des Tages wollen die Amis auch noch was von dir.«

»Mal sehen. Ich bin nachher mit Juan Lopez zum Essen verabredet. Tatsächlich ist das amerikanische Luftabwehrsystem schon in die Jahre gekommen und vermutlich lang nicht auf dem technischen Niveau der russischen Entwicklungen.«

»Warum haben sie den Anschluss verloren? Ist denen als Weltpolizei das Geld ausgegangen bei den großen militärischen Invasionen im Irak und Afghanistan?«

»Kann schon sein. Der Irakkrieg hat sehr viel gekostet, neben dem Leben der GIs.«

»Pass bloß auf dich auf, Robert, dass du nicht zwischen die Fronten gerätst.«

»Schön, dass du dich um mich sorgst, aber ich habe doch viel Erfahrung. Auch in Kiew war ich schon. Ich denke, dass die Aufnahmen in diesem Umschlag nicht von mir stammen. Mein Besuch dort liegt Jahre zurück.«

»Trotzdem, stell dir mal vor, ihr werdet einfach mit Spionen verwechselt. Da bist du schneller hinter Gittern, als du spotten kannst, und der Schlüssel wird weit weggelegt. Und wenn du ehrlich bist, dann hattest du in Cádiz doch auch Angst. Oder irre ich mich da?«

»Wir versprechen, vorsichtig zu sein!«, sagte Robert brav, um im Beruhigungsmodus das Gespräch beenden zu können.

»Nimmst du das Angebot von Marokko an?« Sie ließ einfach nicht locker.

»Ich weiß es nicht, wirklich nicht. Darüber muss ich noch gründlich nachdenken. Juan Lopez vertraut mir, und hat mich gebeten, dem Militärkommandanten in Moron eine Nachricht zu überbringen. Jan und ich wollen nächste Woche die Basis zu ihrer 75-jährigen Jubiläumsfeier besuchen. Es gibt eine große Flugshow. Ein Highlight für Spotter wie uns. Vielleicht kommt mir sogar ein Tornado vor die Kamera.«

»Das hört sich alles sehr spannend an«, erwiderte Klara. »Es freut mich, dass ihr noch ein paar Tage in Rota seid. Ich möchte Jan und dich für Samstagmittag in Manolos Fischlokal am Strand von Conil einladen. Agustin und Sancho werden kommen und meine Freundin Laura ebenfalls. Habt ihr Lust, dabei zu sein?«

»Habe ich etwa deinen Geburtstag verpasst?«, lachte Robert.

»Nein. Ich dachte, wir stoßen auf den guten Ausgang der Geschichte an. Komm schon, sag ja! Bring Jan mit, ich zähl auf euch.«

»Das klingt nicht schlecht. Bleib mal kurz dran, ich rufe Jan.«

Und schon hörte Klara ihn gegen den Fluglärm anschreien. Klara musste sich etwas gedulden, bis es ruhiger wurde und Robert ihr versicherte, dass sie nach Conil kommen würden. Eine Bedingung stellten die beiden Spotter allerdings. Sie wollten unbedingt Fritten mit Majo serviert bekommen.

»Fritten kannst du bald wieder jeden Tag verputzen. Wir werden ein andalusisches Tapas-Festival veranstalten. Keine Diskussion. Vergesst eure Bedingung. Kommt einfach übermorgen gegen zwölf Uhr zu Manolos Strandlokal!«

Robert versprach es.

Zufrieden schaltete Klara ihr Handy aus. Dann fiel ihr ein, dass sie sich sputen musste, die Souvenirs für ihre Freundinnen zu besorgen. Es hatte sich so eingebürgert, dass die Reisenden immer kleine Andenken mitbrachten. Insbesondere Magneten waren sehr beliebt und hafteten mit allen möglichen Motiven an den Kühlschränken der

Camper. Also lief sie in die kleine Boutique im Hotel, aber dort herrschte ihr zu viel Andrang. Sie machte sich auf den Weg in die Innenstadt. Sie wurde praktisch aufgesogen in die abendliche Einkaufsatmosphäre in den kleinen Souvenirlädchen. Für Helmut suchte sie einen exzellenten Sherry aus, der in einem Jutesäckchen verstaut wurde.

Zufrieden kehrte sie in das Traditionsrestaurant El Pasaje auf der Avenida Playa ein, bestellte sich einen trockenen Landwein und dazu Marmitako, ein Schmorgericht mit Kartoffeln und frischem Thunfisch. Erst jetzt bemerkte sie, dass sie richtig Hunger verspürte und vom Duft der köstlichen Speisen der Nebentische eingefangen wurde. Die übrigen Gäste waren mehrheitlich einheimische Familien. Die Kinder hüpften zwischen den Tischen herum, die Frauen versuchten lautstark, ihren Worten Gehör zu verschaffen. Der typisch südländische Trubel, den Klara sichtlich genoss.

So hatte sie nicht das Gefühl alleine zu speisen. Ihr Gericht wurde in einer Tonschale serviert. Es schmeckte köstlich. Sie nahm sich fest vor, morgen endlich einen ruhigen Tag am Pool einzulegen, ein Buch zu lesen und etwas zu schwimmen.

Nachdem sie gezahlt hatte, begleiteten sie ein paar herumstreunende Hunde und Katzen, bis sie den Weg über die Holzstege zum Strand nahm.

Sie konnte die Silhouette des Fuerte Conil bewundern, die ihr Sicherheit gab, dass sie sich nicht wieder verirren würde. Auf dem Meer schunkelten winzige Lichter, die zu den Booten der Sardinenfischer gehörten. Erst in den frühen Morgenstunden würden die Fischer in den Hafen zurückkehren. Klara war ganz angetan von dieser Melancholie.

Aus Manolos Fischlokal klang Musik. Ein quirliges Durcheinander von Stimmen waberte zu Klara herüber, als sie zu ihrem Hotel abbog.

Am Samstagmittag werden es unsere Stimmen sein, dachte sie und ein Lächeln legte sich auf ihr Gesicht.

17. Über Pferde und Freunde

Am folgenden Tag tat sie das, was sie sich vorgenommen hatte: in der Sonne dösen, einige Runden schwimmen und in einem Buch lesen. Es fiel ihr nicht leicht, abzuschalten und sich auf die Handlung ihrer Lektüre zu konzentrieren. Unfreiwillig verfolgte sie die Unterhaltung drei junger Frauen, die mit ihren Beinen im Wasser baumelnd am Beckenrand des Pools saßen. Ihre Begeisterung für Pferde war unüberhörbar und als der Name *Salinero* fiel, klappte sie endgültig ihren Herzschmerz-Roman zu und erhob sich von ihrer Liege.

»Entschuldigung, wenn ich störe. Ich bin mir nicht sicher, aber sprechen Sie von den Pferden des Reitstalls Picadero Roche?«

»Sie kennen den Reitstall?«, fragte eine der Frauen.

»Ja«, schwärmte Klara, »ich war dort mit meiner Tochter vor mehr als zehn Jahren. Eine herrliche Zeit. Der Reitstall gehörte einer Schweizerin. Und sie war damals eine richtige Ikone der Dressur.«

»Karin hat sehr viel für den guten Ruf dieses Reitstalls getan. Ihr ist es gelungen, ihn noch vor dem Niedergang der Wirtschaft im Nachhall der Finanzkrise zu verkaufen. Auch für die Pferde fanden sich neue Besitzer, allerdings überwiegend im Ausland. Danach lebte sie wieder ein paar Jahre in der Schweiz. Als sie zurückkam, kaufte sie einen alten Bauernhof, und baute ihn zum Reiterhof aus. Wir haben für morgen Reitstunden gebucht. Kommen Sie doch einfach mit uns. Das wäre eine tolle Überraschung für die Besitzerin.« Die anderen Frauen nickten zustimmend. Anscheinend verbünden sich Pferdeliebhaber ohne große Befremdlichkeit.

»Das würde ich liebend gern tun, aber morgen habe ich schon Freunde eingeladen und ein Fest arrangiert«, sagte Klara bedauernd.

»Schade! Wir sind übrigens Tamara, Ela und Konstanze aus Dülmen«, und alle drei reichten Klara die Hand.

»Und ich bin Klara aus Mönchengladbach«, stellte sie sich vor. »Dülmen! Dort wo die Wildpferde herkommen?«

»Absolut richtig! Durch nichts anderes wird unsere Kleinstadt wahrgenommen. Aber das ist gut so, denn viele Menschen verbinden schöne Erinnerungen mit Dülmen. Die Fernsehbilder vom jährlichen Wildpferdespektakel am letzten Maiwochenende tun ihr Übriges«, sagte Ela.

»Ich wäre auch gern mal bei dieser Auktion dabei, aber die Tickets dafür sind kaum zu bekommen«, erwiderte Klara enttäuscht.

»Mit etwas Glück oder durch Vitamin B wird sich vielleicht Ihr Wunsch erfüllen. Schreiben Sie mir bitte Ihre E-Mailadresse auf«, sagte Tamara und reichte Klara ihr Handy. Ohne zu zögern, speicherte sie ihre Daten in den Kontakten ab.

»Mit meinen Angaben habe ich jetzt aber noch kein Wildrasse-Pony gekauft, oder?«, scherzte sie gutgelaunt.

Die drei sahen sich an und prusteten lautstark los vor Vergnügen.

»Wir müssen uns jetzt frisch machen und dann geht es ab«, sagte Konstanze, als sie sich wieder beruhigt hatte.

»Wie weit ist es denn bis zum Reitstall von hier?«

»Nur ein Katzensprung entfernt an der Carril Rance Pino«, sagte Ela, »wir werden Karin von Ihnen berichten.«

Klara sah den jungen Frauen hinterher und ihr kam eine Idee. Warum sollte sie nicht einfach heute Nachmittag dem Reitstall einen kurzen Besuch abstatten? Sie war unheimlich neugierig geworden, wie es dort aussehen mochte, und was an Picadero Roche wie sie es kennengelernt hatte erinnerte. Gedacht, getan.

Schwungvoll verließ sie die Poolanlage, zog sich schnell um und machte sich auf den Weg. Ihr Herz schlug aufgeregt, als sie sich dem Gelände näherte. Die iberischen Pferde konnte sie schon trampeln und wiehern hören. Wahrscheinlich bekamen sie gerade ihre Wasserration. Ein brauner Labrador erhob sich gemächlich von seinem Schattenplatz unter einem imposanten Olivenbaum und schaute zu Klara herüber, die am Tor Halt machte und überlegte, wie sie sich bemerkbar machen konnte. Sie nahm ihren Mut zusammen, Angst vor Hunden hatte sie ja nicht, und betrat den Hof.

Klara ging an den Stallungen vorbei, passierte die Sattelkammer und klopfte wenig später an die schwere Holztür des Haupthauses. Karin öffnete die Tür und schaute erstaunt. Zu dieser Zeit erwartete sie keinen Gast oder Boten. Sekunden vergingen, aber dann zauberte sie ein Lächeln hervor, weil sie Klara tatsächlich wiedererkannte.

Die beiden Frauen umarmten sich herzlich. »Ich hätte ja mit vielem gerechnet, aber dich, liebe Klara, hier und heute zu begrüßen, nein, das ganz bestimmt nicht. Wie geht es dir?«

Klara versuchte, ihrer vor Rührung belegten Stimme Stärke zu verleihen. »Gut, danke. Ich bin seit ein paar Tagen hier in Conil, eine Art jährlicher Auszeit vom Rentnerdasein«, antwortete sie.

»Komm rein, meine Liebe. Hast du Lust auf ein Glas gekühlte Orangenlimonade?«

»Ja, gern.« Klara folgte ihr ins Haus und sah sich um. Der rotgebrannte Fliesenboden passte sich harmonisch den weißgekalkten Wänden an, die von großformatigen Fotografien geschmückt waren. Andalusische Pferde, Lipizzaner, aber auch stimmungsvolle Aufnahmen von Schäferhunden, sibirischen Wolfshunden und gescheckten Doggen beeindruckten Klara.

Sie sagte: »Ich staune, was du hier alles wieder auf die Beine gestellt hast. Ich habe gehört, dass du Reiterferien und Dressur anbietest. In meinem Hotel habe ich drei junge Frauen getroffen, die morgen bei dir Stunden nehmen. Erzähle mal wie es dir nach der Wirtschaftskrise ergangen ist. Ich habe oft an dich gedacht«

»Es war eine schwierige Zeit damals, und den Unterhalt der Pferde konnte ich bald nicht mehr finanzieren. Nach dem Verkauf von Picadero Roche wusste ich nicht so recht, was ich mit meinem Leben anfangen sollte. Einige Zeit lebte ich in der Schweiz. Doch die Sehnsucht hat mich einfach wieder hierher gebracht und ich habe es nicht bereut, einen Neuanfang zu wagen. Ich verkaufe sogar Pferde und kann mich meiner Leidenschaft fürs Fotografieren hier besser widmen als in meinem Heimatland.«

Klara spürte, wie sich ihre alte Freundschaft wie ein unsichtbares Band zwischen ihnen spannte.

»Das ist einfach wunderbar, Karin. Ich freue mich für dich. Wir müssen unserem inneren Weg folgen.«

»Nun erzähl mal, wie geht es deiner Tochter? Ist sie immer noch auf dem Rücken der Pferde durch Andalusien unterwegs?«

»Das liegt viele Jahre zurück, liebe Karin. Es geht ihr prima, schwärmte Klara, und lachte. Nach mit Bravour bestandenem Staatsexamen fand sie gleich eine Anstellung. Inzwischen gibt es auch ein eigenes Pferd. Sie war schon immer eine Lebenskünstlerin die Beruf und Privat gut miteinander koordinieren kann".

»Das ist doch großartig. Wie sag ich immer, du musst etwas Neues wagen oder das Alte mit ihm verbinden. Meine iberischen Pferde mit ihren besonderen Begabungen ziehen die Buchungen wie Magneten an. Die Touristen zahlen aber glücklicherweise nicht mit Cherry oder Tapas. Und in Zeiten des Internets ist man nicht nur auf die stille Post angewiesen, um Gutes zu empfehlen und sich zu präsentieren.«

Karin führte ihren Gast durch die Stallungen, gemeinsam versorgten sie die Tiere. Zu jedem von ihnen hatte sie eine Geschichte parat. Klara empfand großen Respekt vor all dem Mut und der wahnsinnigen Leidenschaft mit der Karin diesen Reitstall führte. Auf einer Wand bewunderte sie unzählige Fotografien von Reitschülern meistens weiblicher Ausprägung, die strahlend in ihre Kamera gelächelt hatte. Die Werbebotschaft auf ihnen sprang ihr eindrucksvoll entgegen: „Hier findest Du Dein Glück auf ewig!“

Sie genossen eine Tasse Kaffee im Garten, aßen Schweizer Schokolade und spanisches Gebäck und trennten sich erst, als die nächsten Gäste eintrafen, um ihren Ausritt am Strand anzutreten, inklusive Grillfest an den Felsklippen hinter Roche.

Klara schlug ebenfalls diese Richtung ein, um den Leuchtturm zu besuchen. Sie freute sich auf das Farbenspiel des Sonnenuntergangs und wer weiß, vielleicht war die Sicht heute Abend so gut, dass sie die Gebirgsketten Afrikas erahnen konnte.

Sie wurde nicht enttäuscht. Es bot sich ihr ein reiseführertaugliches Spektakel, das sie vergebens mit ihrer Handykamera einzufangen versuchte. Nach und nach fanden sich immer mehr Schaulustige ein. Das Flimmern der warmen Luftströmung inmitten dieser faszinierenden Umgebung tauchte ihre Gedanken in eine friedvoll-atmosphärische Welt ein.

Inspiriert von dem Erlebnis kehrte sie in ihr Hotel zurück, telefonierte mit Manolo, um das Mittagessen für ihre Gäste zu besprechen, und briefte alle mit ihren Informationen per SMS.

Mit einem Glas Weißwein beschloss sie auf ihrer Terrasse diesen außergewöhnlich schönen Tag und freute sich auf morgen.

18. Sobremesa – der Gang danach

Am Samstagmorgen musste Klara sich eingestehen, dass sie nervös war, und sah immer wieder auf ihre Uhr. In dem Moment rief Robert an und sagte ihr, dass sie bereits auf der Autovía Richtung Conil unterwegs waren. Agustin sollte Sancho mitbringen. Laura wollte Klara im Hotel abholen, um mit ihr zusammen zum Strandlokal zu gehen. Klara war dankbar, denn sie hatte darüber gar nicht nachgedacht.

Sie begrüßen sich herzlich in der Lobby und machten sich direkt auf den Weg. Manolo war ganz angetan, Laura wieder zu sehen. Er wies auf einen wunderschön ausgestatteten Tisch für die Gesellschaft. Nun trudelten die anderen nacheinander ein, wie Perlen an einer Schnur. Klara stellte ihnen Laura vor und bestellte eine Runde Wein für die bunte Truppe.

Das gemeinsam Erlebte hatte sie zusammengeführt. Der kühle trockene Wein lockerte die Zungen, und die Männer erzählten Laura, natürlich jeder aus seiner Sicht, was es mit der Verhaftung und dem Päckchen auf sich hatte. Agustin prustete immer wieder los, wenn er Robert oder Jan ansah. Die beiden schütteten sich ebenfalls vor Lachen. Sie dachten an die Gesichter von Agustin und Sancho, als diese seufzend ihre leeren Taschen zeigten.

Die Männer fühlten sich veranlasst, weitere Getränke zu bestellen. Klara hatte eine große Platte Tapas aus der Küche kommen lassen.

Klara erhob sich und schlug mit einer Gabel gegen ihr Glas, was hell und hoch klang und alle augenblicklich zum Schweigen brachte.

»Liebe Freunde, als ich vor wenigen Tagen hier ankam, hatte ich sicherlich eine andere Vorstellung davon, wie ich die Zeit hier verbringe. Wie konnte ich ahnen, dass ich mich wegen zweier Briefe und einem Schlüssel verrückt machen lassen werde? Robert, nachdem sich jetzt alles in Wohlgefallen aufgelöst hat, entschuldige ich mich für die übertriebenen Flüche, die zum Glück nicht alle auf deiner Mailbox gelandet sind.«

Gelächter unterbrach ihre Rede. Sie musste sich ihre Worte nicht mühevoll zurechtlegen, denn diese Emotionen kamen direkt aus ihrem Herzen. Sicherlich neigte sie dank ihrer blühenden Fantasie dazu, alles, was nur irgendwie möglich schien, zu dramatisieren. Den Verfolgungswahn hatte sie in den vergangenen beiden Tagen vollständig abgelegt. Endlich war es ihr gelungen, sich wirklich zu erholen.

Nachdem sich die Gesellschaft beruhigt hatte, fuhr sie fort: »Dass sich Robert und Agustin hier wieder begegnet sind und dass ich nun mit diesen

Erinnerungen nach Hause zurückkehren werde, hat mich wirklich beglückt. Ich verspreche dir, Agustin, dass ich mit Robert auf deinen Spuren nochmals die Gegend rund um Wildenrath durchstromern werde.«

Robert nickte zustimmend und Agustin wandte sich kurz ab, um sich zu schnäuzen. Hatte Klara etwa ein paar Tränen der Rührung bei ihm gesehen?

»Nun, liebe Freunde, keiner mag voraussehen, welche Dinge uns noch widerfahren werden. Die Sorgen der Leute hier an der Küste haben mich stark berührt. Die Jungen, die nach dem unseligen Strandgut Ausschau halten, die Armut der Fischer, die Beschwerlichkeit, den Alltag zu meistern. Aber wenn ich erlebe, wie eng hier alle miteinander verbunden sind und wie sehr man sich an den kleinen Dingen erfreuen kann, dann stecke ich mir diese positive Energie in mein Gepäck. Ich nehme die Bilder der weißen Dörfer, der langen Strände mit nach Hause und packe sie aus, wenn sich Trübsal einstellt oder das Fernweh unerträglich wird. Schön, dass es nur ein paar Stunden braucht, bis ich hier landen kann, hier bei euch in Conil.«

Laura fasste sich als Erste und fing an zu klatschen. »Bravo«, erklang es von Manolo, der wie angewurzelt an ihrem Tisch stehen geblieben war und seine anderen Gäste fast vergessen hatte.

Die Stimmung wurde immer prächtiger. Robert erzählte einige Anekdoten aus seinem Spotterleben, die Klara allesamt kannte und trotzdem hörte sie gern noch einmal zu. Jan gab eher peinliche Begebenheiten von ihren Reisen preis, die zum Schmunzeln veranlassten. Betretende Blicke fürchtete niemand, dafür waren sie wie eine kleine eingeschworene Basis in diesem andalusischen Mikrokosmos. Es wurde ausgelassen gefeiert. Irgendwann begann die Abschiedszeremonie. Allein Laura und Klara blieben bis zum Sonnenuntergang und genossen ihn in vollen Zügen.

19. Abschied

Klara checkte in den frühen Morgenstunden an der Rezeption aus, bezahlte ihre Rechnungen, fand viele freundliche Worte und versprach, bald wiederzukommen.

Der Transferbus hielt pünktlich vor der Lobby. Vier andere Gäste des Hotels, die mit ihr nach Deutschland flogen, stiegen hinzu. Zufälligerweise handelte es sich um den gleichen Fahrer, der sie eine Woche zuvor hierher gebracht hatte.

»Señora, Sie haben gehabt schönen Urlaub, ich hoffe?«

»Danke, es war ein sehr schöner Urlaub«, sagte Klara und rollte ihren Koffer in die Abflughalle.

Dort wartete sie zwischen den anderen Passagieren am Schalter, um ihren Pass zu zeigen und den Koffer abzugeben.

Der Flug verlief ohne Turbulenzen und die Maschine landete sicher. Klara gehörte zu den Ersten, die mit ihrem Gepäck den Ankunftsbereich verließen.

Helmut und Elisa erwarteten sie freudig. Noch bevor sie ihren Mann in die Arme schließen konnte, sprang der kleine Hund an ihr hoch.

Helmut gab ihr ein Küsschen auf die Wange. »Wir haben dich vermisst. Gut, dass du wieder bei uns bist. Mit Robert werde ich mich noch unterhalten müssen«, sagte er.

»Ende gut, alles gut. Am Ende hatten wir doch einen schönen Urlaub zusammen. Das muss ich dir aber in Ruhe erzählen.«

»Ja, meine Liebe. Dann lass uns schnell nach Hause fahren, der Kaffee wartet. Ich habe auch einen kleinen Mittagssnack vorbereitet. Und dann höre ich dir gespannt zu.«

Es dauerte ein paar Tage, bis sie wieder im Alltag angekommen waren. Das Wochenende wollte sie mit Helmut und Elisa auf dem Campingplatz verbringen. Robert meldete sich am Samstagmittag.

Als Klara seinen Anruf entgegennahm, erklärte er: »Ich wollte nur mitteilen, dass ich noch bei Jan in Amsterdam bin, und wir uns nicht auf dem Campingplatz treffen können. Er hat ein Jobangebot aus China bekommen. Wir suchen gerade nach einem günstigen Flug.«

»Wie wir? Du willst doch hoffentlich nicht mit?«

»Warum nicht?«

»Eigentlich schade, dass du nicht kommst. Helmut wollte doch noch ein Hühnchen mit dir rupfen.«

»Wieso? Ist doch alles gut.«

»Mein Lieber«, schimpfte Klara laut, aber das hörte er nicht mehr. Er hatte sie schon weggedrückt.

»Was ist los?«, fragte Helmut, der die letzten Worte mitbekommen hatte.

»Ach, das war Robert. Er kommt nun doch nicht hierher. Er ist noch in Amsterdam bei Jan«, antwortet Klara.

»Wollen wir mal zu den Nachbarn gehen? Ich kann mir vorstellen, dass sie schon gespannt sind, von deinem Urlaub zu hören.«

Klara packte ihre Reiseandenken in eine Tragetasche und folgte Elisa, die wieder vorauslief. Wenige Minuten später winkten ihr die Nachbarn zu.

»Willkommen zurück am Elfenmeer! Du siehst gut aus. Bist du braun geworden«, wurde Klara begrüßt.

Ihre Freundin Mia preschte sofort vor und bat um einen ausführlichen Urlaubsbericht.

»Zeig mal deine Strandfotos. Du hast ja doch keine geschickt«, sagte Wiebke.

Thea meinte sehnsüchtig: »Den ganzen Tag Strand und Sonne davon träume ich schon lange.«

»Klara, was ist eigentlich mit Robert?«, schaltete Mia sich wieder in das Gespräch ein.

»Er ist noch nicht auf dem Camping aufgetaucht«, wusste Thea.

»Er wird schon noch kommen«, beruhigte Klara die Nachbarn. »Aber wann genau weiß ich nicht.

Er ist noch bei Jan in Amsterdam. Mädels«, wandte sie sich an die Nachbarinnen. »Ich habe euch ein kleines Souvenir aus Conil mitgebracht.«

Die Frauen hatten ihre Kühlschränke bereits mit Magnetstickern der verschiedensten Urlaubsorte dekoriert und freuten sich, dass Klara an sie gedacht hatte.

Die Männer interessierten sich nicht für Mitbringsel aus dem Urlaub und wandten sich wie jedes Wochenende dem Fußball zu. Somit war wieder alles beim Alten. Klara war froh, sich auf das Abenteuer eingelassen zu haben, obwohl sie nicht wusste, was sie erwartete.

Epilog

Conil de la Frontera, 4. Mai 2020

Liebe Klara!

Ich hoffe dir und deiner Familie geht es gut in dieser schweren Zeit. In Andalusien hat sich das Infektionsgeschehen beruhigt. Da sich kaum noch Menschen auf den Straßen bewegen, wurden in einigen andalusischen Ortschaften Bergziegen gesichtet. In Moron de la Frontera wagte sich sogar ein Luchs in die Stadt. Seit gestern durfte ich wieder vor die Tür gehen, ohne einen besonderen Grund nachzuweisen. Ich habe das »para de los autonomos«, also das Arbeitslosengeld für Selbstständige, beantragt.

Die andalusische Regierung will am 25. Mai die Strände öffnen, allerdings werden unsere großen Feste dieses Jahr nicht stattfinden. Der Sand soll täglich desinfiziert werden. In Zahara de los Antunes veranlasste die Stadtverwaltung, dass der wunderschöne Sandstrand in einer nächtlichen Aktion mit chemischen Bleichmitteln behandelt wurde, was eine Umweltkatastrophe auslöste. Wir alle machen uns Sorgen, ob die spanische Bevölkerung und die sonnenhungrigen Touristen die vorgeschlagenen Einschränkungen ernst nehmen. Die Touristen müssen ja überhaupt erst einmal nach Spanien kommen. Dazu braucht man Flugzeuge und die stehen am Boden.

Wie geht es den Spottern und Vielfliegern Robert und Jan? Ich würde mich über eine Nachricht freuen. Vielleicht sehen wir uns im Oktober in Conil, wenn das Reisen hoffentlich wieder möglich ist.

!Hasta pronto!
Agustin

Rheindahlen, 20. Mai 2020

Lieber Agustin!

Vielen herzlichen Dank für Deinen Brief. Ich bin sehr froh, dass sich die Lage in Andalusien wieder verbessert hat. Auch bei uns ist ein wenig Normalität eingekehrt, die Geschäfte sind wieder geöffnet und die Restaurants können uns wieder bewirten. Hoffentlich kommt keine zweite Welle und hoffentlich können wir bald wieder verreisen.

In der letzten Weihnachtspost hatte ich Dir ja berichtet, dass wir unseren Campingplatz räumen müssen. Inzwischen haben wir uns daran gewöhnt, nicht mehr in den Naturpark Elfenmeer zu fahren. Wir hatten Glück, denn ein junges niederländisches Pärchen übernahm das Chalet und alles, was sich darin angesammelt hatte. Vom Wiederaufbau in Brabant haben sie uns schöne Fotos gesendet. Im kommenden Herbst könnten wir dort die ersten Feriengäste sein. Wir haben zu den beiden ein freundschaftliches Verhältnis aufgebaut.

Aber nun zu einer sehr traurigen Nachricht. Ich hatte Dir bei unserem Abschiedsfest in Conil versprochen, zusammen mit Robert auf euren Spuren von damals durch die Gegend zu stromern. Robert war leider ständig mit Jan unterwegs, von China über weiß Gott, welche entlegenen Orte auf dieser Welt, immer auf der Suche nach dem ultimativen Kick für Spotter. In Europa waren sie ebenfalls unterwegs, als es noch ging.

So hatten wir uns schließlich verabredet, dies kurz nach Ostern wirklich nachzuholen. Genau da passierte dann eine schreckliche Naturkatastrophe: ein gigantischer Flächenbrand im Naturpark ›De Meinweg‹. Unfassbar viele Tiere und Insekten verloren ihr Leben. Der Baumbestand im angrenzenden Waldgebiet unseres ehemaligen Campingplatzes wurde fast völlig zerstört. Er war schon vorher durch die Trockenheit der vergangenen Jahre arg gebeutelt, insbesondere die Kiefern. Sogar die ›kleinen Meere‹, wie die Niederländer die Seen in der Heidelandschaft nennen, waren ausgetrocknet. So fraß sich das Feuer durch alles hindurch, wurde von Winden immer wieder neu entfacht. Wir waren schockiert! Erst hat COVID-

19 unsere Welt zum Stillstand gebracht, und nun das! Robert hielt in diesen schlimmen Tagen per WhatsApp Kontakt mit uns und berichtete, dass er glücklicherweise seine Fotos von früher, bevor er Flugzeuge gejagt hatte, archiviert hatte. So konnten wenigstens die Erinnerungen an diese wunderschöne Naturlandschaft überleben.

Im Juni dürfen (Stand jetzt!) wieder Besucher zu den niederländischen Campingplätzen kommen. Dann werden wir ihn auf seinem neuen Platz besuchen. Er hatte sich schon kurz nach Bekanntgabe der gezwungenen Räumung durch den Betreiber umgesehen.

Auch die alten Nachbarn melden sich von Zeit zu Zeit. Insbesondere, wenn es von Borussia etwas zu berichten gibt. Im letzten Januar war die Mannschaft bei euch in der Gegend im Trainingslager und vor wenigen Tagen gewannen sie ein Geisterspiel. Ja, es ist alles anders. Selbst bei meiner blühenden Fantasie hätte ich mir solche Szenarien niemals vorstellen können.

Wir vermissen die schönen Zeiten, das gesellige Beisammensein, sogar unsere Elisa hat das alles mitgenommen. Sie leidet darunter, nicht mehr auf dem Campingplatz frei toben zu können. Wir bemühen uns, etwas Neues zu finden, aber die Preise hier in Deutschland sind sehr hoch. De Meinweg war einfach perfekt für uns zu erreichen und jetzt in unserem Ruhestand möchten wir nicht mehr weit pendeln müssen. Helmut hilft derzeit auf einem Gnadenhof für Kleintiere aus. Das lenkt ihn etwas von seiner Sehnsucht ab. Er hatte dort eine Katze vom Campingplatz untergebracht und so kam es, dass er sich jetzt regelmäßig mit seinem handwerklichen Geschick einbringt.

Wenn alles gut geht, kommen wir im August nach Conil. Ich muss ihm doch unbedingt das wunderschöne Andalusien zeigen, ihn euch vorstellen und mit ihm unbeschwerte Stunden am Meer verbringen.

Bitte grüß alle meine Bekannten!

Bleibt gesund und zuversichtlich!

Vielleicht strengen sich jetzt alle an, nach einem Impfstoff zu forschen, anstatt Waffensysteme aufzurüsten!

Vielleicht wählen die Amerikaner den Präsidenten ab!

Mit diesen Wünschen, auf bald, lieber Agustin!

Herzliche Grüße

Klara

Águila Roja

Lobos de mar

Andrés Carrión Moratinos

Ilustraciones de
Alberto García Ayerbe

ADVERTENCIA

No leas este libro como un libro normal. De vez en cuando se te pedirá que tomes alguna decisión que afectará al desarrollo de la aventura. En este libro eres tú quien decide la aventura. Tú tendrás que tomar las decisiones, y de ellas dependerá que consigas tu objetivo o falles en el intento.

I

Por una vez en tu corta vida estás lejos de la Villa. Ahora mismo te encuentras en Sevilla, una ciudad preciosa, llena de luz, color y... ¡un calor terrible! El motivo de que estés aquí, con tu padre, no es otro que acompañar a tu tía Margarita, que tiene que solucionar unos asuntos en la localidad.

—No quiero que te alejes de nosotros. Recuerda que no conoces esta ciudad y es peligrosa.

—Sí, padre —respondes; debe de ser la décima vez que te lo repite en lo que va de día—. ¿Falta mucho, tía?

—No, Alonso. Ya casi estamos.

Al llegar a una determinada calle se detiene frente a un portal. Era su casa antes de irse a vivir con vosotros a la Villa.

—Es aquí. Todo esto me trae tantos recuerdos...

Mientras tu padre se queda atrás un momento para pagar al cochero, tu tía abre su bolsa de viaje y saca del interior un manojo de llaves.

—Ya no recuerdo cuál es la correcta —dice, mientras prueba a introducir la primera llave en la cerradura.

Durante un segundo, sólo un segundo, la bolsa se queda tirada en el suelo. Tiempo suficiente para que una figura surgida de la nada se haga con ella y salga corriendo.

¡Os acaban de robar delante de vuestras propias narices!

—¡NO! —se lamenta Margarita—. ¡En esa bolsa llevaba todo mi dinero para estos días!

El ladronzuelo, que será más o menos de tu edad, sigue corriendo y se aleja de vuestra vista, hasta que desaparece por una callejuela.

Ves el rostro de decepción de tu tía y decides actuar. Sin pararte a pensar ni un solo momento, echas a correr tras él.

—¡Alonso, no! ¡Detente! —grita tu tía a tus espaldas.

Pero tú ya no escuchas, solamente corres. En tu mente sólo hay un única meta: no perder la pista del muchacho que se escabulle con la bolsa de tu tía.

Tras torcer a la izquierda e internarte por el callejón, llegas frente a una plazuela sin salida. Te detienes, totalmente perdido. Miras a tu alrededor, pero no ves al ladronzuelo por ningún lado. Levantas la cabeza y contemplas las balconadas de las casas, todas blancas, llenas de flores que inundan de olor y color toda la calle. Al bajar la vista de nuevo te percatas de que la plaza que creías sin salida da a un estrechísimo callejón —en realidad es el hueco que queda entre dos casas—, por el que probablemente ha huido el chaval.

Cruzas el hueco con esfuerzo, ya que el espacio es tan pequeño que apenas puedes andar de frente y tienes que ir de lado.

Al salir de allí, como esperabas, ves al ladronzuelo, que sigue corriendo sin parar. Lo persigues, pero siempre —hagas lo que hagas— te lleva ventaja porque, además de ser más rápido, a diferencia de ti, él conoce perfectamente las calles por las que se mueve.

Aún así, te las arreglas para no perderlo de vista. Siguiéndolo, al final llegas a una calle grande que sale al río de la ciudad. El ladronzuelo sigue corriendo delante de ti; puedes ver su reflejo sobre las aguas del Guadalquivir.

El chico se detiene un segundo para recuperar el aliento y aprovecha para girar la cabeza y comprobar si alguien lo sigue. Al verte, reemprende la carrera. Tú haces lo mismo.

* * *

Cuando te quieres dar cuenta, llevas bastante rato detrás de él y, además, te encuentras en las cercanías del puerto. Ya sabías, porque tu padre te lo había explicado antes de venir, que Sevilla es la única ciudad que tiene un puerto fluvial. Hace unos años salían de aquí todos los barcos para las Américas.

Pero, a día de hoy, sólo quedan las unidades mercantes, ya que los barcos de mayor envergadura atracan en el puerto de Cádiz.

El ladronzuelo se detiene junto a un grupo de chavales. Desde lejos, intuyes cómo le pasa la bolsa robada a uno de ellos. Al parecer, son el resto de la banda.

Te acercas, decidido, al muchacho.

—¡Eh, tú! —le increpas—. ¡Devuélveme la bolsa!

—¿De qué me hablas? ¿Qué bolsa? —te responde, haciéndose el loco y mostrando sus manos vacías.

—La que le acabas de robar a mi tía.

—¿Acaso estás llamado ladrón a nuestro amigo? —dice uno de ellos, un muchacho alto y fuerte, metiéndose en lo que no le importa.

¿Qué haces?

Si te vuelves por donde has venido, pasa a la página 15.

Si mantienes tu acusación pese a todo, vete a la página 22.

Aunque sabes que corres peligro, no puedes evitar seguirlo al ver que se dirige a cubierta en lugar de ir al camarote para dormir; pero esta vez intentas hacerlo de forma más discreta.

De pronto lo pierdes de vista, y es entonces cuando ocurre: alguien te agarra por los tobillos y te iza del suelo, colocándote boca abajo.

—¡Te avisé, muchachito! —te dice Barracuda—. No tenías que haberte entrometido.

Después, te saca por la borda. Puedes ver el ancho mar bajo tu cabeza, esperándote.

—¡Espera...! —le suplicas—. ¡No lo hagas!

Pero ya es muy tarde.

—¡Hombre al agua! —dice, riéndose a carcajadas mientras te suelta los tobillos. Caes sobre las oscuras y frías aguas. Los peces oirán tus últimos lamentos.

FIN

La verdad es que te da igual el rostro humano que se esconda bajo esa máscara. Águila Roja es tu héroe y prefieres verle como alguien extraordinario, capaz de todo tipo de hazañas, que pensar en alguien corriente y moliente. Seguramente averiguar su verdadera identidad le quitaría parte de gracia al asunto. Así que permaneces en tu lado del bote y sigues haciendo lo que él te ordenó: remar.

* * *

A la media hora, más o menos, te detienes agotado. Te duelen músculos de tus brazos que ni siquiera sabías que tenías. En cuanto paras de remar, Águila Roja se incorpora. Empiezas a sospechar que realmente no dormía y sólo lo fingía.

—Anda, déjame. Ya sigo yo —dice, cogiendo los dos remos y poniéndose manos a la obra. Su ritmo es mucho más rápido que el tuyo. Primero porque tiene los brazos más largos, y segundo porque está fresco.

—¿Sabes dónde estamos? —le preguntas.

—No. Pero sé en qué dirección vamos.

—¿Ah, sí? ¿Cómo?

—Me guío por las estrellas. Vamos, duerme un poco. Yo me encargo de todo.

—Gracias —le dices, tumbándote en el bote.

8 LOBOS DE MAR

Cuando abres los ojos, ya es de día. El sol comienza a calentar el bote en el que os encontráis Águila Roja y tú. Él sigue remando, en silencio, delante de ti.

—Buenos días, dormilón.

—Buenos días. ¿Qué hay de desayuno? —preguntas.

—¿Qué prefieres: queso o cecina?

—¡Queso!, sin ninguna duda —le respondes, mientras él te lanza un trozo al vuelo; lo coges y le das un mordisco.

—¿Has avistado tierra?

—Aún falta mucho para que encontremos tierra firme. Estamos muchas millas mar adentro. Con suerte, quizás podamos encontrar un barco que nos lleve a algún puerto cercano.

—¿Has visto alguno en todo este rato?

—No. Pero no hay que perder la esperanza.

—Hace mucho calor, ¿verdad?

—Tenemos el sol encima y no podemos ocultarnos bajo ninguna sombra. Aunque quizás pueda hacer algo al respecto.

Al rato, Águila ha confeccionado un improvisado toldo con su propia capa. No es lo bastante grande como para dar sombra a toda la balsa, pero sí cubre al menos la mitad. Algo es algo.

Relevas a Águila y vuelves a coger los remos; al cabo de un par de horas, el calor ya no es tan intenso porque el cielo ha empezado a nublarse.

—Menos mal, ya estaba cansado de sol.

—Pues no me gustan demasiado esos nubarrones; esperemos que no nos pille una tormenta. No sé si la barca aguantaría.

—¿Qué es eso? —preguntas, señalando algo que sobresale del mar—. Parece... una aleta.

—¡Es un tiburón! Quédate quieto, Alonso. No muevas los remos.

Te esfuerzas por permanecer en calma, casi como si fueses una estatua, mientras veis cómo la aleta se aproxima a vuestro bote. El escualo pasa cerca de vosotros; pero no debéis de resultarle muy interesantes, porque sigue su ruta sin haceros el menor caso.

Recuperas el aliento cuando lo ves alejarse.

—¡Uf, faltó poco!

—Menos mal que no tenía hambre.

—Hemos tenido suerte.

—Ya veremos, todavía no hemos llegado a tierra. No se debe vender la vaca antes de comprarla.

Entonces, de pronto, las primeras gotas de lluvia caen sobre vosotros.

—Esperemos que no dure mucho...

* * *

Horas después, un tormentón os golpea con furia. La lluvia cae lateralmente debido al fuerte viento. Estáis empapados. La barca zozobra a causa de las olas y amenaza con irse a pique en cualquier momento.

—¿Qué hacemos, Águila?

—¡Agárrate fuerte, Alonso! No te preocupes, saldremos de ésta.

Ves la situación tan mal que piensas que en cualquier momento te encontrarás con tu madre, que está ahí arriba en el cielo, esperándote.

La siguiente ola levanta parte del casco del bote que, por un instante, se coloca verticalmente antes de recuperar su posición original. Los dos seguís en la barca, pero descubres con estupor que... ¡uno de los remos se ha partido y el otro ha acabado engullido por las aguas!

—¡Nos hemos quedado sin remos! —le adviertes.

—¡Lo sé, pero da igual! Si la barca aguanta, todo estará bien.

La situación es realmente crítica, pero ni tú ni tu héroe podéis hacer nada para evitarlo. Cae la noche y apenas podéis descansar. El continuo

vaivén del bote os impide disfrutar de un momento de tranquilidad.

Cuando parece que la tormenta va a durar eternamente, de repente, de la misma manera que vino, se va. Los nubarrones grises desaparecen y el sol vuelve a brillar sobre la maltrecha barca.

—Después de la tormenta siempre viene la calma —te susurra Águila.

Te parece intuir una sonrisa bajo su máscara.

—Vaya, eso es siempre lo que dice mi padre.

Te quedas pensativo, dándole vueltas a una extraña idea. ¡No, eso es imposible! Águila debe de haberse dado cuenta, porque te da conversación.

—Pues tu padre es un hombre sabio. Es maestro, ¿no?

—Sí. El mejor maestro de la Villa. Aunque le falta un poco de sabiduría con las mujeres.

—¿Por qué dices eso?

—Porque mi tía Margarita está por él y no es capaz de darse cuenta.

—Igual sí se ha dado cuenta.

—¿Tú crees? Entonces, ¿no le digo nada?

—Mejor, no.

—¿Y tú? Podrías hablar tú con él.

—No me gusta meterme donde no me llaman. La vida personal de cada uno es... personal.

—¡Hey! ¿Eso no es...? —gritas de pronto, mirando a lo lejos—. ¡Sí! ¡Es un barco! ¡Estamos salvados!

—No tan deprisa; no sabemos quiénes son.

—¿A qué te refieres?

—A que podrían ser piratas.

—¡No lo creo!

—Deberíamos estar seguros antes de llamar su atención.

—Estamos en un bote a la deriva. ¿Qué podría ser peor? —le dices totalmente convencido.

—Es mejor esperar a ver qué hacen.

Si haces caso omiso a Águila, te pones en pie y gritas para llamar la atención del barco, pasa a la página 20.

Si prefieres esperar tranquilamente sentado, vete a la página 49.

Colocas la mecha corta. La enciendes y... ¡BUM! El proyectil sale disparado. Pero el barco pirata no había terminado de colocarse paralelo al buque corsario, así que ves cómo la bala acaba en el agua. ¡Has malgastado un disparo!

Te dispones a recargar el cañón. No es una tarea fácil, ya que debes colocar primero la pólvora y después la bala, que pesa unas treinta y seis libras. Esperas estar haciéndolo correctamente y echas de menos a tu compañero, el artillero, que habría podido orientarte en tu tarea...

Cuando ya tienes el cañón listo y te diriges a coger una mecha de diferente extensión, oyes un ¡BOOM! cercano. Con sorpresa, descubres que el cañón que habías preparado acaba de explotar. Si hubieras estado unos pasos más cerca, ahora mismo no podrías contarlo. Tus oídos han quedado casi inutilizados a causa del cañonazo, pero ves cómo, poco a poco, tus compañeros van cayendo uno tras otro.

Comprendes que habéis perdido cuando algunos piratas bereberes entran en la bodega, armados hasta los dientes, y os obligan a subir a cubierta.

Pasa a la página 85.

Los miras de frente, a la cara, y comprendes que esos tipos son peligrosos. Ellos son una banda organizada y tú una única persona. ¿Qué puedes hacer contra ellos?

Decides dar marcha atrás en tus acusaciones.

—Creo que... me he debido de equivocar —admites.

—Eso me parecía a mí.

Mientras te alejas de ellos, oyes sus risas burlonas detrás de ti, que resuenan en tu cabeza. Lo que más vergüenza te da es que tú tienes razón: ¡ese muchacho le robó la bolsa a tu tía y no puedes hacer nada! ¿O sí?

A veces el mejor ataque comienza con una retirada. Y eso es lo que haces. Te alejas del muelle lo suficiente como para que ellos crean que te han perdido de vista pero, en realidad, te escondes detrás de una caja y permaneces atento, observándolos desde lejos.

Ves cómo uno de los ladronzuelos saca la bolsa de tu tía, la abre y se reparten algunas monedas entre todos. Vuelven a cerrar la bolsa.

—¿Queda algo para el jefe? —pregunta uno.

—Sí, el jefe hoy estará satisfecho —responde otro, sopesando la bolsa en una mano. Todavía queda bastante dinero dentro.

—¿A quién le toca llevársela hoy?

—Yo fui el otro día.

—Y yo ayer.

—A Mateo, le toca a Mateo.

—Vale, ya iré yo —responde Mateo, que resulta ser el único chaval pelirrojo de la banda.

Aclarado el tema y hecho el reparto, el grupo de ladronzuelos se dispersa rápidamente. Tú te centras en tu objetivo: el chaval pelirrojo que porta la bolsa con la mayor cantidad de dinero. La esconde dentro de su bolsillo y abandona los muelles.

Te conviertes en su sombra. Cada vez que él entra por una callejuela, tú vas detrás, guardando cierta distancia.

Hay veces que parece como si el muchacho se diese cuenta de que está siendo observado, porque se da la vuelta y gira la cabeza.

Te escondes rápidamente y esperas a que continúe con su marcha para seguirlo.

Entonces, y ante tu sorpresa, se detiene de repente y se pone a orinar en medio de la calle. Ahora que está distraído piensas que sería un buen momento para recuperar tu bolsa. Si esperas a que se la entregue al jefe de la banda para la que trabaja, quizás sea más difícil.

Aunque, si lo sigues, es posible que te lleve hasta la guarida de la banda. Una vez allí, podrías avisar a las autoridades y conseguir que detengan a todos los ladronzuelos de golpe.

Así que... ¿qué crees que es mejor?

Si piensas que lo mejor es lanzarte hacia él, ahora que está ocupado en sus menesteres, y quitarle la bolsa, pasa a la página 25.

Si, por el contrario, prefieres ver a dónde se dirige antes de actuar, vete a la página 29.

Decides hacerle caso y olvidar lo que has visto. Regresas a tu camarote, te tumbas en tu camastro y el cansancio que inunda todo tu cuerpo hace que te duermas enseguida.

* * *

La vida transcurre apaciblemente en el barco. La misma rutina se repite hora a hora. La tripulación enfrascada en sus tareas, las pausas para comer... Continúas en tu puesto hasta bien entrada la noche y después caes rendido sobre el catre. Como no se te ocurre nada mejor para escapar de la situación en la que te encuentras, una noche en que no hay nadie sobre cubierta escalas el mástil y cuelgas una tela roja en lo alto. Nadie se molesta en quitarla, y esperas que, si Águila Roja ha partido en tu busca, reconozca la señal.

Hasta que una mañana sucede algo diferente.

—¡Barco a la vista! —vocea el vigía.

—¿Por dónde vienen? —pregunta el capitán Cano.

—¡Por estribor! ¡Son piratas berberiscos!

Te lanzas a la borda para otear el horizonte y contemplas con asombro la bandera que ondea en el palo mayor del otro navío: un cráneo sobre dos tibias cruzadas y una media luna.

—¿Piratas? ¿Berberiscos? ¡Diantres! ¡Media vuelta, timonel! —ordena el capitán.

—Imposible, señor. ¡Los tenemos encima!

—¡A los cañones! ¡Y los demás, preparaos para el abordaje!

—¡A la orden, señor! —gritan todos como si fuesen un solo hombre.

Descubres a Barracuda esbozando una sonrisa, como si hubiese estado esperando el ataque. Te preguntas si no fue él quien avisó a los piratas de vuestra situación al enviar aquella paloma mensajera. Puede que sea un traidor, pero de momento no tienes modo de probarlo, y además ahora tampoco tienes tiempo. Todos los miembros de la tripulación cogen las armas o se colocan en sus posiciones tras los cañones. Es el momento de decidir qué hacer...

Coges un arma blanca y te preparas para luchar. Pasa a la página 35.

Lo tuyo no es la lucha, así que ayudas con los cañones. Vete a la 32.

—Lo siento, pero no puedo quedarme quieto sin hacer nada —te disculpas, levantándote, y te pones a gritar—. ¡EH, AQUÍ! ¡ESTAMOS AQUÍ!

Agitas los brazos en dirección al barco. Águila Roja permanece sentado y en silencio, expectante.

—¡AAAH... DEL BARCO...!

Unas cabezas se asoman por la borda. Llevan turbantes. Os miran y sonríen.

—¡Son berberiscos! ¿Qué hacemos? —le preguntas preocupado a Águila Roja.

—Ya veremos.

Un hombre con barba blanca, que debe de ser el capitán, se asoma y os pregunta algo en árabe.

Águila Roja le responde en su idioma.

—¿Sabes árabe?

—El saber no ocupa lugar, Alonso.

Esperáis hasta que el barco se sitúa junto a vosotros. Entonces los marineros despliegan una escalera de mano.

—¿Subimos?

—Pues claro. No tendrás miedo de los extranjeros, ¿verdad, Alonso? —te responde él, avanzando hacia la escalerilla.

Te quedas un rato en el bote, indeciso. Finalmente, asciendes por ella hasta el buque.

Arriba os esperan un montón de marinos musulmanes que os miran con curiosidad.

Águila intercambia unas palabras en árabe con el capitán. Comprendes lo que le ha dicho cuando, un rato después, os sacan comida, bebida y un par de mantas.

* * *

El viaje en el buque mercante berberisco transcurre tranquilo. Águila Roja te explica algunas costumbres de ellos que te resultan extrañas, como cuando se arrodillan en el suelo en dirección a la Meca y rezan a su dios. Te sorprende que lo hagan cinco veces al día. También te parece curioso que no beban alcohol ni coman cerdo. Pero descubres que, aparte de eso, son iguales a los cristianos en todo lo demás.

En unos días llegáis al Norte de África. Allí conseguís pasaje a bordo de un barco que viaja a España. Pronto estaréis de nuevo en la Villa.

Es el fin de vuestro viaje y de tu aventura.

FIN

—Esto no tiene nada que ver contigo —le dices al tipo grandote, mientras te alejas de él y le insistes al ratero—: He visto claramente cómo la cogías.

—Te repito que yo no tengo ninguna bolsa.

—Y yo no te creo.

—Pues nosotros sí le creemos, así que déjanos en paz y lárgate.

—No me iré hasta que no me devuelva la bolsa —repites.

Uno de ellos abre una navaja ante tus narices y te muestra su filo.

—Eres un poco corto de entendederas, ¿verdad, chaval? Te has equivocado de persona. ¿O es que quieres que te lo diga más claro? —amenaza, mientras se hurga la uña con la navaja. Todos se ríen.

Tienes miedo, pero no quieres que se note. La noche está empezando a caer, estás en una ciudad que no conoces y a punto de meterte en problemas. ¡Bonita manera de empezar la visita! Tu padre siempre te advierte de que no te metas en líos, pero tú jamás le haces caso.

—¡Dejad al muchacho en paz! —grita una voz desde lo alto.

Todos giráis las cabezas y veis una figura encaramada sobre un tejado. ¡Es Águila Roja, tu héroe!

—¡Más vale que le devolváis la bolsa o haréis que me enfade!

—¿Quién es ese tipo? ¿Y de qué va disfrazado? —se pregunta uno de ellos.

—No lo sé. Pero acaba de buscarse problemas —replica otro de la banda, sacando un cuchillo.

En un abrir y cerrar de ojos, Águila Roja salta desde el tejado y cae encima de uno de los matones, tirándolo por el suelo. Comienza la pelea. Uno a uno, todos van sacando las armas que ocultaban entre sus ropas, cuchillos o navajas en su mayoría. El líder del grupo, de más edad, intenta alcanzar a Águila, sin resultado: él es más ágil y lo desarma de una patada.

—¡Eh, pelea! —grita un grupo de marineros que se une a la fiesta—. ¡Ese tipo está atacando a esos chiquillos!

No hay tiempo para explicarles que "esos chiquillos" son una banda organizada de ladrones. Así que se ponen de parte de los muchachos, que están en clara desventaja frente a Águila Roja.

—¡Eh, tipo enmascarado! ¡A ver si te atreves con alguien de tu edad! —lo provoca un gigantón cubierto de tatuajes, quitándose el jubón y mostrando sus fuertes músculos.

Águila Roja y el gigantón intercambian golpes, mientras uno de los muchachos decide intervenir, sacando una pistola y apuntando hacia tu héroe. Pero él se percata de este hecho y esquiva el disparo.

El atronador ruido del arma de fuego resuena por todo el puerto. Los guardias que vigilan la zona no tardan en hacer acto de presencia. Viendo el estado de la pelea, desenfundan sus pistolones y tratan de poner orden.

Comienza así un fuego cruzado... y tú estás en medio.

—¡Ponte a cubierto, Alonso! —te grita Águila Roja, preocupado por tu integridad física.

Sería de tontos no obedecerle. Pero ¿dónde te vas a esconder? Echas un vistazo rápido y sólo hay un par de sitios que puedan servir: una caja —detrás de ella hay sitio para ocultarse—, o un barril que tiene la tapa abierta.

Si te escondes tras la caja de mercancías, pasa a la página 28.

Si lo haces en el interior del barril, pasa a la página 40.

No vas a encontrar una ocasión mejor para recuperar la bolsa. Así que, aprovechando que está ocupado, te diriges hacia él, introduces la mano en su bolsillo y te haces con la bolsa. Después, sales corriendo como alma que lleva el diablo.

—¡Eh, tú! —exclama el muchacho, sorprendido al descubrir que acaba de ser burlado.

Como ya esperabas, echa a correr tras de ti. Pero no te esperabas lo que sucede a continuación.

—¡Al ladrón, al ladrón! —vocea mientras te persigue—. ¡Me roban, me roban!

Piensas: "Menuda cara; él sí es un auténtico ladrón, y yo sólo he recuperado lo mío".

Al girar en la siguiente callejuela, te topas de frente... ¡con una pareja de guardias!

—¡Alto en nombre de la ley! —grita uno de ellos, mostrando su pistola ceñida al cinto. Te detienes en seco. El chaval pelirrojo sonríe al verlos, se acerca a ellos y exclama:

—¡Gracias por detener al ladrón, alguaciles! ¡Me acaba de robar esa bolsa!

—¡Entrégame tu botín, tunante! —exige uno de los agentes.

Y es que, corriendo con una bolsa de dinero, no pareces demasiado inocente.

Intentas explicarle a los guardias que ese dinero era tuyo y que el otro chico forma parte de una banda de ladrones.

—¿Es eso cierto, muchacho? —le pregunta un guardia.

—¡Qué va, alguacil! Está mintiendo —responde el chaval pelirrojo.

—La cosa no está nada clara.

—Lo que sí está claro —apunta uno de ellos, sonriendo—, es que esta bolsa pesa demasiado para que la lleve un muchacho solo y de noche.

Así que la abre para examinar su contenido.

—Sí, es demasiado peligroso —comenta el otro.

—Supongo que ninguno de los dos querrá acabar en el calabozo, ¿verdad?

Ambos negáis con la cabeza. Uno de los guardias tira unas cuantas monedas al suelo, después cierra la bolsa y se la guarda.

—Con eso ya tenéis más que suficiente —dice uno.

—La bolsa queda confiscada por la justicia —declara el otro alguacil, dándole una patada al chaval pelirrojo—. ¡Anda, largaos, pillastres!

Los dos guardias se alejan llevándose la bolsa con ellos. Ves cómo el chaval pelirrojo se agacha para recoger del suelo las pocas monedas que han dejado.

—¡Ese dinero es de mi tía! —le gritas.

—¿Ah, sí? Pues, si lo quieres, ven a por él —te desafía el ladronzuelo, sacando una pequeña navaja cuyo filo brilla en la oscuridad.

¿Te arriesgas por recuperar unas pocas monedas?

Si crees que no vale la pena, pasa a la página 34.

Si te lanzas hacia el chaval y luchas contra él, vete a la página 45.

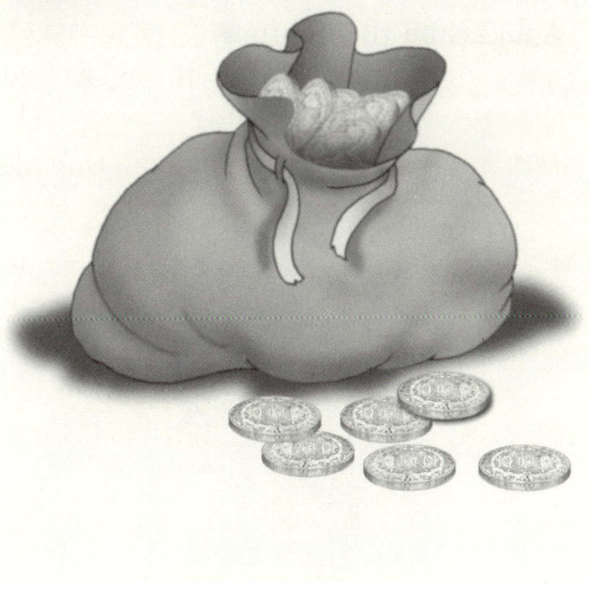

Te colocas tras la caja más cercana. Primero te agachas del todo para estar a salvo de los disparos, pero te das cuenta de que en esa posición tampoco puedes ver qué está ocurriendo en la pelea. Así que decides asomarte un poco, sólo un poco. Lo suficiente como para enterarte de lo que está pasando.

Levantas la cabeza un poquito más... con tan mala suerte que, justo en ese momento, una bala perdida te alcanza. Caes al suelo, herido.

Sientes un escalofrío justo antes de perder el conocimiento.

Aquí acaba tu aventura.

FIN

No crees que sea buena idea enfrentarte a ese muchacho pelirrojo. Puede que le quites la bolsa, pero irá detrás de ti. Además, posiblemente esté armado, y conoce la ciudad mejor que tú. Como no quieres acabar flotando en el Guadalquivir, prefieres esperar a ver a dónde se dirige. Siempre puedes llamar a los guardias y darles el soplo contra toda la banda.

El ladronzuelo, aliviada su vejiga, prosigue su ruta por diferentes callejones oscuros. Lo ves entrar en una taberna llamada "El cuervo tuerto". No parece un sitio muy recomendable.

Pero, como ya lo has seguido hasta aquí, no vas a echarte atrás ahora. Así que esperas un tiempo prudencial y te adentras en el local.

Es un sitio lúgubre y oscuro, que huele a humedad y a vino barato. No se parece en nada a la aseada posada que regenta Cipri. La mayoría de los clientes parecen marinos. Algunos llevan el pelo largo recogido en una coleta, otros lucen aros de oro que cuelgan de sus orejas, y los hay que llevan partes de su piel decoradas con tatuajes de anclas, cuchillos o serpientes. En una mesa hay varios ancianos fumando mientras se cuentan batallitas del mar. En otra, tres tipos con los rostros llenos de cicatrices juegan a los dados. Te miran mal cuando pasas junto a ellos.

Ayerbe 2011

—¡Vaya, vaya! ¿Qué hace un grumete como tú en un sitio como éste? —te pregunta un solitario marinero con barba sentado en otra mesa cercana, apurando su jarra.

—Yo he... busco a alguien —respondes, tratando de seguir tu camino.

—Un momento, grumete —te detiene él—. Siéntate conmigo. Calmaremos la sed y te explicaré —añade, acercándose a ti y bajando el tono de voz— por qué has hecho mal entrando en este antro.

¿Aceptas su invitación?

Si la aceptas y te sientas con él, pasa a la página 70.

Si rechazas su invitación y sigues a lo tuyo, vete a la página 48.

Decididamente lo tuyo no es luchar cuerpo a cuerpo. Como quieres ayudar, abandonas la cubierta y bajas hasta la bodega. Allí buscas a algún artillero que necesite ayuda con el cañón. Te colocas junto a una tronera y te dispones a preparar la pólvora y las mechas necesarias.

—Hay tres tipos de mechas, muchacho —te explica el artillero—. La larga, la mediana y la corta. Cada una tiene un tiempo diferente. También depende de para qué se use. No es lo mismo ponerla en un barril lleno de pólvora que en un cañón. En los cañones de este tipo solemos poner siempre el mismo tipo de mecha, que suele ser...

Sus palabras se ven interrumpidas bruscamente al tiempo que la expresión de su rostro cambia. No entiendes lo que pasa hasta que te asomas a la tronera y ves a los piratas disparando sus mosquetones desde su barco, que está cada vez más cerca del vuestro. Uno de ellos acaba de acertar al artillero, que cae a tu lado, agarrándose el pecho, justo donde empieza a formarse una mancha de sangre. Ha muerto sin poder decirte qué mecha utilizar.

Ahora, el cañón depende de ti. A tu alrededor, todo el mundo está ocupado con otras cosas, así que eres el único que puede terminar lo que él empezó.

Ante ti, el cañón ya está cargado y listo para disparar; sólo falta que coloques la mecha adecuada.

¿Cuál crees que es la extensión correcta?

Si crees que la mecha correcta es la más corta, pasa a la página 14.

Si, por el contrario, colocas la mecha mediana, pasa a la página 53.

Si estás casi seguro de que la más adecuada es la mecha más larga, vete a la página 65.

—¿Sabes qué?

—¿Qué? —pregunta el chico, expectante.

—Puedes quedártelas —respondes, dándole la espalda y alejándote de allí.

Desandas el camino que hiciste por las estrechas y tortuosas callejuelas hasta regresar con tu familia.

* * *

Cuando llegas tu tía te abraza aliviada, al ver que has vuelto sano y salvo. El ladronzuelo se te escapó. Tu padre te riñe por haber salido corriendo sin pensarlo antes. Desde este momento no te va a quitar un ojo de encima. Se acabó el andar de correrías por ahí. La verdad es que el viaje a Sevilla no ha terminado nada bien.

FIN

Te consideras un miembro más de la tripulación, así que te comportas como uno de ellos. Coges un arma, en concreto una pica —una especie de lanza con punta de metal— y te preparas para el ataque. El marinero que hay a tu lado, armado con otra pica, te aconseja que ensartes al primer enemigo que veas. El tener que enfrentarte por primera a la posibilidad de acabar con otra vida humana hace que tu mano tiemble.

Durante el momento previo al abordaje se palpa la tensión en el ambiente. El silencio llena la cubierta del barco. Algunos besan sus anillos o los crucifijos que cuelgan de sus cuellos antes de la batalla, otros se encomiendan a los cielos, algunos apuran un trago de ron —quizás el último de sus vidas—, pero la mayoría permanecen quietos, sin pestañear, con toda la atención puesta en la nave enemiga.

Un cañonazo procedente de la nave pirata rompe el silencio. El disparo impacta sobre la cubierta de vuestro barco. La explosión lo cubre todo de humo. La madera salta por todas partes. Algunos hombres, alcanzados por la pólvora, gritan de dolor. Un marino anda errante por la cubierta, totalmente cegado, hasta que cae a unos pasos de ti, inconsciente.

Piensas que tú podrías haber estado en su lugar. Bajo tus pies resuenan vuestros cañones, que devuelven el saludo al barco pirata.

El miedo invade todo tu cuerpo y aún no ha comenzado el combate. Tienes ganas de lanzar la pica lejos y escapar. Te dices a ti mismo que sólo eres un muchacho y que no deberías estar aquí. Pero la terrible verdad es que no estás en ningún otro lugar.

Los dos barcos se colocan paralelos y comienza el abordaje. No tienes muy claro quién aborda a quién. Algunos de los tuyos saltan al barco pirata. Algunos piratas asaltan tu buque. Todo es confusión a tu alrededor. El humo de los mosquetones te ciega. Al andar notas que el suelo está resbaladizo. En tus oídos sólo resuenan los cañonazos.

El combate es un ir y venir de hombres que se clavan espadas, lanzas y picas. Muchos caen. Un pirata bereber se aproxima a ti y levanta su espada. Va a acabar contigo. ¿Qué haces?

Si te enfrentas a él, pasa a la página 84.

Si corres en dirección contraria, ve a la página 47.

—No le tengo miedo —replicas, sin creerte realmente tus palabras—. Y le estoy siguiendo porque quiero que me devuelva la bolsa con el dinero que me robaron sus rateros.

—¡Vaya, vaya! ¡Qué gallito! Sabes cacarear; veamos si también sabes picar.

Y, sin previo aviso, te lanza un potente mandoble. Como resultado, el cuerpo de la rata sale volando hacia ti.

Te apartas y los esquivas a ambos: al filo y al roedor volador.

—¡No tienes escapatoria! —te advierte con voz amenazante.

Realmente está en lo cierto. La única salida que tienes ante ti es volver a la taberna, y no crees que sea una buena idea. Seguramente habrá más malhechores, camaradas del manco. No hay ningún sitio en el que puedas esconderte, así que tienes que hacerle frente como buenamente puedas.

El jefe de la banda te ataca de nuevo. Esta vez trata de atravesarte pero tú te agachas, le propinas un pisotón en el pie y te alejas todo lo que puedes, hasta la pared de enfrente.

—¡No huirás muy lejos, renacuajo! —te amenaza el criminal, avanzando hacia ti.

39

Miras a tu alrededor en busca de algo que pueda servirte. En el suelo hay una manzana medio podrida, y también está el cuerpo de la rata. Piensas que cualquiera de las dos cosas podría servirte para distraer su atención.

Si agarras la manzana podrida, vete a la página 118.

Si coges el cuerpo de la rata, pasa a la página 116.

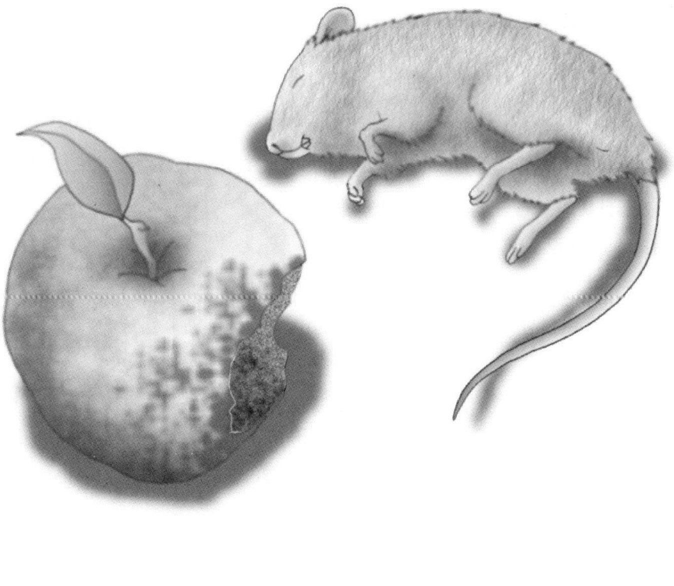

Sin tenerlas todas contigo, decides meterte dentro del barril. Por suerte estaba abierto y su interior se hallaba vacío, así que no encuentras ningún obstáculo para esconderte ahí. Colocas la tapa encima y lo cierras. ¡Nadie te encontrará! El destino ha querido que haya un pequeño agujero a media altura. Gracias a él puedes seguir el transcurso de la pelea.

Águila Roja sigue luchando cuerpo a cuerpo con el hombre de los tatuajes. Aunque, a veces, los dos hombres tienen que hacer una pausa en su pelea para esquivar algún disparo cruzado entre los guardias del puerto y la banda de muchachos ladrones.

Desde el lugar en el que te encuentras, puedes ver cómo tu héroe propina dos directos a la mandíbula del enorme marinero, que permanece inmutable.

Después, da un potente salto que lo aleja de tu campo de visión. ¿Qué ocurre a continuación? No lo sabes a ciencia cierta, pero intuyes —por los gritos que oyes— que la banda de ladrones se dispersa cuando aparecen más guardias. ¿Qué ha sido de Águila Roja? ¿Y del marinero tatuado?

Esperas un poco a que se haga de nuevo el silencio antes de aventurarte a salir del barril.

Pero qué contrariedad... ¡la tapa no se abre!

41

Pruebas con las dos manos. Haces fuerza, hasta coges impulso, agachándote al máximo dentro del barril y levantándote de golpe, pero ni por ésas. Comprendes que, durante el transcurso de la pelea, algo ha debido de caer encima de la tapa, sellándola.

—¡EH, ESTOY AQUÍ! —gritas, un poco nervioso.

Pero no parece que haya nadie que pueda oírte ahí fuera.

¿Qué vas a hacer ahora?

Si intentas llamar la atención de Águila Roja, haciéndole saber que estás dentro del barril mediante vuestra señal secreta, pasa a la página 82.

Si no crees que valga la pena el esfuerzo y optas por no hacer nada, vete a la página 78.

—Verá, señor —te justificas—, me he equivocado de puerta. Siento haberle hecho creer que lo seguía. No era ésa mi intención.

—¡Vaya, qué jovencito tan bien educado!

—Ya me voy... no se preocupe...

Te das la vuelta hacia la puerta para regresar a la taberna pero, antes de que llegues a ella, el jefe de la banda de ladrones se interpone entre tu objetivo y tú; la rata sigue clavada en su daga.

—¡No tan rápido! ¿Quién te envía?

—Na... nadie, señor. Esto sólo es un pequeño error.

—¡No te creo!

—¡Déjale en paz! —grita una voz desde lo alto.

—"El manco de Breda" y tú levantáis la cabeza y veis, arriba, apoyado en la chimenea de la taberna, al héroe de la Villa.

—¡Águila Roja!

—¿Quién diantres es ese fantoche disfrazado?

—¡El que te va a poner en tu sitio! —le respondes mientras Águila salta al vacío y aterriza a unos pasos de él.

El jefe de la banda sacude la daga y se libra del cuerpo del roedor.

—¡Os ensartaré el alma! —amenaza, blandiendo el arma con seguridad.

Águila no replica; se limita a desenfundar su catana.

—¡Extraña espada! —dice el manco al verla—. ¿De dónde diantres la habéis sacado?

Parco en palabras, como suele ser, Águila inicia su ataque. El jefe de los ladrones aguanta los dos primeros espadazos, interponiendo a tiempo su acero. Pero a la tercera finta, la daga del delincuente manco acaba en el suelo.

—¡Me rindo ante vos! —proclama, alzando su único brazo—. He de reconocerlo... ¡sois un gran espadachín! Y, además, parecéis un caballero honorable que no mataría a un pobre tullido como yo, ¿me equivoco?

—¡Dile que me devuelva la bolsa, Águila! —intervienes.

—¿Es cierto lo que dice el chico? ¿Le has robado?

—¡Oh, no! ¡Desde luego que no! Se trata de un lamentable malentendido. Un muchacho que conozco, por cierto con muy pocas luces, me ha pedido que le guarde una bolsa que... por aquí debo tener —se defiende, mientras saca la bolsa y la muestra—. En ningún momento sospeché que procediera de un hurto. ¡Tomad, os la devuelvo!

El jefe de la banda lanza la bolsa por el aire. Águila la coge al vuelo y te la entrega.

—Mi tía estará muy contenta, Águila. Este dinero es suyo. En cuanto a lo que está contando... ¡todo es mentira! Él es el verdadero jefe de la banda de ladrones. Manda a los muchachos a robar para él.

—¿Qué dices en tu defensa? —le pregunta Águila.

—Este jovencito tiene demasiada imaginación. ¿De verdad creéis que un pobre tullido como yo puede ser el jefe de una banda criminal? Habéis recuperado la bolsa, ¿no? Pues ya estamos en paz.

Y, diciendo esto, se aleja de vosotros. Águila y tú le dais la espalda sólo por un instante...

—Vamos, Alonso, te acompañaré a casa de tu tía.

Pero entonces el manco saca a la luz una pistola que llevaba escondida bajo su chaqueta y dispara. Antes de que la bala os alcance, Águila Roja le lanza una shuriken que se clava en su pecho y, al mismo tiempo, te aparta de la trayectoria de la bala, que impacta en una pared cercana.

El manco ha caído al suelo. Águila Roja le cierra los párpados.

—Por cierto, Águila. ¿Qué haces tú en Sevilla? —le preguntas de camino a casa de tu tía.

FIN

La rabia te inunda por dentro. Te lanzas contra él y le das un empujón. El muchacho pelirrojo, cogido por sorpresa, se tambalea y pierde su navaja. Tú le das un puñetazo en la cara que le hace sangrar la nariz. Te dispones a pegarle otra vez cuando el ladronzuelo te propina una patada en el estómago que te deja sin aliento, aprovecha para recuperar su navaja y lanza un tajo al aire. Te apartas, creyendo que ni siquiera te ha rozado pero el dolor en la mejilla te indica que te ha herido. Te llevas la mano a la cara y notas un corte.

—¡Vas a morir como un perro! —te grita tu rival, disponiéndose a darte la puñalada fatal, la que acabe con tu vida.

—¡Detente! —ordena una voz desde arriba. Los dos alzáis vuestras cabezas y veis a Águila Roja sobre un tejado; él, con un potente salto, se planta en medio de la callejuela, aparta su capa y le muestra su espada al ladronzuelo.

Éste es listo y sabe que no es rival para él, de modo que sale corriendo hasta perderse de vista.

—¡Águila! ¿Qué haces en Sevilla? —le preguntas, asombrado de verlo aparecer.

—Menos mal que he llegado a tiempo. Un poco más y... pero déjame ver esa herida.

—No es nada —protestas.

—Te va a quedar una fea cicatriz.

En ese instante comprendes que, a partir de ahora, esa cicatriz formará parte de ti y que te recordará la pelea en este callejón de Sevilla durante el resto de tu vida cada vez que te mires en un espejo.

—Por cierto, antes me he encontrado a unos guardias que me han dado algo para ti —dice Águila Roja, sacando la bolsa de dinero robada de debajo de su capa.

—Pero, ¿cómo sabías que...? ¡Eres increíble, Águila! Mi tía se pondrá muy contenta.

—Anda Alonso, vamos. Te acompañaré a casa. Estas calles no son nada seguras de noche. Acompañado por Águila, regresas hasta la casa de tu tía. Tu héroe desaparece antes de que entres.

Tu tía te pregunta si estás bien y te da un abrazo. Estaba muy preocupada. Tú le muestras orgulloso la bolsa, y entonces ella descubre el corte. Mientras te limpia la herida, tu padre baja del piso de arriba y, al verte así, te riñe por tu imprudencia. Dice que no te va a quitar un ojo de encima. Se te acabó el andar de correrías por ahí.

FIN

No eres capaz de herir a un hombre fríamente, así que huyes de tu agresor, que encuentra otro objetivo y te da la espalda. A tu alrededor ves cómo se desarrolla la batalla. La cubierta se llena de gritos y espadas que entrechocan.

El atronador ruido de los cañones te deja paralizado por el miedo, esperando un milagro. Ningún lugar del barco parece seguro.

Y, de repente, cuando todo parecía perdido, en medio del humo surge una figura que reconoces al momento: ¡Águila Roja!

Tu héroe desenfunda su espada y se encarga de librarte de los los piratas bereberes que te rodean.

—¡Águila! —exclamas—. ¿Qué haces aquí?

—Iba de polizón en el barco pirata —te responde—, y he visto la señal que has colgado en lo alto del palo mayor. No estaba seguro de que fueras tú, pero tenía que comprobarlo. Y ahora, ¡vámonos! —concluye, dirigiéndose a una escalerilla que cuelga por la borda.

Tú le sigues. Al descender, llegas hasta el bote de remos que Águila tiene preparado. Tu héroe rema a toda velocidad y os alejáis del barco atacado. No sabes cómo terminará el combate, pero eso ya no te preocupa. ¡Has conseguido escapar!

Pasa a la página 8.

Le dices al capitán que, lamentablemente, tienes que irte. Y es que acabas de ver pasar al chaval pelirrojo por delante de la chimenea del local. Se dirige hacia el fondo, donde hay un tipo pálido y delgado, al que le falta un brazo, sentado en una mesa. Los dos hablan algo, pero desde donde te encuentras no oyes lo que dicen. El muchacho saca la bolsa y se la entrega al manco. Éste sonríe, satisfecho, al ver el botín. Da un trago a su jarra, le da una colleja cariñosa al chaval pelirrojo, que se va por donde ha venido, y se dirige hacia una puerta trasera. La abre y desaparece.

Se lleva la bolsa con el dinero de tu tía. ¿Vas a seguirle?

Si piensas que el manco puede ser un tipo peligroso y prefieres dar el dinero por perdido y volver a casa, vete a la página 74.

Si cruzas la puerta y vas detrás de él, pasa a la página 62.

Aunque no crees que esta vez tenga razón, obedeces a Águila. Permaneces sentado en el bote y cruzas los dedos, esperando que sea un barco mercante el que os recoja y os lleve de regreso a casa.

El barco pasa a vuestro lado sin que sus tripulantes parezcan percatarse de vuestra presencia.

—Pasan de largo. ¿Qué hacemos?

Antes de que te responda Águila, veis a tres marineros asomarse. Uno de ellos os pregunta:

—*Waar ben je?*

—¿Qué dice?

—Creo que quiere saber de dónde somos.

—¡De España! —le respondes al holandés.

Los tres se echan a reír. Entonces, sacan unos mosquetones y os apuntan.

—Pero... ¿qué diantres hacen?

—¡Agáchate! —te ordena Águila.

Le obedeces. Uno de los disparos impacta en la barca. Los otros dos acaban en el agua. Los marineros holandeses guardan los mosquetones y desaparecen de vuestra vista. El barco sigue su rumbo y se aleja.

—¿Estás bien, Alonso?

—Sí. ¿Por qué han hecho eso, Águila?

—Como habrás podido comprobar, los holandeses no quieren demasiado a los españoles.

—¡Oh, no! ¡Han alcanzado el bote!

Águila examina el casco de la embarcación. Hay un agujero de bala por el que se filtra el agua.

—¡Lo que nos faltaba! ¿Qué vamos a hacer ahora?

—Lo primero es no perder la calma, Alonso.

—¿Y lo segundo?

—Lo segundo, buscar una solución.

—Estamos mar adentro, a la deriva y con un bote a punto de hundirse.

Águila se vale de su rodilla para terminar de partir el remo roto. Después, coge un trozo de la madera, lo envuelve en un trapo y lo usa para taponar el agujero del casco.

—Esto debería aguantar lo suficiente.

—Vale, no nos hundiremos de momento, pero seguimos yendo a la deriva. Y te recuerdo que no tenemos remos.

—A problemas, soluciones —te amonesta mientras ves cómo salta al agua, se agarra a la barca y comienza a propulsarla con sus propias piernas.

—¡Pero no puedes hacer eso durante mucho rato!

—Cuando me canse, ya te avisaré. Ahora, duerme un poco.

Una hora después, cuando abres los ojos tras una fugaz cabezada, ves a Águila, todo mojado, sentado dentro de la barca, a tu lado. Ves que su capa está rota, aunque todavía lleva la capucha que le oculta parte del rostro. Está atando la tela rasgada a la madera del remo partido.

—¿Qué estás haciendo?

—Estoy construyendo una vela improvisada. Veamos si esto funciona...

Levanta lo que queda del remo y lo sujeta a la embarcación como buenamente puede. El viento sopla. La barca se mueve.

—¡Funciona! —gritas de alegría.

—Ahora sólo hay que esperar a que lleguemos a la costa.

* * *

Como no sabéis el tiempo que vais a pasar todavía en el bote y cada vez os quedan menos víveres, racionáis la comida y el agua potable. Proseguís el viaje impulsados por el viento. Águila usa la brújula para orientarse.

—¿Por dónde estamos?

—Si no me equivoco, cerca del norte de África.

—¡Tan lejos! Espero que no acabemos en una cárcel turca.

—Turquía está en Asia, Alonso. Nosotros nos dirigimos hacia Orán o puede que Marrakech.

—¿Nos venderán como esclavos?

—Yo me encargaré de que no acabemos así.

El viento impulsa la vela que mueve la barca. El agua potable se os acaba. Águila te cede el último trago. La comida empieza a escasear. Rezas para llegar a tierra lo antes posible.

Finalmente, divisáis una línea en el horizonte: la costa de algún país cercano. ¡Estáis salvados! Arribáis a una playa. No sabéis dónde estáis, pero os da igual. Vuestros pies pisan suelo firme. Comenzáis a andar.

* * *

Días después, embarcáis en un velero que os lleva de vuelta a vuestro país. Aún os faltan varios días de viaje para regresar a casa, a la Villa. Has vivido junto a tu héroe una aventura que nunca olvidarás.

FIN

Colocas la mecha mediana. La enciendes y esperas un poco hasta que oyes el característico ¡BUM!

El proyectil sale disparado justo cuando el barco pirata está en el ángulo correcto, casi paralelo a vuestro navío. La explosión daña parte de la cubierta y elimina de un plumazo a un montón de piratas bereberes, y también uno de sus cañones. ¡Lo has hecho muy bien! Seguramente el desarrollo del abordaje será muy diferente gracias a tu intervención.

Animado por el fragor del combate, encadenas un disparo de cañón tras otro. Es como si hubieses nacido para esto. Tus disparos son tan certeros que, al poco rato, el barco pirata se aleja en la distancia.

¡Habéis vencido!

Todos los hombres de la bodega te aplauden. Eres el héroe del día.

Arriba, en cubierta, te conducen hasta el capitán Cano, que alaba tus méritos en el combate. Te dice que, si quieres permanecer en el barco y formar parte de la tripulación, serás bienvenido.

Disfrutas del momento; ya tendrás tiempo de pensar en tu futura decisión cuando llegues a puerto. Aunque la vida en el mar no está tan mal.

FIN

Brevemente, le relatas todo lo que te ha ocurrido desde que llegaste a Sevilla.

—Menuda historia. Siento mucho que te hayas llevado una impresión tan negativa de esta ciudad. Sevilla es muy hermosa y sus gentes son muy cálidas. Pero "en todas partes cuecen habas", como dice el refrán, y es una lástima que te hayas topado con esa gentuza. Te ayudaré a encontrar a ese muchacho. Aunque no veo fácil que recuperes esa bolsa. Lo mejor será que la des ya por perdida.

—Sí, eso pensaba yo también. Pero no me quiero rendir tan pronto.

—Y eso te honra. Nunca hay que abandonar a la primera dificultad. ¿Decías que era un zagal pelirrojo?

—Sí, señor.

—No será ése, ¿verdad? —te indica, señalándote al ratero al que buscabas.

—¡Sí, es él! —gritas, y te levantas con la intención de lanzarte hacia él. Pero el capitán Cano te retiene agarrándote del pescuezo.

—Espera, grumete. Como puedes ver, no está solo.

Observas con atención y compruebas que el chaval pelirrojo se acerca a una mesa del fondo donde hay un tipo pálido y delgado al que le falta un brazo.

—Mala cosa, grumete. Se ha juntado con "El manco de Breda"; lo llaman así porque dicen que perdió el brazo en la guerra de Flandes. Desde entonces, se dedica a todo lo que es ilegal y que da dinero. Es un personaje muy importante en los bajos fondos de la ciudad. Si quieres mi consejo, no deberías meterte con él. Vas a poner en peligro tu pellejo.

—Me acercaré más, sin que se den cuenta, para ver qué se llevan entre manos —resuelves, levantándote del taburete.

—Haz lo que quieras, grumete. ¡Y buena suerte! —te desea el capitán, que permanece sentado a su mesa mientras observa cómo te alejas hacia tu objetivo como quien no quiere la cosa.

Te detienes junto a la chimenea, giras la cabeza y escuchas. Desde esa posición oyes perfectamente lo que el ladronzuelo habla con "El manco de Breda".

—¿Qué tal os ha ido la noche?

—Esto es todo lo que hemos podido conseguir, jefe.

—No está mal. Una bolsa entera. Seguro que tus compinches ya habrán birlado unas monedas, ¿verdad?

—No, jefe, en serio que no.

—Todos tratáis de robarme, qué asco de mundo. Ya no hay código de honor, ni siquiera entre ladrones.

»Una paliza debería daros. Así aprenderíais. Pero soy demasiado bueno, qué se le va a hacer. ¡Anda, lárgate! —lo despide, pegándole una colleja—. No quiero ver tu fea cara el resto de la noche.

El chico pelirrojo sale corriendo, aliviado de haberse librado de una paliza. "El manco de Breda" da un trago a su jarra para celebrar el botín. Después se limpia la espuma de la cerveza con la manga de su único brazo, coge la bolsa y sale de la taberna por una puerta situada en la parte trasera del local.

¿Vas a seguirle?

Si cruzas la puerta y vas detrás del manco, vete a la página 62.

Sabes que "El manco de Breda" es un tipo realmente peligroso, así que das el dinero por perdido y vuelves a casa. Vete a la página 74.

Llevas demasiado tiempo dentro de este maldito barril y no quieres permanecer en él ni un segundo más. Así que levantas la tapa y te asomas. Un marinero se gira y te ve. Respiras aliviado al contemplar, por fin, otro rostro humano.

—¡Por todos los demonios! ¿Se puede saber qué diantres hacías ahí dentro, muchacho? —exclama el marinero.

—Es una larga historia —respondes, respirando de nuevo aire puro.

—¿Cuánto hace que estás ahí?

—Desde anoche. Me escondí dentro porque...

—¡Por todas las calaveras, eso es mucho tiempo! No te preocupes, chaval. Primero recupera el aliento. Anda, te daré algo de comida y bebida; después subiremos a cubierta e informaremos al capitán. Él sabrá qué diablos hacer contigo.

Acompañas al marinero.

* * *

Después de que hayas saciado tu hambre y tu sed, te llevan a cubierta. Tras haber pasado tanto tiempo encerrado, al principio la luz del día te daña los ojos. Luego, poco a poco, te vas acostumbrando de nuevo a ella.

El marinero informa al capitán de lo que ha hallado entre la mercancía: ¡tú!

—¿Así que teníamos un polizón a bordo? ¡Vaya, vaya! —dice el capitán.

—No soy ningún polizón, señor —te defiendes.

—Entonces cuéntame, grumete. ¿Qué hacías escondido en ese barril?

Como tu padre te enseñó, con la verdad se va a todas partes. Decides ser lo más sincero posible. Les cuentas tu llegada a Sevilla. El robo de la bolsa de tu tía. La persecución tras el ratero. Los disparos. Y tu decisión de ocultarte en el interior del barril.

El capitán y el resto de la tripulación te escuchan con mucha atención. Cuando acabas, se echan a reír.

—¡Menuda historia, grumete! —se carcajea el capitán.

—¡Es cierto! —insistes.

—Pues claro que es cierto. Tendrías que tener mucha imaginación para inventarte todo eso. Además, sabemos de primera mano lo que pasó ayer en el puerto de Sevilla. ¿Verdad, Barracuda?

La mirada del capitán se clava en uno de sus marineros, que resulta ser, ni más ni menos, que el gigantón tatuado que se pegó con Águila Roja en el muelle.

—Así fue, tal y como ha dicho el chico, capitán Cano —asiente el hombre llamado "Barracuda"—. ¿Así que esos muchachos eran ladrones? Algo me tenía que haber olido antes de pelearme. Pero ¿quién iba a pensar que ese enmascarado era de los buenos?

—¡Es Águila Roja, el defensor de los débiles! —explicas—. ¡En la Villa es muy conocido!

—Pues parece que lejos de allí no lo conoce ni su padre.

La tripulación estalla nuevamente en risas.

—Bueno, lobos de mar, no nos pagan para estar de cháchara . Así que volved todos a vuestros puestos —ordena el capitán.

La tripulación regresa a sus quehaceres. El capitán Cano se queda mirándote.

—¿Y qué vamos a hacer contigo, grumete?

—Oh, muy fácil, señor. Déjeme en el primer puerto al que lleguen.

—Ja, ja, ésa es buena. Estamos mar adentro, grumete. Tardaremos un mes en volver a tierra.

—¿Un mes? —te asustas—. ¡Pero yo tengo que volver a casa! Seguro que mi padre...

—Pues lo siento, pero de momento no podrá ser. Pagarás el viaje con tu trabajo. A partir de ahora eres uno más de la tripulación. ¡Bienvenido a bordo!

—¿Y qué tendré que hacer?

—Te levantarás cuando todos lo hagan y te acostarás cuando ellos se acuesten. ¿Entendido?

—Sí, señor. ¿Y qué más? —le preguntas.

—Aún no he decidido en qué puesto colocarte. ¿Sabes algo de navegación, grumete?

—Claro.

—¿Ah, sí? Demuéstramelo. ¿Sabes lo que es una jarcia?

—¿Una jarcia...?

Durante un instante piensas la respuesta. ¿Qué le contestas?

Si le respondes que es un tipo de cuerda, vete a la página 66.

Si le respondes que es un tipo de pescado, pasa a la página 72.

Esperas un instante y sales por el mismo sitio. Lo primero que notas es la frialdad de la noche. La repentina oscuridad hace que tus ojos tarden unos segundos en adaptarse. Te encuentras en un callejón sin salida, sombrío y vacío. Parece como si el manco se hubiera volatilizado en el aire. Tu única acompañante es una rata que corretea por un rincón. La sigues con la mirada hasta que se detiene de pronto, atravesada de parte a parte por la hoja de un largo cuchillo.

—¡Esto es lo que hay que hacer con las ratas...! —exclama "El manco de Breda", surgiendo de entre las sombras.

Te lanza una mirada violenta que te llena de miedo. Se aproxima a ti, sacudiendo el cuerpo de la rata, aún ensartado en su cuchillo, justo ante tu cara.

—¡Y con algunos chavales entrometidos! ¿Acaso me estás siguiendo? ¡No me gusta que me sigan!

Retrocedes todo lo que puedes, pero enseguida te topas con una pared. Él continúa avanzando hacia ti.

Si te enfrentas al "manco de Breda", pasa a la página 38.

Si le cuentas una trola, ve a la página 42.

Decides permanecer en el interior del barril. Ahora sabes que puedes salir de él cuando quieras. Así que esperas hasta que llega la noche y la tripulación duerme para salir de tu escondite, estirar las piernas y buscar algo de comida y bebida.

Te mueves sigilosamente por el barco, aprovechando la calma de la noche. Consigues robar un pedazo de cecina de la bodega y beber un trago de agua fresca; también alivias tus necesidades, pero todo esto no te basta: llevas tanto tiempo encerrado que añoras respirar algo de aire puro. Pero sabes que sería toda una temeridad subir arriba, a la cubierta. Hay muchas posibilidades de que te descubran. ¿Estás dispuesto a arriesgarte?

Si, pese al riesgo, subes a la cubierta, pasa a la página 71.

Aunque no te apetece, vuelves a la bodega para esconderte dentro de tu querido barril. Vete entonces a la página 125.

Sabes que no vas a tener una ocasión mejor que ésta para hacerlo. Cuando te parece que Águila Roja duerme profundamente, dejas de remar, te aproximas a él y estiras el brazo hacia la tela que oculta su rostro. Tu mano tiembla un poco. Tus dedos se aproximan más y más. Ya casi le tocas cuando...

Algo agarra tu muñeca con fuerza. Es el puño de Águila.

—Ni se te ocurra hacerlo —te dice, muy serio—. A no ser que quieras irte por la borda.

Su mano libera tu brazo. Vuelves a tu posición en el lado contrario del bote y prosigues con tu tarea de remar.

—Yo sólo...

—Lo sé. Pero es por tu propio bien. Es mejor que no descubras mi identidad. Ese conocimiento te pondría en peligro, Alonso. Tengo muchos enemigos, y serían capaces de cualquier cosa para hacerte hablar.

—Sí, ya lo entiendo, Águila. Siento haberte fallado.

—No lo has hecho. Es normal tener curiosidad, pero, como ya sabes: "la curiosidad mató al gato". Anda, rema, que aún nos queda un largo periplo por delante.

Retrocede hasta la página 8.

Colocas la mecha más larga. La enciendes y esperas, esperas... y sigues esperando. El barco pirata se coloca justo enfrente de vosotros. Oyes un ¡BUM! y el proyectil sale disparado; el problema es que se encuentra a mitad de camino con una bala rival. Ambos disparos se interceptan. ¡Has fallado!

Te dispones a recargar el cañón. No es una tarea fácil, ya que debes colocar primero la pólvora y después la bala, que pesa treinta y seis libras. Esperas estar haciéndolo correctamente y echas de menos a tu compañero, el artillero, que habría podido orientarte en tu tarea... de no estar muerto, claro.

Cuando ya tienes el cañón listo y te diriges a coger una mecha de diferente extensión, oyes un ¡BUM! cercano. Con sorpresa, descubres que el cañón que habías preparado acaba de explotar. Si hubieras estado unos pasos más cerca, ahora mismo no podrías contarlo. Tus oídos han quedado casi inutilizados a causa del cañonazo, pero ves cómo, poco a poco, tus compañeros van cayendo uno tras otro.

Comprendes que habéis perdido cuando algunos piratas bereberes entran en la bodega, armados hasta los dientes, y os obligan a subir a cubierta.

Pasa a la página 85.

—Si no me equivoco, son las cuerdas que forman parte del aparejo, ¿no?

—Bravo, grumete. Se nota que el mar es lo tuyo. Espero que no tengas vértigo, porque vas a ser nuestro nuevo vigía. Anda, súbete al palo mayor. Si ves algún barco cerca, me avisas.

Tratando de no mirar hacia abajo, avanzas por el palo mayor. Te agarras lo más fuerte que puedes a esa madera resbaladiza y tratas de convencerte a ti mismo de que puedes hacerlo. Poco a poco vas ascendiendo hasta llegar arriba del todo. Sobre tu cabeza sólo está el cielo. Ante ti, la inmensidad del mar. La brisa marina te golpea el rostro. Te sientes plenamente vivo.

* * *

Varias horas después, ya estás aburrido de ver cielo y mar. Mar y cielo por todas partes. A lo lejos aparece una forma. Es una embarcación.

—¡Barco a la vista! —gritas.

—¿A babor o a estribor? —preguntan desde abajo.

Recuerdas lo que te enseñó tu padre sobre navegación, por eso sabes que babor es a la izquierda del barco (siempre en el sentido de la marcha) y que estribor, por el contrario, es a la derecha.

—¡A estribor, capitán! —respondes.

El capitán abre su catalejo y echa una mirada.

—Parece un barco mercante. Pero su bandera es de un país amigo. ¡Puedes bajar, grumete! Te has ganado un descanso.

Bastante más rápido de lo que subiste, desciendes hasta la cubierta.

—¡No queremos que se te tuesten los sesos de tanto sol!

—¿Por qué es importante la bandera que tiene el barco? —le preguntas.

—Porque, si fuera de un nación enemiga, lo habríamos asaltado.

Retrocedes, horrorizado.

—¿Qué? ¿Sois piratas?

—Piratas no, grumete —puntualiza el capitán—. Somos corsarios.

—¿Y cuál es la diferencia? —preguntas, aún sin fiarte del todo.

—Que nosotros tenemos una "patente de corso" de su graciosa majestad el Rey de las Españas, Felipe IV. Podemos apresar barcos de las naciones enemigas de nuestro país.

—¿Como cuáles?

—Ahora mismo, por ejemplo, Portugal, con quienes estamos en guerra... Holanda... y algún otro.

—¿Y os quedáis el dinero del barco asaltado?

—De ningún modo, grumete —exclama el capitán, escandalizado—. Eso es lo que hacen los vulgares piratas. ¿Es que no has escuchado nada de lo que te acabo de decir?

—¿Entonces...?

—Nosotros apresamos el barco y lo llevamos hasta puerto. Allí, los magistrados del rey hacen un listado de las mercancías y bienes que se encuentran. Una parte es para la corona y otra, para nosotros. Como verás, grumete, todos salimos ganando. Además, ahora eres uno de los nuestros. Así que tú también eres un corsario.

—¡Increíble!

Aunque echas de menos tu casa, la idea no te parece tan mala, y la perspectiva de vivir aventuras a bordo del barco del capitán Cano te resulta muy atractiva.

—Bueno, vayamos bajando, es hora del rancho —concluye tu nuevo patrón—. ¿Qué nos habrán preparado hoy?

—¡Pescado! —grita el cocinero, y todos refunfuñan.

Intuyes que no te van a ofrecer un menú muy variado, pero no te importa. Al menos por ahora.

* * *

Antes de seguir tu aventura, debes responder a la siguiente pregunta: ¿avisaste a Águila Roja cuando estabas dentro del barril?

Si sacaste el pañuelo y le avisaste, pasa a la página 90.

Si no lo hiciste, vete a la página 81.

No parece que este marinero sea muy peligroso. Tiene cara de buena persona. Además, estás cansado de correr de aquí para allá. Asientes con la cabeza y te aproximas a su mesa. Él te acerca un taburete.

—¿Así que no debería estar aquí? —repites.

—No, si le tienes aprecio a tu cuello, grumete. Éste es un sitio peligroso. Pero ¿dónde he dejado mis buenas formas? —dice, inclinando la cabeza—. Soy el capitán Cano.

—Alonso —te presentas.

—Por si no lo sabías, ésta es una cueva de rufianes. Casi todas las noches hay alguna pelea y alguien acaba mal. Deberías volver a casa, si es que todavía tienes una.

—Gracias por el consejo, pero busco a alguien.

—Quizá pueda ayudarte, grumete. Hasta que zarpe con mi barco, tengo unas cuantas horas ociosas por delante. ¿A quién buscas y por qué?

Se nota que el marinero se aburre y quiere conversación. ¿Le cuentas tu historia?

Si se lo cuentas, pasa a la página 54.

Si no te fías y te vas, pasa a la 48.

Subes con mucho cuidado, tratando de hacer el menor ruido posible, por la escalera que conduce a cubierta. La frialdad de la noche te golpea el rostro. Miras al cielo y ves montones de estrellas sobre tu cabeza. Te asomas a la borda y respiras con calma la brisa del mar. Es una delicia volver a estar al aire libre.

—¿Quién anda ahí? —dice de pronto una voz a tu espalda.

Te giras y descubres que se trata del enorme marinero de los tatuajes al que habías visto en el muelle.

—¡Vaya, un polizón a bordo!

—¡No, yo...!

—Un momento... tu cara me suena... ¡Tú estabas con aquel tipo enmascarado! Estabais atacando a esos pobres chiquillos inocentes.

—¿Inocentes? ¡Eran unos ladrones! —le dices.

—Como comprenderás, no puedo creer a alguien que se cuela furtivamente en un barco sin pagar pasaje. Por si no lo sabes —dice, acercándose a ti—, el castigo para los polizones en nuestro barco es éste...

Y, mientras lo dice, te tira por la borda. El mar te espera para darte un último y gélido abrazo. Aquí acaba tu aventura.

FIN

—Es un tipo de pescado, ¿verdad? —le respondes.

—Bien, grumete. Está claro que no tienes ni idea de navegación. Seguramente tampoco sabrás dónde está la popa.

—¿No es la parte delantera del barco?

—No, grumete, justo la contraria. Anda, baja a la cocina y ayuda a Néstor. No te aburrirás, siempre hay muchas cosas que hacer ahí abajo.

* * *

Como has fallado la pregunta, te han condenado al infierno de la cocina. Allí te encuentras con Néstor, el cocinero.

—¿Sabes usar un cuchillo? —te pregunta.

—Pues claro —contestas.

—Entonces, toma —dice, pasándote uno—. Ve destripando estos pescados.

Horas después, por fin has terminado de sacar las tripas de docenas de pescados. Ese olor se te queda impregnado en los dedos y te acompañará desde ahora, formando ya parte de ti.

Tras una cena a base de pescado —¿qué esperabas acaso?— te hundes en el lecho y duermes...

Al día siguiente, te levantan casi al alba. Descubres que lo que te espera para desayunar es... ¡más pescado! Y luego más horas limpiando pescado. Acabas de descubrir que... ¡la vida en alta mar es sólo trabajo duro! La idea de escapar del barco empieza a cobrar fuerza en tu mente. Cuando no estás trabajando en la cocina, el capitán decide encargarte otras misiones como limpiar la cubierta o ayudar a reparar las velas rotas. ¡Siempre hay algo que hacer en este barco! Maldices el duro trabajo, pero tratas de no quejarte delante de los demás miembros de la tripulación, porque sabes que en cualquier momento el capitán podría cambiar de idea y arrojarte por la borda.

* * *

Antes de seguir tu aventura, debes responder a la siguiente pregunta: ¿avisaste a Águila Roja cuando estabas dentro del barril?

Si sacaste el pañuelo y le avisaste, pasa a la página 90.

Si no lo hiciste, vete a la página 81.

No crees que sea una buena idea atravesar la puerta y seguir al manco. Puede que fuera esté el resto de la banda esperándolo. Además, todo apunta a que se trata de un hombre muy peligroso. Lo mejor será que des por perdida la bolsa y que regreses con tu padre y con tu tía.

Abandonas "El cuervo tuerto" y deshaces el camino que seguiste, de callejuelas estrechas y laberínticas, persiguiendo al ratero. Finalmente, llegas frente a la casa donde antes vivía tu tía con su difunto marido Víctor.

Dentro encuentras a tu tía, muy preocupada.

—¿Y mi padre? —preguntas, al descubrir que no se halla presente.

—¡Ha salido a buscarte! ¿Cómo se te ocurre perseguir al ladrón? ¡Estábamos muy preocupados!

—No he conseguido recuperar la bolsa, tía.

—¿Y eso qué importa, Alonso? Seguiré ahorrando, buscaré otro trabajo además del de la Marquesa. Lo importante es que estás bien. ¡Si te hubiera pasado algo, no me lo habría perdonado jamás!

Ella te abraza fuerte. Y comprendes que todo está bien.

FIN

Estiras los brazos, coges uno de los remos y te agarras a él con todas tus fuerzas, que no son muchas. Barracuda suelta la manga de tu jubón y, con alivio, ves cómo, durante un segundo, se sumerge en las aguas, para volver a ascender rápidamente. Boquea con esfuerzo y ves que la herida de su tronco tiene mala pinta. Hunde sus dedos, como si fuesen garras, en la madera de tu bote. Te pones en pie, alejándote de la borda todo lo que puedes, para evitar que vuelva a cogerte. Esperas un rato, listo para moverte, por si se asomara de nuevo. Hasta que comprendes que ya no volverá a aparecer. Se hundirá hasta el fondo y será pasto de los peces.

Entonces, cuando ya estás libre de la amenaza de Barracuda, vuelves a preocuparte por Águila Roja. ¿Qué habrá sido de él?

Una repentina sombra salta de repente sobre tu barca. Te giras y ahí lo tienes, frente a ti: Águila Roja en carne y hueso.

—Siento haber tardado, Alonso. Pero tenía algo que hacer.

—Temía que te hubiesen atrapado —confiesas.

—No es tan fácil atraparme. Además sin esto... —añade al sacar una brújula de debajo de su capa—, no habríamos llegado muy lejos.

—¡Entonces, en marcha! —gritas animado. Te pones a remar despacio.

—Yo que tú remaría con más ahínco —te aconseja tu héroe enmascarado.

—¿Por qué? —le preguntas, curioso.

—Tú rema con brío, Alonso. Pronto lo entenderás.

Le obedeces, aunque no entiendes muy bien a qué viene tanta prisa... hasta que, al poco rato, cuando estáis bastante lejos del barco, oyes una enorme explosión detrás de vosotros.

Giras la cabeza y ves las llamas brotando del buque que acabáis de abandonar. El fuego ilumina la oscuridad de la noche. Una enorme columna de humo cruza los cielos.

—Así nos aseguramos de que no nos seguirán.

Permanecéis en silencio durante un rato. Tu héroe parece exhausto. Sospechas que quizá esté herido, aunque finja que todo va bien. Finalmente, y a pesar de sus esfuerzos, el cansancio lo vence. Mientras Águila Roja duerme, tú remas. ¡Es tu oportunidad de averiguar la identidad secreta de tu héroe! ¿Te atreverás a desenmascararlo?

Si te atreves, pasa a la página 64.

Si no te atreves, vete a la página 7.

Te pones a remar con toda la potencia de tus músculos. De vez en cuando giras el cuello para ver si el tiburón te sigue o no. Pero, ante tu decepción —y tu horror— allí sigue, atraído por el movimiento. Igual no ha sido tan buena idea la de ponerse a remar más deprisa. El escualo no tarda mucho en alcanzar el bote, así que te armas con lo que tienes a mano, coges uno de los remos y le arreas con él en el hocico.

Eso no parece hacerle mucha gracia y lo único que consigues es enfadarlo más. Sigues golpeándolo hasta que ves cómo abre sus fauces y da una dentellada a tu embarcación, rajando la madera.

¡El bote se parte por la mitad! Te agarras a una de las dos mitades, pero no hay nada que puedas hacer. Parte de tu cuerpo acaba en el agua. El tiburón se lanza sobre ti y te muerde en una pierna. Te clava sus afilados dientes y ya no te suelta. Ahora sólo eres una presa cualquiera.

Tu aventura, lamentablemente, termina aquí.

FIN

Como no es mucho lo que puedes hacer, intentas coger una postura lo más cómoda posible dentro del barril, cosa nada fácil, y esperas a ver qué pasa. Estás atento a todos los ruidos que oyes por si hubiera alguna persona que te pudiera auxiliar. Pero no viene nadie. Tras la pelea, esa parte del muelle ha quedado desierta. Sólo oyes a un gato callejero maullar al pasar cerca de tu barril.

Te resignas a esperar. El tiempo pasa. Y, aunque tratas de evitarlo, el cansancio hace mella en ti y no puedes evitar dormirte.

* * *

Lo primero que notas es el movimiento: el barril en el que te encuentras se sacude.

—¡Eh, estoy aquí! —gritas desde el interior.

Pero los gritos de los estibadores impiden que nadie pueda oírte.

Te zarandean; cuando menos te lo esperas, empiezan a izarte hasta la cubierta de un barco.

—¡EH, AQUÍ! —insistes. Pero tu voz es cada vez más débil, tras varias horas encerrado en el barril sin comida ni bebida.

Notas cómo la oscuridad se cierne sobre ti. Alguien ha colocado algo, tapando tu barril, y ya no te permite ver nada a través del agujero.

Pataleas y tratas de moverte con las pocas fuerzas que aún te quedan, pero todo tu esfuerzo es inútil. El barril no se mueve ni un ápice.

Así que, de nuevo, sólo te queda esperar. Y eso es lo que haces. Tienes todo el cuerpo dolorido por la mala postura en que has permanecido durante toda la noche, pero la espera no ha hecho más que comenzar. Tratas de tomártelo con calma.

* * *

El tiempo pasa. Notas cómo el barco en el que viajas se desplaza por el río Guadalquivir y llega hasta el mar. Una vez allí, los marineros izan de nuevo el barril en el que te encuentras y lo suben a bordo de un navío más grande.

Te conducen, junto al resto de la carga, hasta el interior de la bodega del barco. Alguien aparta la lona que cubre el barril en el que te encuentras, y también retira la caja que bloqueaba la tapa. Notas cómo la oscuridad desaparece. ¡Ahora es el momento de salir de ahí y dar señales de vida! Pero, antes de hacerlo, escuchas la siguiente conversación entre los dos marineros que están organizando la carga.

—¡Cómo pesa! Ni que llevara un polizón dentro.

—¡Nadie se atrevería a intentarlo! ¿Sabes lo que hizo el capitán con el último polizón que encontró? Lo tiró por la borda cuando estábamos mar adentro. ¡Ja, ja!

—¡Qué bueno!

—Sí, se lo pensará dos veces antes de volver a colarse en otro velero. Eso si es que los peces no se comieron su miserable pellejo.

Los dos marinos se alejan de ti y prosiguen con su tarea de llenar la bodega de víveres para el largo viaje que les aguarda.

Y, aunque ahora puedes salir del barril porque ya han apartado la caja que te impedía abrir la tapa, tienes miedo de lo que puedan hacer al descubrirte.

Te guste o no, te acabas de convertir en un polizón. Y, al parecer, al capitán de este barco no le gustan demasiado.

Si sales del barril y te das a conocer, pasa a la página 57.

Si prefieres seguir dentro del barril, vete a la página 63.

Esa noche, el barco se bambolea violentamente, como si Poseidón se hubiera enfadado con vosotros. Con tanto movimiento, la cena se revuelve en tu estómago y asciende hacia arriba.

—Eh, muchacho —te dice un marinero, viéndote la cara—. Si vas a vomitar, sube a cubierta.

Obedeces. Antes de que alcances la borda, vacías tus tripas donde buenamente puedes.

Te sientes algo mejor después de hacerlo. Miras las estrellas brillando en el firmamento. Se ven muchas más que en la Villa. Entre otras, reconoces las que conforman Orión y la Osa Mayor.

Antes de regresar a tu camarote, no puedes evitar pensar en la posibilidad de escapar del barco. Ahora mismo sería bastante fácil. Sólo tendrías que soltar un bote sin que el timonel —en el otro lado del barco— se diera cuenta, saltar a él y listo. Puede que no encuentres una oportunidad mejor.

Si escapas del barco robando un bote, pasa a la página 100.

Si prefieres planearlo con más calma, entonces vete a la página 96.

Entonces se te ocurre una posible solución. Quizás Águila Roja siga en las proximidades del puerto. Puedes tratar de avisarle de la manera que él te enseñó. Ya sabes, colgando una tela roja en el tejado.

Miras en tu bolsillo y encuentras un pañuelo que originalmente era blanco y que ahora tiene un color más bien grisáceo, después de tanto uso, y lo sacas por el agujero que antes utilizabas de mirilla.

No es de color rojo, pero Águila es un tipo listo y sabrá que estás en problemas. Mueves el pañuelo y esperas un poco, pero no ocurre nada. Así que decides hacerlo otra vez. Y otra. Pero sigue sin pasar nada. Quizás, al ser de color blanco, no ha llamado su atención. Decides agitarlo más fuerte. Tanto que, sin pretenderlo, se te cae al suelo.

¡Acabas de quedarte sin pañuelo! No parece que tu plan haya funcionado.

Pasa a la página 78.

Con toda la energía que puedes reunir, tratas de soltar sus dedos, que atenazan como garras la manga de tu jubón. No notas que sus manos aflojen lo más mínimo la presión sobre tu muñeca. Poco a poco, el peso de su cuerpo, mayor que el tuyo, va empujándole cada vez más hacia el borde del bote. Viendo que tu táctica ha fallado, intentas usar las dos manos para liberarte. Pero no lo logras. El moribundo marino sigue agarrado a ti con firmeza. Así que no tardas mucho en caer arrastrado por él. Te zambulles en las oscuras aguas.

Notas cómo los dos os vais hundiendo cada vez más. Él no te suelta en ningún momento. Su peso muerto, porque se ha desmayado, se precipita hacia el fondo y te arrastra consigo.

Pataleas, intentado resistirte al destino que te espera, pero es inútil. Ahora comprendes que, si hubieses esperado a Águila Roja, éste podría encontrarte y salvarte. Pero estás muy lejos del barco que acabas de abandonar.

Tu decisión no ha sido la correcta. Así que te hundes. Y te ahogas. Tu aventura concluye aquí.

FIN

Decidido a salvar tu pellejo, te diriges hacia tu enemigo, que avanza hacia ti gritando algo incomprensible. Al dar el siguiente paso, resbalas en un charco que hay sobre la cubierta y eso hace que caigas al suelo, desarmado. Estás justo a los pies del pirata bereber, que sonríe satisfecho al verte derrotado. Levanta su espada para liquidarte cuando, de repente, oyes un disparo tras él y le ves caer.

—¡Ten más cuidado, grumete! —te dice el capitán, guiñándote un ojo cómplice.

Tras salvarte la vida continúa a lo suyo, disparando la pistola que lleva en la mano diestra y acertándole a otro enemigo.

Todavía no te lo crees... ¡Estás vivo! El combate prosigue.

* * *

Cuando te quieres dar cuenta, ves a más marineros cayendo bajo las flechas, los disparos y los espadazos de los terribles piratas.

Cuando media tripulación ha sido derrotada y la cubierta está tomada por los piratas bereberes, el capitán Cano ordena a sus hombres que se rindan.

—¡Tirad todos las armas! —dice, arrojando sus pistolas al suelo.

En cubierta aparece Tassili "Amazigh", el capitán pirata; es un bereber de rostro serio, delgado como una media luna. A una orden suya, sus hombres agarran a los enemigos heridos y los arrojan por la borda.

—¿Por qué hacen eso? —le preguntas al marinero que está a tu lado.

—Es muy sencillo, muchacho. Los enfermos y tullidos no sirven de esclavos.

—¿Nos van a esclavizar?

—Eso me temo.

Barracuda se acerca a Tassili y le habla en su misma lengua. Los dos sonríen satisfechos.

—¿Qué diantres...? ¡Nos has vendido! —aúlla el capitán Cano, furioso.

—Llamadlo como queráis. Digamos que he "cambiado" de tripulación —responde él.

—¡Traidor! —grita uno de sus antiguos compañeros.

—¡Rata! —escupe otro.

—Ya sabes cómo acaban los piratas: colgando de una soga. ¡Ése será tu final! —le vaticina un tercero.

—Puede... —responde Barracuda—, pero tú acabarás muriendo de agotamiento en galeras.

—¡Maldito! ¡Ojalá te roben el alma!

La conversación acaba bruscamente cuando Tassili da otra orden a sus hombres. Todos los prisioneros son conducidos hacia la galera bereber.

—¡Avanzad, infieles! —os grita un pirata.

Tú, al igual que el resto de tripulantes, abandonáis vuestra nave y pasáis al barco enemigo.

* * *

La bodega donde os confinan será vuestro próximo alojamiento hasta que la nave desembarque y seáis conducidos al mercado de esclavos más cercano. No hay demasiado espacio en el lugar donde estáis hacinados, sin ventilación ni luz natural de ningún tipo.

* * *

Desde el mismo momento en que os encierran sólo puedes pensar en una única cosa: la manera de escapar. La puerta de la bodega se abre dos veces al día, cuando os traen la bazofia que ellos llaman "comida" y algo de agua potable. Pero ese reparto de víveres se hace ante varios hombres armados que no dejan de apuntaros. Intentar escapar en ese momento sería una absoluta temeridad.

Los ronquidos del resto de tus compañeros y la perspectiva de acabar de esclavo en algún mercado del norte de África no facilitan tu descanso. Te levantas y, en medio de la oscuridad, tratando de no pisar a nadie, te separas del grupo. Te pones en pie y te estiras un poco.

—¿No puedes dormir, grumete?

La voz que resuena en medio de la oscuridad procedente de una figura apoyada en una de las paredes, te asusta por un instante. Hasta que reconoces a tu capitán y te aproximas a él.

—La verdad es que no —le respondes.

—No te preocupes. Estoy maquinando una manera de escapar de aquí —te confía en voz baja.

—¿Ah, sí? ¿Cuál? Porque el único momento en que abren la puerta es cuando traen la comida, pero sería imposible. Acabaríamos muy mal.

—Veo que ya le has estado dando vueltas. Tú eres de los míos, grumete —dice mientras te despeina cariñosamente—. Hay otra manera, pero haría falta que uno de nosotros, preferiblemente pequeño y delgado, se colara por la puerta deprisa y sin que los piratas se diesen cuenta. ¿Te ves capaz de hacerlo? Quiero que, si aceptas, asumas el riesgo que eso conlleva.

—Lo comprendo —asientes.

—Puede costarte la vida y no hay ninguna garantía de que mi plan funcione. Pero, si lo hace, podrían cambiar las tornas y nos haríamos con el barco.

—Explíquemelo todo con más calma —le pides.

Él así lo hace.

* * *

Cuando termina de contarte su increíble plan de fuga, el capitán te mira expectante.

—¿Qué decides, grumete? ¿Estás dentro o fuera?

Si le respondes que, desde luego, puede contar contigo y que harás todo lo que esté en tu mano para escapar del funesto destino, pasa a la página 92.

Si le dices que es demasiado arriesgado y prefieres meditarlo con calma antes de tomar una decisión precipitada, vete a la página 97.

Una noche, una voz que te resulta familiar te despierta de madrugada.

—¡En pie, Alonso!

Abres los ojos y encuentras frente a ti al famoso enmascarado: Águila Roja, tu héroe.

—¡Águila! ¿Cómo has logrado llegar hasta aquí?

—No hables tan alto. Siento no haber podido venir antes a rescatarte. ¡Levántate, nos vamos!

—¿Has venido en un barco?

—No. Estaba escondido en la bodega, esperando el momento adecuado. Vi tu pañuelo en el barril, pero cuando conseguí subir al barco no pude encontrarte antes de que zarpara. Ahora que no hay nadie en cubierta, nos haremos con un bote y escaparemos de aquí. ¿De acuerdo?

—Claro.

—Mientras yo suelto el bote, tú tendrás que conseguir agua y comida para unos días. ¿Crees que podrás hacerlo sin que te vean?

—Dalo por hecho.

Águila Roja y tú os despedís temporalmente. Él se dirige a la cubierta mientras tú te dispones a cumplir la misión que te ha encomendado. Caminas despacio, tratando de no hacer ruido, pero no puedes evitar que los escalones crujan cuando los pisas.

Al final de la escalera encuentras dos pasillos. El de la derecha conduce a la bodega, donde se encuentran acumuladas todas las mercancías. El pasillo de la izquierda termina en la cocina, donde también podrás encontrar víveres.

¿Qué pasillo eliges?

Si vas por el derecha y entras en la bodega, pasa a la página 105.

Si optas por la izquierda para visitar la cocina, vete a la página 109.

—Desde luego que puede contar conmigo, capitán. Haré todo lo que esté en mi mano para evitar que acabemos todos en un mercado de esclavos.

—¡Eso es justo lo que quería oír! Bueno, pues éste es el plan...

Horas después, tres piratas entran en la bodega a traeros la bazofia que os suelen dar de comer; para entonces tú ya estás escondido, agazapado tras la puerta. Los prisioneros comienzan a discutir entre ellos, tal y como han planeado.

—¡Llevaos esa bazofia! —grita uno.

—¿Qué? ¡Pues a mí me gusta! —le replica otro.

—¡El encierro ha echado a perder tu paladar... y te ha podrido la sesera!

—¿Quién te has creído que eres, marinero de agua dulce? ¡Ahora vas a ver!

Los dos empiezan a pelearse. Los guardias se distraen un momento, ocasión que aprovechas tú para deslizarte por la puerta y salir de la bodega. La primera parte del plan ha funcionado, pero ahora viene lo más difícil: que no te vea ningún pirata mientras buscas un escondite en el almacén contiguo, donde tus captores guardan sus víveres.

Te ríes cuando descubres que el mejor refugio es el interior de un barril. ¡Es como si estuvieras al principio de tu aventura!

Permaneces en el barril mientras oyes un disparo en la bodega donde están encerrados tus compañeros. Esperas que no haya ningún muerto. Oyes las pisadas de los guardias saliendo y el sonido de la puerta al cerrarse de nuevo.

Te asomas fuera del barril, pero no sales de él hasta que estás completamente seguro de que los dos guardias han subido a cubierta.

Con cuidado, sales del almacén y te diriges hasta la puerta tras la que se encuentran tus camaradas presos. Tiras de ella. Está cerrada a cal y canto, seguramente con llave. Oyes pasos cercanos, así que vuelves al almacén y al interior de tu barril. Crees que lo más seguro será esperar hasta que caiga la noche y los piratas duerman.

Mientras estás escondido, le das vueltas en tu mente a las posibilidades que tienes ante ti. Por un lado, ahora que estás libre, podrías hacerte con un bote de remos, echarte a la mar y escapar del funesto destino de ser esclavo. Pero eso supondría abandonar al resto de tu tripulación. Y ellos dependen de ti.

Por otro lado, puedes ayudar a liberar a tus compañeros, como le has prometido al capitán, y luchar por haceros con el control del bajel pirata. Pero quizá no tengas la suerte de salir con vida de otra batalla.

Si tratas de escapar tú solo, pasa a la página 111.

Si vuelves para liberar a tus compañeros, vete a la página 127.

Te gustaría esperar a tu héroe, pero puede que la tripulación lo haya apresado. En cuanto se den cuenta de que falta un bote irán a por ti, así que optas por empezar a remar. Te alejas del barco. De vez en cuando vuelves la vista atrás para tratar de ver lo que sucede en la cubierta, pero la débil luna está casi engullida por las nubes y apenas se ve nada.

Continúas remando. Entonces oyes el sonido de un disparo, seguido del de un cuerpo que cae al agua. ¿Será Águila Roja? Remas hacia el lugar de donde te pareció que venía ese sonido.

—¡Águila, Águila! ¿Eres tú? —preguntas, asomándote a las aguas.

Un enorme brazo tatuado surge de ellas y extiende su mano hacia ti. ¡Barracuda se aferra a tu ropa! Apoyándose en ti, trata de subir al bote. Pero su enorme peso hace que éste se tambalee y zozobre. ¡Estás a punto de ser arrastrado con él hacia el fondo del mar! ¿Qué diantres vas a hacer ahora?

Si te agarras con fuerza al bote, pasa a la página 75.

Si, por el contrario, intentas zafarte de él, ve a la página 83.

Decididamente, no es una buena idea. Si te largaras robando el bote, tendrías que planearlo con más calma. Además, tampoco estás tan mal en el barco: el capitán y el resto de la tripulación te han considerado uno de ellos. Es cierto que es un trabajo duro y que aún faltan muchos días hasta que puedas regresar a casa, pero qué se le va a hacer...

Abandonas temporalmente la idea de escapar del barco; ya has decidido volver abajo, al catre, para intentar dormir un poco, cuando ves que uno de los marineros sube a la cubierta. Se trata de Barracuda, el hombre de los tatuajes. Lleva consigo una pequeña jaula, tapada con una tela.

—¡Hola! —lo saludas—. Vaya noche, ¿eh?

—¿Qué haces aquí? —gruñe él—. Deberías estar durmiendo.

—Es que he subido a... vomitar.

—Anda, vete abajo. Dormir te hará bien.

—No tengo sueño.

—¡Me importa un ardite si tienes sueño o no! Tengo un asunto privado que hacer, así que... ¡lárgate!

Te lanza una mirada violenta que indica que no quiere tu compañía. Así que desapareces de su vista lo más rápido que puedes.

Pasa a la página 121.

Le dices al capitán que es demasiado arriesgado y prefieres meditarlo con calma antes de tomar una decisión precipitada. Él lo entiende. No te puede pedir tamaño sacrificio.

* * *

Los días pasan y tú permaneces encerrado con el resto de tu tripulación. Hasta que una mañana os dan la buena nueva de que habéis llegado a puerto.

Os bajan a tierra y os conducen al mercado de esclavos más cercano. Allí os separan por grupos: los hombres mayores a un lado, los más jóvenes —entre los que te encuentras—, al otro. Los piratas bereberes cobran su dinero y os dejan en manos de los mercaderes.

Te colocan encima de una tarima y te exponen ante los posibles clientes que visitan el mercado de esclavos.

Aunque no entiendes lo que dice el vendedor, comprendes por sus gestos que vocea tus virtudes mientras muestra a la multitud los músculos de tus brazos y tu dentadura completa.

Se inicia entonces una dura pugna por ti. Algunos dedos se levantan en la puja hasta que sólo queda uno.

Finalmente te venden a un señor de aspecto aristócrata, que viste ropas lujosas y viene acompañado de un enorme séquito. Uno de sus criados le entrega una bolsa llena de monedas al vendedor, que sonríe muy complacido, porque ha ganado contigo mucho más de lo que esperaba.

El criado coge la cuerda que llevas atada al cuello y tira de ella hasta conducirte frente a tu nuevo amo.

El aristócrata te mira fijamente. Tiene una nariz aguileña que le confiere el aspecto de un halcón. Una oscura barba puebla sus mejillas.

—¿Cómo te llamas, muchacho? —te pregunta en perfecto castellano.

—Contéstale, perro cristiano —te ordena el criado, tirando de la cuerda y estrujándote el cuello.

¿Qué haces?

Si contestas a sus preguntas, pasa a la página 112.

Si te niegas a hablar, vete a la página 122.

Quizás estés cometiendo un gran error, pero no puedes dejar escapar esta ocasión. La cubierta del barco está totalmente vacía y, desde donde te encuentras, es imposible que pueda verte el timonel. Puede que no tengas otra oportunidad como ésta y no piensas desaprovecharla.

Así que, tras comprobar que ambos remos se encuentran en el interior del bote, lo sueltas con mucho cuidado; la embarcación cae sobre las aguas con un sonoro chapoteo que esperas que nadie haya oído. Saltas al interior, colocas los dos remos y... ¡listo!

Poco a poco, el bote se aleja del barco, arrastrado por la corriente. Acabas de escapar con nocturnidad y de manera furtiva... ¡ya verás cuando se den cuenta mañana por la mañana!

Pero ése ya no es tu problema. Te pones a remar, aunque, en realidad, aún no tienes demasiado claro hacia dónde debes dirigirte. El mar es tan grande y está tan oscuro... Comprendes que quizás deberías haberte provisto de una brújula antes de subir a la barca. Pero ya es un poco tarde para dar marcha atrás.

Ha pasado una hora y sigues remando, siempre en la misma dirección, aunque todavía no sabes si es la correcta. Empiezas a tener un poco de frío —y piensas que podrías haber cogido algo de abrigo antes de emprender esta aventura—, pero es tarde para arrepentirse. No sabes dónde estás ni a dónde vas, pero quieres pensar que todo va a salir bien. Siempre está la posibilidad de cruzarte con un barco mercante, que la tripulación te recoja y te lleve de vuelta a casa. Eso estaría bien. Pensar en eso te da fuerzas para seguir remando con más brío.

* * *

Varias horas después, dejas de remar y descansas un rato. El hambre comienza a corroer tus tripas. Ahora te das cuenta de que también deberías haber cogido algo de comida antes de escapar con el bote. La sequedad de tu boca te recuerda que tampoco llevas agua potable. Decididamente, empiezas a pensar que igual no ha sido tan buena idea. Ahora mismo darías media vuelta y volverías al barco si pudieras hacerlo. Pero no puedes, porque no tienes ni idea de dónde estás. Acabas de descubrir que es bastante difícil orientarse mar adentro.

Mires donde mires, sólo hay agua por todas partes. Parece como si la tierra hubiera sido engullida por el mar.

Pero no todo son malas noticias: por el horizonte comienza a asomar algo de claridad. Pronto será de día, y eso siempre es una buena nueva. Con más luz, crees que será más fácil orientarte y, quizás, encontrarte con otras embarcaciones.

Horas después, la presencia del sol ya no te produce tanta alegría. Lleva bastante rato ahí arriba en el cielo, justo encima de tu cabeza. Sus rayos calientan la barca y tus sesos están a punto de hervir. La madera de los remos arde. En medio del mar no hay ninguna sombra bajo la que puedas refugiarte. Una y otra vez, metes la mano en el agua y te remojas los brazos, la cara, el cuello y el pelo, aunque eso sólo te alivia de forma momentánea. La frialdad del agua te espabila, pero el contacto con ella hace que empieces a sufrir la tentación de beberla. Sabes que no debes hacerlo. Está salada y sólo te provocará más sed, lo que hará que bebas más y acabes mal.

Por suerte para ti, una nube aparece en el cielo, cubriendo el sol temporalmente. Te duele todo el cuerpo, sobre todo los brazos, de tanto remar.

Y, cuando creías que ya no podían abatirse más calamidades sobre ti, descubres a lo lejos una aleta que sobresale por encima del mar. Eso sólo puede significar una cosa: ¡un tiburón se aproxima hacia tu bote!

Ahora mismo no sabes si es mejor remar en dirección contraria y tratar de alejarte de él o, por el contrario, subir los remos al bote y detenerte. Lo único que tienes claro es que no quieres encontrarte con ese peligroso animal marino.

¿Qué puedes hacer?

Si remas lo más rápido que puedes para alejarte del tiburón, pasa a la página 77.

Si crees que lo mejor es no remar y esperar a ver qué hace el escualo, vete a la página 114.

Crees que la bodega es el mejor lugar para conseguir alimentos y bebida de forma rápida. Así que te encaminas hacia allí. Todo está oscuro y silencioso. Hay barriles y cajas por todas partes; es difícil saber qué contiene cada cosa. Coges una pequeña caja vacía y la vas llenando de todo lo que encuentras comestible: un trozo de queso, cecina, alguna manzana... También, naturalmente, te aseguras de que no te falten varios pellejos de agua potable. Aunque tratas de hacerlo lo más rápido posible, mirar dentro de cada barril y cada caja para ver lo que contienen te lleva bastante tiempo. Más de lo que esperabas. Cuando tienes la caja medio llena, crees que ya es suficiente, así que te diriges con ella a cubierta.

Arriba te espera Águila Roja, que ya tiene casi listo el bote con los remos. Te acercas a él y le pasas la caja con los víveres. La introduce en la barca. Detrás de vosotros suena una voz:

—¡Eh! ¿Qué diantres estáis haciendo?

Te giras y ves frente a ti a uno de los marineros: nada menos que Barracuda, el hombre de los tatuajes.

—¡Tú! —aúlla al reconocer a Águila Roja.

Tu héroe se dispone a hacerle frente.

—¡Encárgate del bote, Alonso! Yo me ocupo de él —te asegura.

—¡Ya tenía ganas de terminar contigo lo que empezamos en aquel muelle de Sevilla! —le grita Barracuda.

Águila Roja le responde dándole un fuerte puñetazo en la mandíbula, pero el marinero tatuado apenas lo nota.

—¿Eso es todo lo que sabes hacer, enmascarado? —lo desafía.

Tu héroe se agacha y le propina una patada baja, justo en los tobillos. El gigantón pierde el equilibrio y cae al suelo, pero se incorpora rápidamente y se arroja, enfadado, sobre él. Pesa más de doscientas veinte libras, y lo aplasta contra el suelo.

—¡Ahora verás! ¡Se acabó eso de dar saltos de acá para allá!

Te gustaría estar atento a la pelea, pero debes apresurarte para terminar de soltar los cabos que atan el bote al navío. Algunos de los nudos, como era de esperar, son realmente complicados. Te desesperas; además, temes que el ruido de la pelea en cubierta despierte al resto de la tripulación y vuestra huida se vea comprometida. Sigues peleándote con los nudos mientras el tiempo corre en tu contra.

Finalmente, logras soltar el último cabo. El bote cae sobre las aguas.

—¡Águila, tenemos que irnos! —le llamas; pero él no puede responderte, ocupado como está peleando contra Barracuda. El gigantón lo tiene cogido entre sus brazos y aprieta, igual que si fuese una tenaza. Pero Águila Roja se retuerce como una anguila y escapa de él. Barracuda, furioso, arremete contra tu héroe, pero él lo esquiva con insultante facilidad. El marino da un traspié y pierde el equilibrio.

Águila Roja lo golpea con uno de esos movimientos ágiles y contundentes propios de su estilo de lucha. Aunque lo has visto en acción un montón de veces, aún te sorprende y te causa admiración.

Barracuda cae pesadamente al suelo.

—¡Sube al bote, Alonso! ¡Ahora voy! —te grita desde cubierta.

No sabes muy bien qué hacer.

Si le obedeces, te montas en el bote y le esperas abajo, pasa a la página 119.

Si prefieres ayudarlo con su oponente y marcharos los dos juntos, vete a la página 113.

Crees que, si te llevas comida del almacén, se notará más que si la coges de la cocina, así que éste es tu destino. En ese momento es más de medianoche, y la cocina está vacía y en silencio. Coges una caja y la llenas con un trozo de queso, algo de tocino... También te aseguras de que no falten varios pellejos de agua potable. Con eso tendrás más que suficiente para pasar un par de días en el bote de remos, ya que no esperas que el viaje vaya a durar mucho más.

* * *

Subes con tu botín de víveres hasta la cubierta donde te espera Águila Roja cuando te encuentras con uno de los marineros.

—¡Vaya, vaya! ¡Si que te has quedado con hambre, zagal! —te dice, al verte cargado de comida.

Acaba de pillarte. ¿Qué haces ahora?

Si le respondes cualquier cosa para tratar de convencerlo de que no pasa nada raro, vete a la página 117.

Si respondes que te manda el Capitán Cano en persona, pasa a la 120.

Encuentras al capitán en su camarote, estudiando unas cartas náuticas, pero interrumpe su tarea para escuchar lo que tienes que decir. Le cuentas lo que has visto; el capitán se atusa la barba, pensativo, y dice:

—¡Rayos y truenos, grumete! Este asunto me huele mal. Has hecho bien en avisarme.

Poco después arrastran a Barracuda hasta la cubierta. Él te dispara una mirada envenenada y empiezas a arrepentirte de haberlo delatado. El capitán ordena que lo aten al palo mayor y lo cosan a latigazos hasta que hable. Pero el gigantón no dice nada, aunque tampoco proclama su inocencia.

Finalmente, el capitán lo sentencia a "pasear por la tabla". No entiendes lo que quiere decir hasta que ves que obligan a Barracuda a caminar, maniatado, por un tablón tendido sobre la borda. Pero él se carcajea cuando cae al mar para ser pasto de los tiburones.

Después, el capitán decide cambiar el rumbo del barco, sólo por si acaso. Nunca lo sabrás, pero les has librado de sufrir un ataque de los piratas con los que estaba compinchado Barracuda.

FIN

Cuando llega la noche, sales de tu escondite en la bodega y te diriges a cubierta con la intención de hacerte con un bote y echarte a la mar. Sabes que estás traicionando a tu tripulación, pero sólo piensas en poner a salvo tu pellejo.

Cuando estás a punto de alcanzar tu objetivo, soltar los cabos que atan el bote al barco, oyes una voz de alarma. ¡Te han descubierto! Unos brazos fuertes te atrapan y te aplastan contra el suelo.

—¡Querías huir como una rata!, ¿eh? —te dice Barracuda, sonriendo antes de golpearte.

* * *

Cuando te despiertas, descubres que el capitán berberisco ha decidido usarte para dar ejemplo a los demás prisioneros.

—¡Pasadlo por la quilla! —grita.

Los piratas te atan las muñecas a una cuerda y te arrojan al agua; después, tiran del otro extremo para hacerte pasar bajo la quilla del barco. Contienes la respiración, pero no sabes lo que podrás aguantar...

FIN

No crees que callarte te sirva de mucho. El hombre que tienes frente a ti no parece mala persona.

—Me llamo Alonso, señor.

—¿Tienes estudios?

—Sí, señor. Sé leer, escribir y matemáticas.

—Interesante. ¿Sabes idiomas?

—No, señor. Pero puedo aprender.

—Bien. Me serás muy útil como secretario. —Satisfecho por tus respuestas, hace un gesto y te liberan de tus ataduras—. Aprenderás árabe y otras muchas cosas. Si estoy complacido contigo, algún día te liberaré y trabajarás para mí como hombre libre. Pero, si tratas de escaparte, sólo encontrarás la muerte. ¿Entendido, Alonso?

—Sí, señor. Muchas gracias por esta oportunidad.

—Estás muy bien educado; eso me gusta. Llevadlo a palacio.

Tus respuestas acaban de sellar tu destino. Jamás volverás a casa, ni volverás a ver a tu padre, a tu tía o a Sátur, pero vivirás una larga vida con comodidades. Aprenderás muchas cosas y te convertirás en un sirviente fiel.

FIN

Dado que él ha hecho el esfuerzo de venir a rescatarte, no puedes dejarlo en la estacada ahora. Así que decides desobedecer sus órdenes y permaneces en cubierta, dispuesto a ayudarlo a derrotar a Barracuda en la medida de tus posibilidades.

Coges lo primero que encuentras sobre la cubierta, que resulta ser un pequeño cubo que la tripulación suele utilizar como escupidera, te acercas al gigantón por detrás y se lo encasquetas en la cabeza. Él grita al verse cegado, y Águila aprovecha para encadenar un par de golpes: primero le da una patada en el pecho, provocándole la rotura de varias costillas, y después le propina un puñetazo al rostro, todavía cubierto por el cubo, y lo deja inconsciente.

Eliminado el último obstáculo que quedaba, saltáis a la barca de remos y escapáis —por fin— del barco.

—¡Gracias por tu ayuda! —te dice Águila.

—De nada. Es lo menos que podía hacer —le contestas.

Pasa a la página 76.

Sacas los remos del agua y los metes en el bote, que se detiene suavemente. Contienes la respiración. Ves cómo la aleta se aproxima cada vez más a ti. Notas cómo el animal choca contra la madera de la embarcación. Es como si el escualo te olfatease y estuviese valorando si vale la pena comerte.

Afortunadamente para ti, no debes de parecerle muy apetecible, porque sigue su camino y se aleja del bote. Sólo cuando ves la aleta a bastante distancia vuelves a respirar con normalidad.

* * *

Sátur siempre te dice que las desgracias nunca vienen solas, y lo mismo empiezas a pensar que puede aplicarse a la fortuna, porque el cielo se oscurece cada vez más y, cuando te quieres dar cuenta... ¡está lloviendo! Te tumbas en el bote y abres la boca. Notas cómo el agua dulce resbala por tu cuello, refrescando tu cuerpo y saciando tu sed. Piensas que alguien ahí arriba vela por ti, y sonríes, agradecido.

Media hora después, ya no sonríes tanto. La fina lluvia del principio se ha convertido en una tormenta. El bote se agita violentamente, sacudido por el mar embravecido. Te cuesta bastante mantener los remos enganchados a la barca. Además, tienes todo el cuerpo empapado por la enorme cantidad de agua que el cielo ha descargado sobre ti. Estornudas cada vez más. Esperas no haberte resfriado.

El fuerte oleaje te obliga a mantenerte bien agarrado al bote. Sabes que, si caes al mar —y has estado a punto de hacerlo en un par de ocasiones—, sería tu final. Aunque tampoco estás seguro de poder sobrevivir a esta terrible tormenta. Una frase de tu padre viene a tu cabeza: "Después de la tormenta siempre viene la calma". Rezas porque sea verdad.

La siguiente ola no te tira, pero sí se lleva uno de los remos. Ves cómo se aleja flotando. ¿Qué haces?

Si alargas el brazo para intentar recoger el remo perdido, pasa a la 130.

Si lo das por perdido y ni siquiera lo intentas, vete a la página 123.

Le lanzas a la cara el cuerpo del roedor. El manco no se lo espera y, durante un segundo, se distrae.

—¡Ah, maldito! —vocifera mientras trata de quitarse la rata de encima.

Aprovechas ese momento para intentar desarmarlo, pero la daga cae al suelo. Cuando tratas de recogerla, él se da cuenta de tus intenciones y te agarra, con su única mano, por el tobillo izquierdo. Tira de ti, tratando de alejarte del arma, pero tú alargas el brazo hasta que tus dedos se hacen con ella. ¡Tu plan ha funcionado!

Apuntas al manco con el arma, temblando de miedo.

—Devuélveme lo que es mío y me marcharé —dices, tratando de aparentar una seguridad que no sientes—. No quiero problemas.

El manco rechina los dientes, pero no tiene más remedio que obedecerte. Saca la bolsa con el dinero de debajo de su camisa, te la arroja con rabia y tú la agarras al vuelo. Una vez recuperado el dinero de tu tía, escapas de allí tan rápido como puedes.

FIN

—Pues sí, me he quedado con hambre. El rancho era un poco escaso.

—No está bien robar, muchacho. Es mucho mejor compartir —te dice, metiendo la manaza dentro de la caja para revolver su contenido.

Tratas de apartarte para que no siga saqueando los víveres que has reunido.

—¡No seas insolente! —masculla el marinero—. ¡No te conviene llevarme la contraria!

Intenta arrebatarte la caja, pero, en el forcejeo, ésta cae al suelo con gran estrépito.

El ruido llama atención del timonel, que grita en medio de la noche:

—¿Quién anda ahí?

El marinero se escabulle entre las sombras mientras tú te quedas en el sitio, paralizado por el miedo.

Águila se acerca para echarte una mano, pero el timonel, asustado al verlo aparecer de golpe, le descerraja un disparo en el pecho.

—¡NO! —gritas, pero ya es demasiado tarde. Tu héroe pierde la vida. Tendrás que darle muchas explicaciones al capitán Cano.

FIN

Agarras lo primero que encuentras —en este caso, una manzana que vivió tiempos mejores— y se lo lanzas a la cara a tu oponente. Pero éste blande su arma con rapidez y, de un preciso tajo, corta la manzana por la mitad. Los dos trozos caen a sus pies.

¡Tu plan ha fallado! Cuando te quieres dar cuenta, tienes al manco sobre ti. Te clava su daga en el costado y notas cómo el filo atraviesa tu carne. Duele.

—¡Esto es lo que has conseguido por entrometido!

El manco se regodea en tu triunfo. Vuelve de nuevo a la taberna, supones que a seguir bebiendo. Caes de rodillas. Sujetándote el costado, que sangra bastante. Probablemente te ha perforado algún órgano vital.

Todo ha salido mal. No has recuperado la bolsa y lo que es peor... te han herido de muerte. En este sórdido callejón acaba tu aventura.

FIN

Siempre que desobedeces a Águila te metes en problemas, así que, por una vez, vas a hacerle caso. Te deslizas por uno de los cabos hasta el bote de remos y esperas. Desde tu nueva posición no puedes ver qué ocurre arriba, en cubierta.

Oyes ruido de golpes. Alguien que se cae. Alguien que se levanta. Y después, más gritos. Sospechas que más marineros, alertados por el ruido de la pelea, se han personado en cubierta. Tu héroe está solo. Tienes miedo de que alguno de los tripulantes se asome y descubra tus intenciones. Puede que te disparen: ahora mismo eres un blanco fácil. Aunque siempre puedes coger los remos y alejarte con la barca. ¿O deberías esperar a Águila Roja? Quizás lo estén atrapando en estos momentos.

Si comienzas a remar y te alejas del barco, pasa a la página 95.

Si esperas con el bote listo, junto al buque, a que llegue Águila Roja, vete a la 129.

Le respondes que estás cumpliendo una orden del capitán Cano.

—¿Ah, sí? ¿Te ha mandado robar comida en mitad de la noche? ¡Me parece muy extraño! Veremos si eso es cierto... —dice, agarrándote del jubón y arrastrándote hasta el camarote del capitán.

Intentas soltarte desesperadamente.

—¡Lo sabía, me has mentido! ¿Para quién es esa comida? ¿Hay algún otro polizón, eh? ¡Alarma, alarma! —se pone a gritar el marinero, sin soltarte.

Rápidamente te llevan a cubierta. Allí ves a Águila Roja rodeado por los demás miembros de la tripulación, que se han despertado por los gritos de alarma. Aunque tu héroe lucha ferozmente, está en desventaja numérica y acaba siendo reducido. El capitán Cano se persona en cubierta y exige explicaciones. Sus hombres le informan de lo que pasa.

—Te hemos tratado como un miembro más de la tripulación. Has compartido nuestra comida. ¿Y así es como nos lo pagas, grumete? —te dice decepcionado el capitán—. ¡Que den un paseo por la tabla!

Colocan un tablón de madera sobre la borda y os hacen avanzar por él. El mar os espera.

FIN

Pero, como su actitud te ha dado mala espina, le obedeces sólo en apariencia. En realidad, tras descender los escalones ruidosamente, los vuelves a subir en silencio. Asomas la cabeza para comprobar que Barracuda no está mirando y sales sin hacer ruido para esconderte tras el palo mayor. Desde allí ves cómo el gigantón destapa la jaula, la abre y saca una paloma mensajera. Ata un papel doblado en una de sus patas y después la libera, arroja la jaula por la borda y vuelve al interior del buque.

Toda la escena te ha parecido muy misteriosa y empiezas a sospechar que Barracuda trama algo. Evidentemente, si no fuera un asunto turbio lo haría a plena luz del día, así que sabes que oculta un secreto. Pero no sabes todavía de qué se trata.

Si crees que deberías espiar a Barracuda sin que se dé cuenta, vete a la página 128.

Si piensas que no es asunto tuyo, entonces vete a la página 18.

Si crees que deberías alertar al capitán Cano, pasa a la página 110.

Haces resistencia pasiva. Ya que no puedes escapar, por lo menos no le vas a dar el gusto de hablar. Te callas como si no tuvieras lengua.

—¿No dices nada? No sé si eres mudo, tonto o terco como una mula. Sea lo que sea, el látigo sacará provecho de ti. Si te comportas como una mula, te haré trabajar como a tal.

Se aleja de ti, volviendo a su carroza. Antes de subir a ella, da unas órdenes a sus hombres en su extraña lengua. El criado tira de la cuerda y te conduce con otro grupo.

* * *

Viajas a pie, bajo un sol abrasador, hasta el destino que te aguarda: una mina bajo tierra. Allí trabajarás hasta que caigas de hambre o fatiga. Lo cual, lamentablemente, no tarda mucho en suceder.

FIN

Había dos remos, pero ahora sólo tienes uno. Podrías intentar recuperarlo pero, dadas las circunstancias, seguro que acabarías engullido por las olas. Así que lo das perdido, y te sigues encomendando a los cielos. ¡Que cese la tormenta de una vez!

Como si alguien quisiese burlarse de ti ahí arriba, ves que un relámpago rasga el cielo grisáceo, llenándolo todo con una breve nota de luz en medio de tanta oscuridad. Lo que te faltaba: ¡rayos y truenos!

Docenas de rayos atraviesan las nubes y aterrizan sobre las aguas. Temes que uno de ellos impacte sobre tu barca y le prenda fuego. Sería ya lo único que te faltaba. Los ensordecedores truenos resuenan encima de tu cabeza. Cierras los ojos y te preparas para lo peor.

Intentas calcular el tiempo que tarda en oírse el trueno después de cada relámpago. Sabes que, si el lapso se va haciendo más amplio, eso significa que la tormenta se está alejando. Sigues contando con los ojos cerrados, tratando de olvidar que tu bote va a la deriva y no sabes dónde puedes acabar. Aunque parezca increíble, el cansancio hace mella en ti y acabas por dormirte. Y sueñas que estás en casa, sano, a salvo, seco, caliente, comiendo un delicioso potaje hecho por Sátur.

Un graznido te despierta. Abres los ojos y ves a un pájaro encaramado a la borda, que alza el vuelo en cuanto te incorporas. Sacas un pie fuera del bote y notas suelo firme. La tormenta te ha llevado hasta una playa perdida. No sabes dónde te encuentras, ni cómo vas a regresar a casa, pero todo eso ahora no te importa demasiado porque... ¡estás vivo!

Abandonas el maltrecho bote y te tumbas sobre la arena. Das gracias a los cielos por seguir de una pieza.

Ahora comienza la aventura de tu supervivencia en esta isla aparentemente abandonada, pero ésa es otra historia.

FIN

Volver a esconderte en el barril no es lo que más te apetece en este momento, pero crees que subir a cubierta es demasiado arriesgado. Así que prefieres regresar a tu seguro refugio. Allí pasas otra noche acurrucado de mala manera.

* * *

A la mañana siguiente, te despiertas con todo el cuerpo dolorido. Cuando no oyes voces en la zona de la bodega, te atreves a salir rápidamente y coger un trozo de queso para calmar el dolor que el hambre provoca en tus tripas. Eres tan rápido que vuelves al interior del barril sin que nadie se dé cuenta de tu presencia.

Las horas pasan y sigues dentro del barril hasta que... la mala fortuna hace que uno de los marineros levante la tapa en busca de algo y te encuentre allí.

—¿Qué demonios...?

Saludas al marinero y tratas de sonreírle, aunque el miedo por tu futuro destino impide que te salga una gran sonrisa.

—¡Sal de ahí, polizón! —gruñe el hombre, sacándote bruscamente de tu escondite.

Pasa a la página 59.

Sabes que solo no tienes muchas posibilidades de escapar, así que, cuando cae la noche, te acercas al guardia que tiene la llave de la bodega y se la robas mientras duerme.

Una vez que tienes la llave en tu poder, te diriges a la bodega y liberas a los prisioneros. Ellos, sedientos de venganza, se hacen con todas las armas que hallan en los alrededores y en poco tiempo toman el control del barco.

El capitán manda encerrar a Barracuda, el gigantón tatuado, como castigo por traidor.

Ahora, al igual que tus compañeros, ya eres un lobo de mar de pleno derecho. Éste es el principio de tu nueva carrera como corsario.

FIN

A la mañana siguiente, hagas lo que hagas, no pierdes de vista a Barracuda. Si está en cubierta, le echas miradas cada cierto tiempo para ver lo que hace. Si entra dentro del buque, buscas alguna excusa para ir detrás.

Intentas ser precavido, pero esa misma noche, cuando te diriges a tu camarote para dormir, notas una mirada clavada en tu nuca. Te das la vuelta y descubres que el enorme marinero está detrás de ti.

—¿Te has propuesto ser mi sombra, muchacho? —te pregunta.

—N... no... —balbuceas.

—Como vuelva a verte vigilándome... ¡ZAS! —te advierte mientras se pasa un dedo por el cuello, como si lo rebanara con un cuchillo—. ¡Estás avisado!

Te das cuenta del peligro que corres y piensas que quizá no haya sido una decisión inteligente. Barracuda se ha dado cuenta de que no le quitas ojo.

Si decides dejarlo en paz, vete a la página 18.

Si todo te reafirma en que esconde algo y sigues espiándolo, pasa a la 6.

129

Esperas con el bote preparado y los dos remos extendidos a que Águila haga su aparición. Sabes que tu héroe no te puede defraudar. Nunca lo hace.

Y tienes razón, porque no tarda mucho en aparecer. De un salto, aterriza sobre el bote, que se bambolea peligrosamente.

—¡Vámonos! —te grita.

No entiendes a qué viene tanta prisa hasta que ves a Barracuda caer encima de él. ¡Tenéis a vuestro enemigo en vuestra barca!

—¡No escaparéis! —grita.

Te pones a remar mientras Águila y el gigantón continúan a lo suyo, es decir: peleando. Aunque no te resulta una tarea fácil con estos dos cerca, intercambiando puñetazos y patadas, te esfuerzas en alejar el bote del barco. En un momento dado, un puño suelto —no sabes si de Barracuda o de Águila— le golpea en plena cara. Caes desmayado...

Pasa a la página 8.

Te encaramas al borde del bote y estiras el brazo para tratar de llegar al remo. Tus dedos se aproximan a él y casi, casi lo rozan cuando...

De repente, viene una enorme ola que te hace perder el equilibrio.

Y caes al mar.

Intentas emerger hacia la superficie, pero no lo logras. El mar bravo te envía de nuevo hacia las profundidades.

Te hundes, cada vez más.

La corriente te sigue impulsando en dirección contraria a la que quieres ir.

Mientras pataleas, aguantas la respiración todo lo que puedes. Pero tus pulmones no resisten mucho más. Te ahogas. Servirás de comida para los peces.

FIN

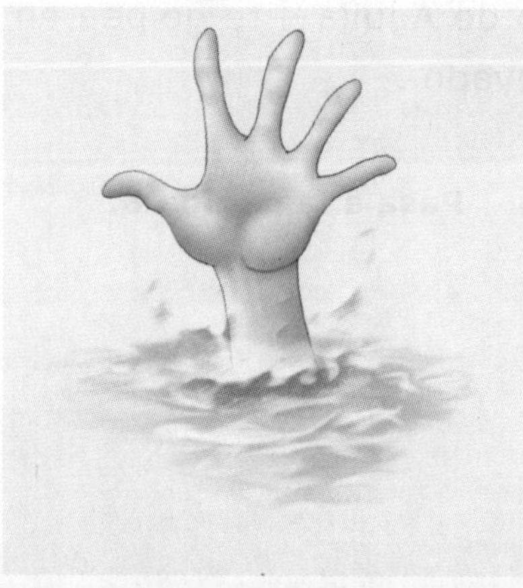

Águila Roja
El Impostor
Andrés Carrión
¡Sigue las aventuras de Águila Roja!

¡VE A POR NUEVAS AVENTURAS!

TÍTULOS DE LA COLECCIÓN

Título	ISBN
1— Laberinto de juegos *Iván Babiano Nieto*	978-84-936726-0-7
2— El talismán cósmico *José Ángel Muriel González*	978-84-936726-2-1
3— Cazadores de tesoros *Iván Babiano Nieto*	978-84-936726-1-4
4— Cerca del Sol *Iván Babiano Nieto*	978-84-936726-4-5
5— Perdidos en el tiempo *Pedro Estrada y Raquel de la Morena*	978-84-936726-5-2
6— La guarida de los monstruos *José Ángel Muriel González*	978-84-936726-6-9
7— Isla Pirata *Iván Babiano Nieto*	978-84-936726-7-6
8— ¡Superhéroe por sorpresa! *José María Carrasco*	978-84-937296-7-7
9— Misión bajo cero *Pedro Estrada y Raquel de la Morena*	978-84-937296-8-4
10— Campamento vampiro *Víctor Conde*	978-84-937296-9-1
11— Zona mutante *Andrés Carrión*	978-84-929391-4-5
12— Misterios subterráneos *Javi Araguz*	978-84-929391-5-2
13— En otro mundo *Lucía González Lavado*	978-84-929391-6-9
14— Desafío Ninja *Pedro Estrada y Raquel de la Morena*	978-84-929392-6-8

CAZADORES DE TESOROS

TU TÍO ARQUEÓLOGO TE PROPONE VIAJAR CON ÉL ESTE VERANO. LAS OPCIONES SON MUCHAS: DE LA SELVA SUDAMERICANA A UNA MINA EN ÁFRICA, DE LAS GALERÍAS DE UNA TUMBA EGIPCIA A UN VOLCÁN EN MITAD DE CAMBOYA. ¿EN CUÁL DE ESOS DESTINOS SE ESCONDE EL MAYOR DE LOS TESOROS?

SI QUIERES DESCUBRIRLO, HAZ LA MALETA Y PASA PÁGINA.

CERCA DEL SOL

TUS PADRES TE HAN ENVIADO DE VACACIONES... ¡A LA LUNA! ALLÍ TE ESPERAN TUS TÍOS. PERO DURANTE TU VIAJE EN EL TRANSBORDADOR ESPACIAL, UN INCIDENTE INESPERADO TE OBLIGARÁ A TOMAR MEDIDAS DESESPERADAS. UN ROBOT, UN AGENTE SECRETO, UN EXPERTO EN ORDENADORES Y UNA AZAFATA SERÁN TUS ALIADOS (¿O NO?) PARA SALIR SANO Y SALVO DE ESTA ODISEA ESPACIAL.